JN231650

ボーダレス　誉田哲也
Borderless＊Honda Tetsuya
光文社

ボーダレス

装幀　泉沢光雄
写真提供　Getty Images

1

夏休み前に教科書の類《たぐい》はすべて持ち帰ったはずなのに、なぜだろう。日本史の教科書だけがぽつんと一冊、机の中に残っていた。一瞬、別の誰かのが間違って入ってたのか、とも疑ったが、自分のだった。ちゃんと裏表紙のところに「森奈緒《もりなお》」と書いてあった。

すでに夏休みも終わりに近い。今日まで日本史の教科書が家になくて困らなかったのは、単にそういう宿題が出ていなかったからだが、かといってまたここに置いて帰って、二学期になってなくなっていたら、さすがにそれは困る。ロッカーに放り込んで帰るという手もなくはないが、そこまでこの教科書一冊が「荷物」というわけでもない。普通に、バッグに入れて持ち帰ろう。

この、退屈極まりない「登校日」が終わったら――。

奈緒はほんの暇潰し、まさに退屈しのぎで、その日本史の教科書の右上にパラパラ漫画を描き始めた。主人公は、小学校の頃からなんとなく、自分の分身のように思って描き続けてきた女の子キャラクターだ。特に名前は決めていないが、でも呼ぶとしたら、やはり「なおちゃん」ということになるだろう。

トコトコと歩いて、転ぶ。そういう流れで描いてみた。躓《つまず》いたのはなんだ。やっぱり石ころか。石ころと、あと涙も描き足そう。てんてん、てんてん――こんなところだろう。とりあえずは出来上がりだ。

いったん教科書を閉じ、右上の角を一定のスピードで捲《めく》り始める。最初は、わりとよかった。歩き始めは上手《うま》くいっていた。だが残念なことに、ページが進めば進むほど「なおちゃん」は微妙に小さくなっていく。もっと、ひとコマひとコマのサイズを確認しながら描くべきだった。あと、涙が雑。どうせなら、涙も放物線を描いて飛んでいくふうに描けばよかった。

じゃあ、この失敗を踏まえてもう一度描き直すのかというと、それはない。そこまでの根気も、情熱も、技術も時間もない。

ちょうど、ホームルームが終わりそうだった。

担任の木下《きのした》がシメのひと言に入っている。

「君らも、来年の今頃は受験勉強で忙しくなっていると思う。よって……高校生として、伸び伸びと遊べる夏休みというのも、今年が最後になるわけだが、だからって、あれやってなかった、これもやってなかったって、慌てて遊びまくったりはするなよ。そういうときに、事故ってのは起こりやすいんだ。トラブルに巻き込まれやすいんだ。特に……ジョーシ」

女子を「ジョーシ」と伸ばすのは、この先生の癖だ。「木下節《ぶし》」といってもいい。

「何をしていたのかは知らんが、このクラスの大倉睦美《おおくらむつみ》……先日、交通事故に遭って、右腕を骨折したという知らせがあった」

年上彼氏のバイクの後ろに乗って、コケて一緒に田んぼに落ちたというのは、奈緒も聞いている。木下だってそれくらいは知っているはずだ。

「ま、交通事故に限らず、東京に遊びにいくとか、それは市内でも県内でも一緒だけど、いつ何時、君らの身に危険が降り掛かるかは、我々教師にも、君らの親にも、君ら自身にも分からない。なので、注意のし過ぎということはないんだから、くれぐれも細心の注意を払って、残りの夏休みを楽しく、健やかに、過ごしてほしい。それがもう、私の、唯一《ゆいいつ》の願いです」

木下の「唯一の願い」は複数ある説。

「はい、号令」

「きりーつ」

ようやくだ。ようやく帰れる。

夏休み中に三日ほど設けられている登校日が、意味不明で退屈なのは間違いない。「ええー、わたし好きだよー、登校日」みたいに言う人には会ったことがないので、断言していいと思う。夏休み中の登校日に意味を見出《みいだ》せる人なんて、一人もいない。

ただし、宿題を集めるのと軽い説教が主たる目的のホームルームさえ終わってしまえば、そのあとにくる妙にまったりした時間は、そんなに悪くない。

少なくとも奈緒は、嫌いではない。

「これ、東京いったときに渋谷で買ってきたの。よくない？　ちょー可愛くない？」

「マジ金ねえわ。まさか、バイト代全額入った財布落とすとは、夢にも思わんかった。ヘコむわ」

「なんだかね……あたしも、ウチの野球部が県予選敗退なんて、考えてもみなかったからさ……ほんと、ぽかーんだよ、あいつ。この夏休み中、ずっと」

黙って聞いているだけで、この夏の間に起こったことが総集編的に、あるいは早回し的に、自然と分かってくるから面白い。お盛んだった人もいれば、なんとなく無駄に過ごしてしまった人もいる。

「奈緒は何してた？　八月後半」

「私は……特に」

奈緒自身は、どちらかといったら後者だ。どこかに遊びに出たわけでもなければ、地元で面白いことがあったわけでもない。

だからだろう。期末テスト中はあんなに楽しみだった夏休みが残り少なくなっても、不思議と、そんなに惜しい気はしない。

「もう、夏休みもさ……」

飽きたかな、まで奈緒はいおうと思っていたのだが、途中で言葉を呑《の》み込んだ。

ある光景が、目に入ってしまったからだ。

今、奈緒が座っている前から四番目の並び、左にずーっと真っ直ぐいって、窓際の席。なぜか、周りのみんなから背を向けられて、ぽっかりと一人ぼっち、机に向かってノートに何か書いている女子がいる。

片山希莉《かたやまきり》。

あの人って、わりといつもああだ。休み時間になっても、いつまでもノートに何か書いている。普段だったら、授業中に書ききれなかったことを書き足してるのだろうと察し、気にも留めない。でも今って、登校日のホームルームの終了直後だ。ノートに書くべきことなんて、普通はない。そりゃ、残りの夏休みを楽しく健やかに、とはいわれたけど、そんなのノートになんて、普通はとらない。

しかも彼女、横顔が妙に楽しそう。

まさか、超傑作のパラパラ漫画を描いてたりして。

「……ちょいごめん」

奈緒は席を立ち、途中の机に腰掛けて喋《しゃべ》っているクラスメートたちを避《よ》けながら、窓際まで進んだ。

そうだ。片山希莉って、たぶん普段から、ちょっと笑ってる。そういう目で見ると、若干気持ち悪いかもしれない。笑みを浮かべながら、ノートに何か書き続けている。奈緒は今までほとんど喋ったこともなかったけど、じゃあ彼女が誰かと仲良く話しているのを見たことがあるかというと、まったく記憶にない。

記憶の中の片山希莉は、常に机に向かって何かを書いている。体育で走っている姿も、教室を掃除している姿も見た覚えがない。さすがにそれは自分が覚えていないだけだと思うが、ないものはない。

「ねえ、片山さん」

声の届く距離まできたので、そう声を掛けてみた。

しかし、

「はい」

その返事と同時に片山希莉がとったリアクションは、予想外だった。

何かを書いていたノートをさっと閉じ、隣に置いていたバインダーの下にもぐり込ませ、シャーペンの芯を「チン」としまってペンケースに突っ込み、さらにそのペンケースを、まるでフタをするようにバインダーに並べてからこっちを向く。

「なに？」

その間《かん》、わずか二秒。野生に生きる小動物並みの警戒心と、防御態勢への移行の素早さだった。もはや手品師レベルといってもいい。

　ここまで警戒され、がっちりノートを隠されてしまうと、さすがに「なに書いてたの？」とは訊《き》きづらい。

　訊きづらいけど、でも訊いちゃおう。

「あ……うん。なんか、片山さんっていつも、なんか書いてるな、と思って。今も、なんか書いてたよね。なに書いてたの？」

「んーん。別に何も書いてないよ」

　その回答に「ニコ」と、見事なまでの「片山希莉スマイル」を添える。

　この人、かなり隠し慣れてるな——。

　理由は分からないが、それだけはよく分かった。


　自分の席に戻ると、周りの友達の何人かはいなくなっていたが、わりと仲のいい足立紗子《あだちさえこ》はまだ残っていた。

「なあ克則《かつのり》、かーつーのーりぃ」

　自分は脚を組んだまま背もたれにふんぞり返っているのに、大声で男子を呼びつける。紗子はよくそういうことをする。

　紗子は別に不良ではないし、怖い人でもない。背もクラスで二番目に低い。普通だったら、あまり目立たないタイプの女子だ。

ただ、やたらと声が大きい。

だから紗子に呼ばれたら、たいていの人は無視できない。

「……なんだよ」

さも迷惑そうに、安西《あんざい》克則が紗子の方を振り返る。

「克則さ、前にいってたスガシカオのライヴDVD、いつんなったら持ってきてくれんの」

こんなどうでもいい話も大声でするものだから、紗子については、クラス中のみんながパンツの色までよく知っている。下手《へた》したら、隣のクラスの人まで知っている。

克則が「ああ」という顔をする。

「あれな。あれ、一回しかダビングできない番組だったから、それやっちゃうと、ウチのハードディスクから消えちゃうんだわ」

紗子が組んでいた脚を解き、体を起こす。

「……だから、なに」

「だから、ごめん。DVDには焼けねえわ」

「なんでハードディスクから消えるのが、DVDに焼けねえ理由になるんだよ」

「いやいや、立派になるだろ。ハードディスクから消えちゃったら、俺とか兄貴が観たいときに、パッと観れなくなっちゃうじゃん」

「焼いたDVDを観りゃいいじゃん」

「毎回毎回、観るたびに入れんの、めんどくせーじゃん」

「じゃあ、始業式の日に『GANTZ《ガンツ》』全巻持ってきて」

克則が眉を左右段違いにして、紗子を睨《にら》む。

「それ、スガシカオとどう関係あんだよ」

「克則、スガシカオと『GANTZ』にはなんの関係もないよ。いいかい、あたしは『GANTZ』を一気読みしたいんだよ。だから、始業式の日に全巻持ってきてくれ」

克則が、がっくりとうな垂れながら首を横に振る。

「お前……『GANTZ』が全部で何巻あるか、知ってんの？」

「三十何巻かだろ」

「知ってんじゃねえか。だったらもっと考えてから喋れ。そんなもん、一日で持ってこれるはずねえだろ。他にだって荷物あるんだからよ。二巻とか、三巻ずつでいいだろうが」

紗子が再び背もたれに体重を預ける。

「なんだよぉ……」

ここで拗《す》ねてみせたら、それは普通の女子だ。

紗子は、そういう普通の人たちとは、ちょっと違う。

「克則ってさ……もっとあたしのために、なんでもしてくれる奴だと思ってたよ」

克則が「ハァ？」と声を裏返らせる。その後の展開もある程度分かっていながら、紗子の挑発に乗ってみせる。

「なんで俺が、お前のためになんでもしなきゃなんねえんだよ」

「だって克則、あたしのこと好きだろ」

出た。紗子の「根拠なきモテ感」。

「ハァ？　知らねーわそんなの。初耳だわ」

「克則ってさ、なんか見るからに、紗子のためなら死ねる、とか言いそうな顔してんじゃん」

克則も、まだこの程度ではへこたれない。

「言いそうな顔って、どんな顔だよ」

「そういう顔だよ。克則みたいなタイプって、たいていあたしのこと好きだからさ。しかもすぐ、紗子のためなら死ねる、みたいにいうんだよ」

「待てや。お前のために死ねるなんて俺はいってねーし、他にいってる奴も知らねーわ。誰だそれ。たとえば誰よ」

「分かった。じゃあ克則、あたしの好きなとこ、十コいってみ」

「なんで十コスタートなんだよ。一コもねーわ」

「恥ずかしかったら、一コでもいいよ」

「その一コが『ねえ』っていってるんですけど」

「さっきから、ずっとヤラしい目で見てるくせに」

ほんと、紗子はよくこのキャラで嫌われもせず、襲われることもなく、ここまで無事、高校生活を送ってきたものだと思う。

見習うべき点は特にないけど、尊敬もしてないけど、でも「すごいな」って、心から思う。

比べて自分は、なんてつまらない人間なのだろう――。

奈緒は、事あるごとにそう思う。

勉強も特別できる方じゃないし、得意なスポーツがあるわけでもない。一年の最初の頃に陸上部に入ってはみたけれど、雨の日も走らされるのがつらくてすぐにやめた。見た目だって、注目されるような美人でもなければアイドル顔でもない。かといって、いるだけで笑いが取れるほど面白い顔をしているわけでもない。スタイルも、お世辞にもいい方ではないし、背も、今のクラスではほぼ真ん中ら辺だ。

だから、紗子ってすごいなと、奈緒は思うのだ。

勉強もスポーツも、ごく普通かちょっと下くらい。背は紗子の方が低いけど、それ以外は自分と似たり寄ったり。

なのに、声が大きいというだけで――もちろん、その大声で何を喋るかも関係はあるのだけど、でもとりあえず大きな声を武器に、紗子は今のキャラクターを作り上げ、クラスで押しも押されもせぬ独自のポジションを築くに至った。いや、今のクラスだけではない。たぶん、一年のときからずっとだったのだと思う。

根拠なきモテ感、無意味に大きな態度、繰り返す無茶振り、自分勝手な話題の変更――。

こう並べてみると、嫌われ者として生きていく以外に道はないように思えるのだが、でも実際には、そうはならなかった。紗子は女子にも男子にも、わりと人気がある。面白い奴だと思われていて、多少面倒臭い展開になることは分かっていても、紗子に呼ばれると、みんなつい返事をし、積極的に絡《から》んでしまう。

さらに不思議なのは、紗子は奈緒のことが好きだという。

これは「根拠なきモテ感」とは違って、直接、紗子からいわれたのだ。「奈緒といると安心する」「あたしは奈緒のこと好きだよ」と、面と向かって何度もいわれている。

だから逆に、最近はそれがコンプレックスになっている。

こんなに普通で、面白いとこなんて一コもない自分を、なんで紗子は友達扱いしてくれるのだろう。周りの人は変だと思わないんだろうか。なんであんなにつまらない奈緒が、紗子とツルんで偉そうにしてんだ、とか――いやいや、そこはちゃんと気をつけている。紗子の友達だからっていい気になってる、みたいには思われないよう、大きな態度とか偉そうな物言いはしないよう注意している。

まあ、コンプレックスといったって、そんなに真剣に悩んでいるわけではないんだけど。

もういい加減、教室に残っている人数も少なくなってきた。

「奈緒、帰ろうぜ」

「あ、ごめん……」

奈緒は、バッグから少しだけ本を出し、紗子に見せた。

「今日、図書室開いてるでしょ。これ、返しにいってくるから、紗子、先に帰っててていいよ」

「分かった。じゃ、先にいってるわ」

肩越しに手を振り、紗子が教室を出ていく。紗子は口調も男っぽいが、仕草はそれ以上に男っぽい。けれども、恋愛対象は普通に男子だ。それも、意外とヒョロヒョロした、美少年系がタイプらしい。内緒で教えてもらった意中の男子も、けっこう線の細い、中性的な人だった。紗子が本当に好きな人にはどのように接するのか、非常に興味はある。

奈緒もバッグを担ぎ直し、教室を出た。

廊下に、生徒の姿はほとんどなかった。もう、帰る人は帰ったのだろうし、部活がある人はさっさと校庭とか体育館にいっている。

そういえば今日、図書室って何時まで開いているのだろう。実は紗子と無駄話をしてる間に閉まっていて、すでに返却も受付終了、結局、ただ紗子が先に帰っちゃっただけ、みたいになったら最悪だ。いや、大丈夫だった。まだ開いてた。入り口のところにも、ちゃんと【本日は午後四時閉館】と書いて貼ってある。腕時計を見ると、まだ午後一時。全然余裕だ。

あれ――。

今日は、なんだか妙に彼女の姿が目に留まる。こうなると、偶然とはいえ意識せざるを得ない。

片山希莉。わざわざ図書室まできて、まだ彼女はノートに何か書き込んでいる。

よし。今度は一丁、気づかれないように後ろから回り込んでみよう。あっちが小動物なら、こっちは大型の肉食獣だ。

閲覧用に並べられた机の島はいったん素通りし、抜き足差し足、雑誌とか、新聞の縮刷版なんかを並べている棚の裏を回って、片山希莉の真後ろに跳び出る。

「片山さんっ」

図書室でいきなり声を掛けられるとは、さすがに想定していなかったのだろう。片山希莉は教室でしたのと同じように、ノートをバインダーの下にもぐり込ませ、ペンもしまって、ペンケースをバインダーに並べよう、としたのだろうが、

「あっ……」

勢い余ってペンケースを机から落としてしまい、さらに中身を床にばら撒いてしまった。

マズい。これは、ちょっとやり過ぎた。

「ごめん、驚かすつもりじゃ……」

つもりだったけど、今は反省している。

奈緒がその場にしゃがむと、片山希莉も椅子《いす》から下りて、一緒にペンを拾い始めた。その頃には、教室でのそれより、むしろ柔らかな笑みが浮かんでいた。

「森さん、なに、今日は……そんなに、私のノートが気になる？」

その通りだが、もはやそれも言いづらい。

「ごめん、ほんと……度が過ぎた」

「いいよ別に、何も壊れたわけじゃないし。ただ、なんで？　なんで今日に限って、私のノートが気になった？」

こんなに近くで片山希莉の顔を見るのは初めてだが、なんだろう、この「よくできてる」感は。作り物っぽいというか、なんというか。顔の作りが物凄く左右対称なのだろうか。肌も、妙に白くて綺《き》麗《れい》だ。そういった意味ではお人形っぽいともいえる。

その顔で訊かれると、奈緒も、正直に答えなければいけないような気になってくる。

「……うん。普通の授業だったら、まあ、アレなんだけど、さっきって、ホームルームだったじゃん。別に木下、ノートとるほどのこと、なんもいってなかったじゃん。なのに、何をそんなに真剣に書いてるんだろうって……ちょっと、気になった」

片山希莉が「あー」と漏らす。

「そうか、ホームルームだから気づかれちゃったのか」

「片山さん、あれって……」

「希莉でいいよ。その方が呼びやすいでしょ」

確かに。

「うん、希莉……ちゃん、あれって、勉強のとは違うの？」

その、白くて綺麗な頬に、やや歪《いびつ》な笑みが持ち上がってくる。

「勉強のノートだったら、慌てて隠したりしないよ」

「だね。じゃあ、なに？」

「なんだと思う？」

そんなの、奈緒に分かるはずがない。

黙って首を横に振ると、希莉はさらに笑みを広げた。

「そもそもさ、そんなに必死で隠さなきゃいけないもんでもないんだよね。ただ、授業中もよくやってるからさ、ちょっと後ろめたさっていうか……気恥ずかしさも、まあ、あるっちゃあるけど」

全然分からない。

奈緒が首を傾《かし》げていると、希莉は自分から続けた。

「実は私……小説、書いてるんだ。あのノートは、その下書き。学校にいる間に、五行でも十行でも書けたらいいなと思って、いつも持ち歩いてる」

小説、か。奈緒のパラパラ漫画とは大違いだ。

「なに、どんな小説？　見せて」

「いや、あれは下書きだから……ちゃんとしたのは、家のパソコンにしか入ってないんだ」

いいながら、希莉が机の上にあるノートに手を伸ばす。二人は今もペンを拾ったときのまま、机の下にしゃがみ込んでいる。それが、妙な「秘密感」を醸し出している。

希莉が、手にしたノートの真ん中辺りを開く。

「このノートは、その、学校で書いた手書きの部分だけだから。全部じゃないし、前後も飛び飛びで、全然繫《つな》がってないわけ」

なるほど。

「家のパソコンには、全部繫がったのがあるんだ」

「っていっても、まだ最後まで書けてないから、どっちみち途中までだけどね」

それでも、ちらっと見えた字はとても綺麗だった。

まるで宇宙の入り口みたいだ。目の前にあるノート、その中には、自分の知らない世界が広がっているに違いない。

奈緒は十センチくらい、希莉ににじり寄った。

「ねえねえ、どんな話？　恋愛小説？」

「いや、恋愛要素は、ほとんどないかな」

「じゃあSF？　ホラーとか」

「でも、ないかな。サスペンスとか、ミステリーに近いかもしれない」

おお、そっち系か。

「じゃあ、いろんな駅にいって、行き方を調べたり？」

「うーん、そういうミステリーとは、違うかな」

じゃあ。

「孤島に招待された人たちが、一人ひとり殺されていく、みたいな」

「それもう、完全にアガサ・クリスティのパクリだね」

「分かった、物理学の天才がなんでも解決しちゃうんだ」

「それだと、東野圭吾《ひがしのけいご》をパクッちゃってるね」

我ながら「ミステリー」という単語で連想するネタの、そのあまりの少なさに悲しくなるが、そもそもこっちが言い当てなければならない類のゲームではない。

「ねえ、じゃあなんなの。どういう系のミステリーなの」

希莉は「うーん」と唸《うな》りながら、最初の方のページをパラパラと捲った。

「どういう系、とははっきりいえないけど、でも最初は、姉妹が森を逃げていくシーンから始まる、そういうストーリー」

ほう。姉妹が、森を逃げていく。

「……二人は、何かに追われてるの?」

「まあ、そういうことになるかな」

「殺人鬼とか」

「うーん、どうでしょう」

「幽霊とか」

「ちょっと、違ってきちゃったね」

「ゾンビとか」

「それもう、ミステリーじゃないしね」

「熊さんとか」

「ああ、森だけに……ってコラ」

なんだろう。今、奈緒はすごく楽しい。

2

八辻芭留《やつじはる》は、森の中を逃げていた。

妹、圭《けい》の手を引きながら。

靴を履かずに森を進むのが、こんなにも痛いことだとは思ってもみなかった。走るなんてとんでもない。おっかなびっくり、少しずつ歩くので精一杯だった。それくらい考えればすぐに分かりそうなものだが、これまでは考える機会すらなかった。

木の、根っこだか枝だかよく分からないものを踏むたびに悲鳴をあげそうになる。折れた細い枝なんて、刺さったら足の裏から甲まで貫通してしまうかもしれない。そう思ってからはできるだけ踏まないよう注意し、次の一歩を出すようにはしているが、かといってまったく踏まないようにしていたら、一歩も進めなくなってしまう。

「圭、ここ、根っこあるから」

「うん……」

芭留の薄いピンクの靴下、圭の黄緑の靴下も、もう半分以上茶色く汚れてしまっている。でも、こんな薄手の靴下でも履いていてよかった。これがなかったら、森に逃げ込もうなんて考えもしなかった。馬鹿正直に、舗装された道路を走って町に出ようとしていたと思う。そうしていたら、たぶんすぐに追いつかれて、捕まっていた。理由ははっきりしないが、夏でも靴下を履いて寝るように躾けてくれた母に、今は感謝している。

腕時計はない。携帯電話を持ち出す余裕もなかったので、今が何時なのかもよく分からない。普段、家にいるときなら窓の明るさで大体分かるが、こう四方を樹々で囲まれた森の中では、まったくといってもいいほど時間の感覚が保てない。たぶん、朝の六時とか、遅くても八時くらいではないだろうか。太陽が出ていればもう少し分かるのだろうが、今日はあいにくの曇り空だ。これで雨でも降ってきたら最悪だ。

こういうとき、昔の人は木の切り株を見て、年輪がどっちに膨らんでいるかで東西南北を見分けたというが、それって本当だろうか。そんな、年輪が綺麗に見えるような切り株なんて、ここまでまったく見掛けなかった。折れて倒れている木なら何本もあったが、年輪が読み取れるような平らな断面は一つもなかった。もっとギザギザで、グシャグシャだった。

「圭、そこ岩、跨《また》いで」

「うん……」

苔が生《む》してしまうと、倒れた木も岩も、見た目は大差なくなってしまう。どれもこれも、みんな緑。それでも大きな岩には、漠然とではあるが安心感がある。寄り掛かっていれば、背中は守ってくれる。そういう頼り甲斐《がい》はある。

「圭、ちょっと、ここで休もう」

「うん……」

女の子二人分の背中くらい、余裕で隠してくれる大きさの岩だ。少しゴツゴツと出っ張ってるところもあるけれど、背中の当て方を工夫すれば、なんとか寄り掛かって休むことはできそうだ。

「圭、もっとこっちおいで。こっちの方が痛くない」

「うん」

いま圭が着ているのは、芭留が中学のときに体育で使っていた小豆色《あずきいろ》のジャージだ。芭留は上が長袖のTシャツ、下はコットン素材のショートパンツ。丈が膝上までしかないので、脹脛《ふくらはぎ》回りは擦《す》り傷や掻《か》き傷だらけだ。泥もだいぶ跳ねている。黴菌《ばいきん》が入る前に、できれば綺麗な水で洗い流したい。

「お姉ちゃん……」

圭がそう呟《つぶや》いたので、芭留は手を握ってやった。

「なに」

「昔さ……家族でやってる喫茶店のドラマ、あったよね」

なんのことだろう。

「あったっけ、そんなの」

「あったよ。お姉ちゃんと観たよ。私、よく覚えてる……目が見えなくなる、ちょっと前くらいだったと思う」

圭が交通事故に遭い、視力を失ったのは七年前、十歳のときだ。あの頃、そんなドラマなんて放送していただろうか。

でも正直、そんなことは今どうでもいい。

「圭、いこう。もう少し進もう」

「うん……でも、お姉ちゃん。なんで私たち、逃げなきゃいけないの？　どこまで逃げるの？」

それを圭に説明する間もなく、芭留はここまできてしまった。とにかく目の見えない妹を家から連れ出し、安全な場所まで逃げ、助けを呼ぶ。それしか考えていなかった。

「もう少しいったら、ちゃんと説明するから」

それまでに、自分で自分の記憶を整理しておく必要がある。

一体なぜ、あんなことが起こったのだろうか。

どうして、こんなことになってしまったのだろうか。


それまで芭留は、いつものように圭と一緒の部屋で寝ていた。二階の、階段に一番近い六畳間だ。とはいえ、芭留も圭もその家に住んでいるわけではない。夏休みを利用して、父親の暮らす山中の一軒家に泊まりにきていたのだ。

なぜ自分が目を覚ましたのかは分からない。ただ、多少寝惚《ねぼ》けながらも、辺りの様子を窺《うかが》っていた記憶はある。ひょっとすると、何か物音を耳にして目を覚ましたのかもしれない。時刻は、少し明るくなりかけていたから、朝の四時過ぎとか、五時に近いくらいだったのではないか。

隣の布団を見ると、目は瞑《つむ》ったままだったが、圭も目は覚ましていた。圭が寝ているのか起きているのかは、表情で分かる。圭は、寝ているときは赤ちゃんみたいな顔をしている。起きているときは、少しだけ眉間に力が入っている。たぶん、健常者より聴覚に頼ることが多いので、耳を澄ます、その集中力というか、力みが眉間に出てしまうのだと思う。


ほとんど息だけの声で、圭に伝えた。

「……ちょっと、見てくるね」

圭が頷《うなず》くのを確かめてから、布団を抜け出した。静かにドアを開け、廊下に出た。

この二階には他にもいくつか部屋があるが、ここ以外は全部、畳敷きの和室になっている。フローリングは芭留たちが寝ている部屋だけだ。この家を買ってから父親が改築したのか、それとも元の持ち主が売りに出す前にそうしたのかは分からないが、この家自体は古い日本家屋なのに、ところどころ新しい洋風の個所がある、ちょっと変わった造りになっている。

すぐ隣の階段もそうだ。ガッチリとした洋風のものに造り替えられている。それも大きかったと思う。ゆっくり静かに下りていけば、足音がするようなことはなかった。段板《だんいた》が軋《きし》んでギィギィ鳴ることもなかった。

階段を下りた右側は台所になっている。浴室とトイレは左側にあるが、正面、板の間の向こう側はなんと、土足スペースになっている。父親は「土間」とか「土間玄関」と呼んでいた。要するに、家の真ん中に土足で通り抜けられるスペースがあるのだ。

その土間をはさんでさらに向こう側は、また床に上がって部屋になっている。そこは明らかに父親が改築したスペースだ。芭留たちが「道場」と呼んでいる広い板の間だ。普段は木製の引き戸が閉めてあるのだが、そのときは人が一人通れるくらい開いていた。

そこに、白い明かりが浮かんで見えた。天井からではない。もっと低い、大人であれば、せいぜい腰くらいの高さだ。懐中電灯だろう。誰かがＬＥＤライトの、けっこうな明るさの電灯を持って照らしている。

何を——？

芭留は自分の口を押さえ、声を呑み込んだ。

父親だった。

電灯を向けられているのは、道場の板の間に跪《ひざまず》かされている父親、八辻孝蔵《こうぞう》に違いなかった。着ているのはいつもの作務衣《さむえ》だが、両手が後ろに回っている。腰の辺りで、両手首を縛られているのかもしれない。その状態で板の間に正座させられ、懐中電灯を向けられ、うな垂れている。まるで、戦争映画に出てくる捕虜のようだ。

懐中電灯が、何かを催促するように揺れた。

「……あの屋敷に、出入りしてただろうが」

平べったい、嫌らしい声だった。不良なら使いっ走り、ヤクザでも下っ端《ぱ》。そんな、無理やり自分を強く見せようとするような、安っぽい声だ。

芭留が、一番嫌いなタイプの声だ。

孝蔵が、うな垂れたまま首を横に振る。

「知らん」

懐中電灯の主がその場にしゃがむ。床に反射したのか、あるいは道場の奥にある姿見に光が当たったのかは分からないが、一瞬、その姿が道場の闇に浮かび上がった。

銀髪の、痩せ型の男だった。学生服のような、シンプルなデザインの黒い服を着ているように見えたが、本当のところは分からない。黒いスーツに黒シャツでも、そのように見えたかもしれない。

「知らないわけがないだろう」

そのひと言と、同時に鳴った鈍い音。

芭留も、よく知っている音だった。

人が拳《こぶし》で、人の顔を殴ったときの音だ。

あの男、何をしている――。

「なあ、会わせてくれよ。彼女に、会わせてくれよ」

「知らない。なんの話だ」

またた。懐中電灯が激しく揺れると同時に、あの耳慣れた鈍い音が響き渡る。骨と骨とがぶつかり合い、顔面の肉が潰れる音が、道場の暗闇に広がっては消えていく。

「お前に、黙秘権なんて贅沢なもんはないんだよ」

「……分からん……知らないものは知らない」

再び懐中電灯が浮き上がる。立ったのか。だとすると、次は蹴りがくるかもしれない。

お父さん、立って、立って避けて――。

孝蔵は今でこそあんな状態だが、十数年前までは、日本の格闘技界で右に出る者はいないというくらいの、柔術の達人として知られた男だった。日本の古流柔術をいち早く格闘競技で使えるようアレンジし、多くの若手選手にそれを伝授、ブラジルやアメリカ、ロシアの格闘家たちに真っ向勝負を挑んでいった。一時期は東京と横浜に道場も持っていた。当時もすでに若くはなかったので、自らリングに上がることこそなかったが、孝蔵の手解《てほど》きを受けた選手の多くは、口を揃えてメディアで語った。

《八辻先生は、俺なんかの十倍は強いです》

《三分やったら、十本は極《き》められちゃうんじゃないですかね。俺はいいとこ、まぐれで一本、足関節が取れるかどうかじゃないですか。八辻先生の首とか腕は、誰も取れないですよ。絶対に無理です》

そんな孝蔵が、格闘技界から身を引いた本当の理由は知らない。少なくとも芭留が、本人から聞いたことはない。ただネットで調べた範囲では、イベントを仕切っていた会社が金を持ち逃げし、日本人選手にはギャラが支払われなかったとか、一部には暴力団が絡んでいたとか、ロシアン・マフィアが裏で糸を引いていたとか、様々な要因があったようだった。

それと孝蔵が精神を病み、都会で生活できなくなってしまったこととは直接関係があるのか、ないのか。それも、芭留にはよく分からない。無関係なはずはないと思うが、立証する手立てはない。

だがそれでも、体は覚えているはず。何者かは分からないが、そんな男の、へなちょこな蹴りなんぞ喰らう八辻孝蔵ではない。

そう、芭留は思いたかったが、

「……ぼふっ」

今までで一番鈍く、一番重たい音が聞こえてきた。腹への蹴りを、避けられなかったようだ。

また光が揺れ、男の姿が浮かび上がった。

「惚《とぼ》けたって無駄なんだよ。見てんだからよ、こっちは。お前があの屋敷に入っていくのを。それと、そこから手を引いて、女の子を連れ出してきたよな……ひょっとして、ここか？　ここに、彼女を連れ込んでるのか？」

なんの話だ。芭留にはさっぱり分からない。

それは孝蔵も同じだったようだ。

「何を、いってるんだ……ここには、誰もいない」

誰も——。

「本当か、おい。じゃあ、捜してみてもいいか？」

「よせ……誰もいない、この家には、俺一人だッ」

最後の、孝蔵の振り絞るようなひと声は、その男に向けられたものではなかった。ここにいる芭留――それは分かっていないにせよ、二階で寝ているはずの娘たちに、気づいてほしくて発した言葉だったに違いない。

気づけ、そして逃げろ――。

両腕の自由を奪われ、されるがまま暴行を受け続ける父親を置いて逃げるというのは、普通の親子ならば、あり得ない選択だと思う。

だが自分たちは、普通の親子ではない。そういう自負がある。

孝蔵は、現役か否かは別にして、真の格闘家だ。最低でも自分の身は自分で守れる。そういう人間だ。むしろ、娘二人が同じ家にいるから自由に戦えない面もあるのかもしれない。

そして芭留も、圭も、かつての弟子たちと同じように、孝蔵に格闘術を仕込まれて育った格闘家だ。自分の身は自分で守る。今こそ、その教えを実践すべきときだと思う。

ただし、大きく変わってしまった部分もある。

圭だ。

雨戸を閉め切った道場のような暗がりならいざ知らず、こっちはもう中途半端に明るい。それは、目の見えない圭にとっては大きなハンディになる。だからこそ、孝蔵はあえて囚《とら》われの身になったのかもしれない。暴漢の注意を自分一人に引きつけて、その上でなんとかこの事態を芭留と圭に気づかせ、密かに逃がす。そういう目論見《もくろみ》なのかもしれない。

やってみる価値はある。いや、やるしかない。原因も理由もまるで分からないが、非常事態であることは間違いないのだ。

両手を段につき、下りてきたとき以上に音を忍ばせ、二階に上っていく。途中でまたあの骨を打つ音、さらに孝蔵の呻《うめ》き声が聞こえたが、心を乱してはならないと、気に留めないようにした。一段一段慎重に、しかし急いで自分の体を二階へと運んだ。

上りきると、圭も異変に気づいていたのだろう、ドア口まで出てきていた。

危なかった。布団が部屋の真ん中辺りで、変なふうに捩《よ》じれて絡まっている。あれに圭が足をとられて、転びでもしたら何もかも台無しになるところだった。

圭だって、何があったのか知りたかったと思う。訊きたかったと思う。だが芭留がその唇に触れると、それだけで察し、頷いてくれた。

さあ、ここからどうする。確か、すぐそこにある窓の下は、屋根になっているのではなかったか。間取りからしたら台所の上辺りだ。そうだ、比較的緩い傾斜の屋根になっているはずだ。

あそこから圭を出して、ゆっくり下りていけと指示する。すぐに自分も追いかけ、圭が屋根から落ちる前に自分が圭を追い抜き、先に飛び下りて下で圭を受け止める。あるいは、間に合わなかったら一緒に飛び下りる。せめて、圭が頭を打たないように抱き合って落ちる。それくらいはできるはずだ。

立ち上がり、窓のロックを解除する。両手で丁寧に外したので、カチンとかパタンとか、物音がすることはなかった。

だが、窓本体を開けるのは、そう簡単ではなかった。

滅多に開け閉めしない窓なのか、ゴムのパッキンみたいなものが、アルミの枠に張りついてしまってなかなか動かない。もっと力を入れればいいのだろうが、いざ開いて、勢い余って反対側にぶつけ、大きな音をたてるようなことはしたくない。

そうこうしている間にも、下では声がしている。

「……どこだ、二階か?」

こっちにくる、上がってくる――そう思ってしまったのがよくなかった。つい力が入り過ぎ、窓が動いたのはよかったが、ベリッと、引き剝がすような音が大きく鳴ってしまった。

「アアッ?」

マズい、気づかれた。

無遠慮な足音が近づいてくる。板の間の道場からコンクリートの土間に下り、こっちに迫ってくる、砂交じりの靴音。

間に合わない。

「圭、こっちッ」

手を伸べると、圭はまるで見えているかのように芭留の手を握った。立ち上がらせ、引き寄せ、窓際で耳打ちする。

「この窓から下りて、早く」

勘のいい子だから、圭ならできると思った。でも、少しは躊躇《ちゅうちょ》するだろうとも思っていた。

でも、

「分かった」

圭はいきなり窓枠を摑《つか》み、そこに上るというよりは、いきなり跳び越えるように窓枠を跨ぎ、外の屋根に下り立った。

と同時に、階段下に何か見えた。

「……そこかッ」

あの男だった。懐中電灯をこっちに向け、そのまま階段を上ってこようとする。しかし男の背後、板の間の暗がりから、

「どっ」

黒い塊《かたまり》が出現し、その勢いのまま男を押し倒した。

孝蔵だった。両手を縛られた状態の孝蔵が、真後ろから男にタックルをかましたのだ。

「芭留、逃げろッ」

返事をするのは馬鹿だと思った。頷いたところで孝蔵に見えるはずもない。今は一秒でも早く、圭を追って窓から逃げるべきなのは分かっていた。

それでも、芭留は一瞬動きを止めてしまった。

「なにすんだテメェッ」

男が何かを振り上げ、それを、孝蔵に打ち下ろそうとするのが見えたからだ。

包丁、ナイフ、ひょっとして鉈《なた》、斧《おの》——。

暗かったので、本当のところは分からない。

だが直後に聞いた、孝蔵の声は凄まじかった。

獣だった。人の声ではなかった。

あれは切りつけられたとか、刺された痛みから発した声ではない。自らを鼓舞し、恐怖に打ち勝ち、反撃に転ずるために発した声だった。決して、孝蔵は刺されたりしていない。切りつけられてもいない。大丈夫、孝蔵なら必ず、あの暴漢を捻《ね》じ伏せてくれる。

お父さんなら、絶対に勝ってくれる——。

そう信じ、芭留も窓枠を跳び越えた。

圭を追って、屋根を駆け下りた。


あれから、何時間歩いてきただろう。

現在地も分からない。方角も分からない。そもそも、この近辺に土地鑑があるわけではない。一番近い民家とはどれくらい離れていて、どれくらい歩いたら町に出られるのか、そういうこともほとんど分からない。

この休憩が四回目だったか、五回目だったか。そんな記憶まで曖昧になりつつある。

話を聞き終えた圭が、目を閉じたまま天を仰ぐ。

「私たち、このまま死ぬのかな……」

あり得なくはない。

このまま遭難、最後は餓死。じゃなかったら、追いかけてきたあの暴漢に殴り殺される、刺し殺される。仮にそれから逃れられたとしても、足の裏から入った黴菌が全身に回って、高熱が出てそのまま死ぬ。そういう可能性だってある。

楽観できる材料なんて、何一つない。

「あのさ、お姉ちゃん……私、お姉ちゃんと、ドラマみたいな喫茶店、やりたかったんだ」

だから、なんなのその思い出。

そんなドラマ、まったく記憶にない。

3

朝食は毎朝、お店で食べる。市原《いちはら》家では、それが習慣になっている。少なくとも琴音《ことね》が小学校に入った頃にはもう、そういうスタイルが定着していた。

ただし当時、当たり前だが作るのは母親の役目だった。母親がハムエッグを焼いたり、味噌汁を作ったりしていた。父親は、母親と二人分のコーヒーを淹《い》れるだけ。琴音と妹の叶音《かのん》は、牛乳とか、野菜ジュースとか、何もなければ水を飲んだ。

琴音の両親には、ちょっと変わったところがある。

父親は「静男《しずお》」、母親は「緑梨《みどり》」という名前だが、二人は今も、互いを名前で呼び合っている。しかも「さん」付けで。

「静男さん、今日の新聞どこ」

「知らないよ。さっき、緑梨さんが読んでたでしょう」

五十を過ぎてなお恋人気分なのかどうかは知らないが、見た目は完全に「初老」の域にある夫婦が、互いを遠慮がちに「さん」付けで呼び合うって、けっこう——気持ち悪いとまではいわないが、変わってるな、とは思う。

しかも最近、朝食作りは琴音の担当になりつつある。そうなると、二人の雰囲気も「初老の夫婦」

から、本格的な「老夫婦」に様変わりしていく。琴音が作る朝食を待っている姿なんて、もう「老後」そのものだ。今朝は二人からリクエストされてしまったので、琴音は仕方なくフレンチトーストを焼いている。

緑梨はカウンター席にゆったりと座り、静男が先に淹れてくれたコーヒーを飲んでいる。

「……そういえば、琴ちゃん。タマネギの発注しといてくれた？」

「昨日したよ。二十キロでいいんでしょ」

「うん、二十キロでいい。いつくるって」

「分かんないけど、明後日《あさって》くらいじゃないの」

静男は琴音の隣で、自分の分のコーヒーを淹れている。お気に入りの銅製ケトルを高く構え、中《ちゅう》挽《び》きのコーヒー豆に、細く細く、螺旋状にお湯を含ませていく。

「……緑梨さん。なくなりそうだって気づいたんなら、自分で発注しなよ」

「えー、だって琴ちゃんがもう頼んでたら、四十キロきちゃうじゃない。そういうのは、ちゃんと確かめてからじゃなきゃ駄目よ」

うんと小さな頃は、この二人の会話を妙に思うこともなかった。これが普通、ごくごく当たり前だと思っていた。一方、静男が「お父さん」で、緑梨が「お母さん」だというのは、ちゃんと分かっていた。そこを勘違いしたり、疑問に思うことはなかった。

ただ友達に、初めてそのことを指摘されたときは、けっこう恥ずかしかった。

「琴ちゃんのお母さんって、ミドリさんっていうんでしょ」

「うん、そうだけど……」

「お父さんはシズオさんっていうんでしょ。で、ミドリさん、シズオさんって呼ぶんでしょ。お父さんとお母さんなのに、変なの」

たぶん、店にきたその子の親が二人の会話を耳にし、悪気はなかったのだろうが、家に帰ってその話をしたのだろう。市原さんのご夫婦って、互いを名前で呼ぶのね、それも「さん」付けで、洒落《しゃれ》てるわね——「洒落てる」まではいわなかったかもしれないが、でも、そういうことだったのだと思う。

「はい、どうぞ。お待たせしました」

「ありがとう……んーっ、いい匂い」

緑梨が満面の笑みで、フレンチトーストの載った皿を受け取る。緑梨はこれに、パンが浸《ひた》るくらいメイプルシロップをかけて食べるのが好きだ。

「お父さんのもできたよ」

「ああ、ありがとう」

奥の厨房にある、業務用コンロなら火力も強いので四人分いっぺんに焼けるのだが、カウンターにある小さなコンロではそうもいかない。上手く綺麗に焼けるのは二人分がせいぜいだ。

琴音と叶音の分は今から焼く。

緑梨が、斜め上の方を見上げる。

「あの子、起きてんのかしら」

静男が小さく頷く。

「起きてるでしょ……さっき、奥で音してたから」

「そう。起きてるんならいいけど」

琴音の分までお湯を落として、静男はカウンターから出ていく。自身で「究極の静男」と名付けたブレンド、ドリップ方法で淹れたコーヒーを持って、緑梨の隣に座る。その、自身で考案したブレンドに「〇〇の静男」と付けるネーミングセンスも、琴音はいかがなものかと思っている。

当の本人に、直接そう意見したことはないが。

「……うん、美味《おい》しそうだ。いただきます」

静男は、フレンチトーストには何も付けない。そのまま食べる。それがコーヒーと一番合うからだというが、それも琴音にはよく分からない。むしろ、一緒に食べるものは少し甘いくらいの方が、コーヒーを美味しく味わえると、琴音は思っている。

そんな頃になって、ようやく喧《やかま》しい足音が聞こえてきた。

コツコツ、と靴を履く音がして、ホールの奥にあるドアが乱暴に押し開けられる。

叶音だ。肩にバッグを掛け、長い髪を後ろで一つに括《くく》りながら入ってくる。かなり急いでいるようだが、静男と緑梨が「おはよう」と声を掛ければ、低くではあるが、一応「おはよう」と返してくる。

琴音は、軽くフライパンを浮かせてみせた。

「叶音の分も、もう焼けるけど」

しかし、

「……いってきます」

そんなものには見向きもせず、叶音は出ていった。

ドアに仕掛けてあるウインドチャイムが暴れ、ガシャガシャと騒ぎ立てる。静かに開け閉めすれば、星屑《ほしくず》が降るような澄んだ音を響かせてくれるのに。

緑梨が溜め息《た　いき》をつく。

「……なんなんだろ。ああいう年頃なのかしらね」

そういう問題でないことは、ここにいる誰もが分かっているはずだった。

琴音がひと息つくと、それもなんとなく、溜め息のようになってしまう。

「……私はあの歳《とし》の頃、あんなじゃなかった」

この、叶音の分のフレンチトーストはどうしたらいいのだろう。

緑梨も琴音の手元を見ている。

「そうかしら。似たようなもんだったと思うけど」

「あんなあからさまに、反抗的な態度はとらなかったでしょ」

「かもしれないけど、でも漠然と、イライラした空気は発してたよ」

「そうかな……」

「そうだったよ。なんていうか、目には見えない、何かを敵視してるみたいな」

それは、なかったと思う。

そんなに自分は、反骨精神に溢れた高校生ではなかったはずだ。


静男の経営する「カフェ・ドミナン」を、琴音が「かなり広い」と感じるようになったのは、東京に一年いって、戻ってきてからだ。

子供の頃は、当たり前だがこの店しか知らなかったし、こんな田舎に喫茶店やレストランなんて滅多にないから、比較することもなかった。

四人用テーブルが四つ、壁際に長いベンチソファがあって、そこにも同じ大きさのテーブルが四つ、あとはカウンターに四席、合計三十六席。それを、静男の淹れるこだわりのコーヒーと緑梨が作る家庭的なカレーライス、その二枚看板で二十何年も守ってきたのだから、ある意味立派だと思う。

身支度を整えた緑梨が、車のキーを指で回しながら琴音のいる厨房を覗《のぞ》き込む。

「じゃあ、荻谷《おぎや》さんとこにいってきまーす」

荻谷というのは、有機農法で小麦を作っている農家だ。いつからかは知らないが、ドミナンで出すカレーにはずっと、そこから仕入れた小麦が使われている。

「琴ちゃん、他に何か要《い》るものある？」

「パスタの在庫が、ちょっと心細いかな」

看板メニューがカレーとコーヒーというだけで、決してそれ以外は作れない、というわけではない。サンドイッチだってスパゲティだって、紅茶だってレモンスカッシュだって、頼まれればいつでも作れるし、出せる。ただ頼まれる頻度が、カレーとコーヒーに比べて圧倒的に低いというだけのことだ。

「分かった、パスタね。あとは？」

「あとは……ケチャップ、はまだあるか……うん、今のところは、それくらい」

「静男さんは？　何かある」

「四十ワットの電球、四個……いや、念のため、六個お願い」

緑梨が眉をひそめる。

「また電球？」

「うん。電球の方が、明かりが優しいよ」

「すぐ切れちゃうから、お財布には優しくないんだけど」

「でも、明かりが優しい方がいいよ」

「ほんとね？　ほんとにＬＥＤじゃなくて、電球でいいのね？」

「うん。僕は電球が好き」

「……分かった」

緑梨は肩をすくめ、琴音にだけ見えるように苦笑いを浮かべて、店を出ていった。

さてと。朝食の片づけも終わったので、そろそろ琴音もタマネギを炒《いた》め始めないとランチに間に合わなくなる。本当は静男にも厨房に入ってもらって、半分でもいいから微塵《みじん》切りにしてもらえると助かるのだが、それはしてくれない。静男はあくまでもコーヒー担当。料理はほとんど作らない。でも、それについて恨み言をいってはいけないというのが、市原家のルールになっている。

なぜか。それは静男の淹れるコーヒーが、ドミナンの利益の八割を占めているからだ。静男の目と、鼻と、手と舌が、利益の大部分を生み出しているからだ。

実際、驚くほど遠方からコーヒーを飲みにくる常連客が何人もいる。旅行雑誌がこの地域を取り上げるときには、必ずドミナンもコーヒーの名店として紹介されるので、そういう一見《いちげん》さんも数多く見える。また、この辺りには他に飲食店がないので、近所の人たちも溜まり場のように利用する。そういう客には、琴音も「お茶請け」ビスケットを多めに出すようにしている。

「お父さん、看板出して」

「ああ、分かった」

大量の小麦を車に積み込む仕入れや、タマネギを山ほど微塵切りにし、それを飴《あめ》色になるまで丁寧に炒めるランチの仕込み、そういった力仕事はほとんどしない静男だが、店の看板だけは、いえば出してくれる。いわなくても、自主的に出してくれることもある。

それはたぶん、ドミナンが自分の店であるという、強い自負があるからだ。「ドミナン」という店名も静男がつけたものだ。語源は音楽用語の「ドミナント」。日本語では「属音」といい、「ドレミ」でいったら「ド」に対する「ソ」がこれに当たる。

このドミナントを根音《こんおん》にした和音を「ドミナント・コード」といい、この和音は次に「トニック・コード」という、最も安定した和音に移行、解決する性質を持っている。「ドレミ」でいうと「ソ・シ・レ」が「ド・ミ・ソ」に移行する動きのことだ。

この性質を知ったとき、静男は非常に感動したのだという。

僕の淹れたコーヒーを飲むことで、お客さんの心が「安定」に移行したら、こんなに素敵なことはない——。

この「ドミナン」という店名には、そんな静男の思いが込められている。

とはいっても、静男自身は決して音楽家ではない。レコードで聴く弦楽四重奏と、ギター主体のジャズ、あとは六〇年代から七〇年代辺りのロックが好きな、いち音楽ファンだ。何度かギターにチャレンジしたことも、あるにはあるらしいが、

「無理だよ……だって僕、名前が『静男』だもん。音を上手く出せるようになんて、なれっこないよ」

まったく、弾けるようにはならなかったらしい。

しかし、その思い込みもすごい。自分は名前が「静男」だから楽器が弾けない。だったら、自分の

子供には楽器が弾けそうな名前をつけよう。そうしたら、きっと楽器が上手な子に育つに違いない。そう考えた静男は、長女に「琴音」、次女に「叶音」という名前をつけた。緑梨も一緒に考えたとはいうが、あくまでも「決めたのは静男さん」だという。

当然の結果として、琴音も叶音も様々な楽器にチャレンジさせられた。決して嫌々だったわけではないが、やらされてる感は大いにあった。

ピアノ、ギター、フルート、電子オルガン、ヴァイオリン。こんな田舎で、子供に楽器の習い事をいくつもさせるのは大変だったと思うが、そこは並々ならぬ情熱の方が勝っていたのだろう。静男が積極的に送り迎えをしてくれたお陰で、琴音はピアノを、叶音はクラシックギターを弾くようになった。琴音に関していえば、音大受験に向けて可能な限りのサポートをしてもらった。現役での合格に失敗すると、静男は親戚に借金までして一年間、東京にある音大受験用の予備校に通わせてくれた。その間の、東京での生活費も出してくれた。

残念ながら、結果は二年目も不合格だった。悔しかったが、でももう一年やらせてくれとは、とてもではないが琴音にはいえなかった。

東京で一年学んでみて、よく分かったのだ。

本気で合格しようと思ったら、あれの三倍はお金が掛かる。

あと、東京の喫茶店はたいていせまい。それと比べたら、ドミナンはかなり広い。

それも、東京に出てみてよく分かった。

平日でも、ランチタイムはそれなりに忙しい。

「いらっしゃいませ」

「はい、カレーライスのセットをお二つですね。お飲み物は何になさいますか」

「お待たせいたしました。セットのサラダと、スープです」

さすがの静男も、書き入れ時のランチタイムにコーヒーしか運ばない、なんてことはない。ちゃんとサラダだってカップ入りのスープだって運んでくれる。コーヒーも一杯一杯、悠長に淹れたりはしない。コーヒーメーカーで、何杯分もまとめて淹れたものをお出ししている。不本意ではあるのだろうが、その程度のビジネス感覚は静男にもある。

近頃は、だいぶ外国人の客が増えた。アジアだけでなく、アメリカやオーストラリア、ヨーロッパからもけっこうくる。そういう外国人客も、ネットか何かで調べてくるのだろう。必ずといっていいほどカレーライスを注文し、サービスドリンクにはホットコーヒーを選ぶ。ランチのサービスとはいえ、豆はマシン用にブレンドした「渾身の静男」なので、評判はいい。琴音はむしろ、これくらいの軽い苦みの方が好きなくらいだ。

ランチ客が落ち着くのは、だいたい一時半頃。

「ご馳走《ちそう》さま」

「ありがとうございました。お気をつけて」

その後に残るのは、たいていは近所のお馴染《なじ》みさんか、遠方からくる常連さんか、琴音の同級生だ。

「いやいや、叶音ちゃんなんて可愛いもんじゃやない。ウチの康介《こうすけ》なんて、ほんとムカつくんだから。あたしが大事に使ってた化粧水、もうそれで直《じか》に顔洗ったんだろってくらい、バッシャバシャ使われて、三日で一本カラにされてさ。お前のニキビ面《づら》なんか井戸水で充分なんだよって、昨日も喧嘩《けんか》だよ」

伊田万里子《いだまりこ》の弟は三つ下だから、高校二年生。叶音の一つ上ということになる。

「あれじゃない、康介くんもカノジョできて、その辺意識するようになったってことなんじゃない？」

「だとしたって、アレはないわ。あり得ない。そんなさ、コンビニで売ってるような安物じゃないんだからさ、あたしの化粧水は。勘弁してよって話よ」

どんなに聞いても、やはり問題の根は我が家の方が深いと思う。

叶音の態度が悪くなったのは、明らかに琴音が東京に出てからだ。それも琴音に対して、特に当たりがキツくなった。

叶音から琴音に話し掛けてくることは、百パーセントなくなった。逆に琴音が声を掛けた場合でも、反応があるのは十回に一回くらい。ほとんど無視されているような状態だ。

ただそれも、致し方ないことだとは思っている。

あれだけお金を掛けてもらって、なんの結果も出せないまま逃げ帰ってきた負け犬。結局ピアノも弾かなくなって、今は店の手伝いをしているだけの、家族のお荷物。叶音の目には、今の琴音がそんなふうに映っているに違いない。そしてそれは、決して間違った見方ではない。

しかも叶音は、中学三年でギターの教室に通うのをやめている。時期が時期だっただけに、琴音の東京留学の皺《しわ》寄せが叶音の方にいってしまったのか、とも思ったのだが、緑梨に訊くと、そういうことではないという。

「なんでって、私も訊いたんだけどさ……あの子もう、誰かに頭を下げて、教えてもらうのは嫌なんだって。もっと自由に弾いて、自分の好きなように音楽を作りたいんだって。私もね、レッスン料を気にしてるのかなって思って、お金のことだったら気にしなくていいんだよ、っていったの。そうしたら、じゃあ二十万貸してくれって。それで新しいギター買って、ガンガン稼いで、百倍にして返すからって」

嫉妬でも嫌味でもなく、ましてや姉の欲目でもなく、あくまでも一人の音楽家の端くれとして、公平な目で見て思うのは、自分より叶音の方が音楽的才能はある、ということだ。ギターとピアノでは表現方法がまったく違うが、それでも叶音の弾くギターはとても情熱的で、感情表現が起伏に富んでいて、かつパワフルだと感じる。それと比べると、自分のピアノはひどく大人しく、解釈の幅もせまく、縮こまっているように聴こえる。仮に叶音にピアノが弾けたなら、逆に自分にギターが弾けたなら、その差はより歴然としていたに違いない。

壁越しにではあるが、先日も聞いてしまった。たぶん叶音は、緑梨と話していたのだろう。

「……どうすんのあの人、これから先。浪人中退で」

それは琴音にも分からない。先のことについては、今は何も考えられない。

「ねえ、琴音ってば」

万里子に呼ばれて、ふと我に返った。

だいぶ、一人で考え込んでしまっていたようだ。

「ああ……ごめん、なんだっけ」

「だからさ、高三のとき同じクラスの子で、窓際の席で、いっつも小説書いてた子、いたじゃん。あの子、名前なんていうんだっけ」

そんな子、いただろうか。

「小説書いてた子なんて、いた？　ウチのクラスに」

「いたよ、絶対いた。ほら、名前、なんていうんだっけな……キタムラ、キタヤマ……違うな。ほらぁ、わりと頭もよくてさ。じゃあ、あれは、ほら、なんだっけ、病気療養で東京から引越してきてさ、でもあんまり学校こなかった奴、ほら、なんて名前だっけ」

申し訳ないが、今のところ、琴音には何も思い出せない。

4

小さな頃、ケーキは大きければ大きいほどいいと思っていた。でも大人に近づくにつれ、小さくても味に深みがある方がいいと思うようになった。プリンのカラメルも、ただ甘いのより苦みのあるものの方が、今は好きだ。

今は、好きだ。

それはたぶん、この世に永遠などありはしないと気づいたからだ。

永遠に食べ続けることができるのなら、確かにケーキは大きい方がいい。飽きのこない、仄《ほの》かな甘みが好ましい。でも永遠なんてないのだから、お腹《なか》なんてすぐ一杯になって、じきに食べられなくなってしまうのだから、だったら少し濃いめの、苦みも混じった複雑な味わいのケーキがいい。ひと口でも満足できるような、大人向けの味がいい。

早く、大人になりたい。

だから、たくさん本を読むようにしている。

お父さまはよく、聖書を読みなさいと仰《おつしや》るけれど、むろん読む振りはしていたけど、本当はほとんど読んでなんていなかった。なぜって、ちっとも面白くないから。そんなことをお父さまにいったら、面白い面白くないで読むものではない、とお叱りを受けるのだろうけど、面白くもないものを読み続けるのは容易なことではない。

今は、面白いものを読みたい。毎日、一年中、三百六十五日ずっと、面白いものだけを読んで過ごしたい。

冬の間は、暖炉に当たりながら恋愛小説を楽しみたい。できれば翻訳物がいい。たとえば、フランソワーズ・サガンとか。『悲しみよこんにちは』は一度読んだことがある。ああいう作品が他にもあったら、ぜひとも読んでみたい。あと、一度でいいからタバコを試してみたい。それは、さすがに無理だろうけど。

春になったら、青春小説とか、冒険小説がいい。ウィリアム・ゴールディングの『蠅の王』とか、ああいう感じ。夢枕獏《ゆめまくらばく》の『神々の山嶺《いただき》』もよかったけど、あの作品に青春要素はあまりなかったか。

夏は、なんといってもSF。頭の中に宇宙空間を思い描くだけで、涼しくなれるのがいい。じゃなかったらホラー。ただし、ゾンビとドロドロになって戦うタイプのサバイバル・ホラーは駄目だ。三ページ読むごとにシャワーを浴びたくなってしまう。浴びたら浴びたで、今度はバスルームから出づらくなる。すでにそのときには、外に大勢ゾンビがいる妄想に取り憑《つ》かれているだろうから。

秋は、何がいいだろう。詩集とか。うん、いいかもしれない。風が気持ち好《よ》い季節なら、テラスに出て、ガーデンチェアに寝転んで――いや、駄目だ。あの布張りのチェアは、古くなったからといってお母さまが捨てさせてしまった。今あるのは背もたれも木でできたやつだから、とてもじゃないけど読書なんてできない。

でも、そんな計画なんか全部無視して、今はミステリーに夢中になっている。秋なのに、ミステリーを読んでいる。

宮部《みやべ》みゆきの『理由』と貫井徳郎《ぬくいとくろう》の『慟哭《どうこく》』がよかった。パトリシア・コーンウェルの「検屍官シリーズ」も読み進めている。順番を間違えたのか、途中で人間関係が理解できない個所があったが、それでもストーリーは楽しめた。傑作だった。

テラスでは寒いと思ったのだろう。お母さまがホットミルクと、ブランケットを持ってきてくれた。

「もうすぐ四時ですよ。そろそろ中にお入りなさい」

「今、すごくいいところなのに……せめて、あと十ページ」

「十ページは長いわ。五ページになさい」

「分かった。じゃあ、五ページにする」

ガーデンチェアは木製のままだが、クッションをいくつも並べればなんとか寝転がれた。少しの間だったら読書だってできた。

あともう一つ、他にも家に入りたくない理由があった。

夕方四時頃になると、ある女性が、あの生垣の向こうを通る。名前は知らないけど、背が高くて、横顔がとても美しい人だ。たぶん、何歳か年上。大人の女性だ。

できれば、彼女をひと目見てから家に入りたかった。

上手《うま》くすれば一度に二回、彼女の横顔を見ることができる。

最初は、門のところ。キンモクセイの生垣は門の手前で途切れている。その門扉の柵《さく》越しではあるけれど、そこで一回、彼女の全身を見ることができる。夏の間はノースリーブのワンピースが多かった。一度だけ、黒くて短いタイトスカートを穿《は》いているのを見たことがある。真っ直ぐで、すごく綺麗な脚だった。膝下なんて、まるでハサミみたいだった。悪い意味じゃなくて、それくらい真っ直ぐで、動きもシャープで、紙をはさんだら、それだけで「ショキッ」と切れてしまうんじゃないかというくらい、歩き方まで無駄なく整っているということだ。

二度目は、隣の敷地との境目。ウチの生垣は当然そこで終わっており、本当だったら彼女は後ろ姿というか、見えても後頭部くらいなのだが、彼女だって気紛《きまぐ》れに横を向くことはある。ひょっとしたら、広いお庭ね、などと思って、こちらを覗くことだってあるかもしれない。そんな期待が捨てきれないものだから、ついつい最後まで、彼女の姿を目で追ってしまう。

こっちを向いて。

そう念じながら、密かに見つめ続けていれば——。

などと考えていたら、本当にきた。彼女だ。

今日は白とベージュの、ボーダーのロングニットカーディガンを着ている。一瞬しか見えなかったけど、その下はオフホワイトのカットソーっぽかった。ボトムはわりと濃い色の、スリムなデニムだ。どこのブランドが好きなのだろう。いつもシンプルなのに、とても洒落て見える。コーディネイトも上手《じょうず》なのだろうが、そもそもこの辺りで買い揃えているようには見えない。きっと彼女は東京に住んでいて、服は向こうで買って、それを着てこっちにきているに違いない。

門の前を過ぎてしまうと、もう生垣に隠れて、顔から爪先まですっかり見えなくなってしまう。せめてあと二十センチ、可能なら三十センチ生垣を低くしたい。そうしたら、歩いていく彼女の横顔を何十秒か、じっくりと見られるはずなのだ。でもそんなこと、とてもではないがお父さまには頼めない。なんのためにと訊かれたら、説明のしようがない。内緒で植木職人を呼んで、切らせてしまおうか。お父さまはとても忙しい方だから、ひょっとしたら、全体に二十センチ生垣が低くなったことになんて、お気づきにならないかもしれない。

こつ、こつ、という規則正しい足音と共に、黒髪の頭頂部が生垣の向こうを水平移動していく。そしてもうすぐ、隣との境目に達する。彼女の顔を見る二度目の、そして今日最後のチャンスがやってくる。

お願い、一瞬でいいから、こっちを向いて。

文庫本の、まだ読んでいないページの塊を握り締め、その一瞬を待つ。距離は二十メートル以上あるけれど、目はいい方だから、彼女がこっちを向いてさえくれれば、どんな表情をしているかは見分けられる。その自信はある。

あと五歩、あと四歩、三、二、一——。

カウントゼロで、視界がスローモーションに切り替わる。

ボーダーの、ロングニットの後ろ姿。黒髪がそよ風に揺れ、そのまま、彼女は肩にまとめるように、左手で軽く掻き上げた。

まさに、奇跡の瞬間だった。

彼女がこっちを振り返って、一瞬だけど、足を止めたのだ。

しかも、微笑《ほほえ》んでいた。ただの愛想笑いなのだとは思うけど、それでも、気絶するほど嬉しかった。こういうことが心臓に一番よくないことは分かっている。でも、こういう気持ちを捨て去ってまで生きていたいとは思わない。

さらに彼女は、会釈までしてくれた。こっちもそれに合わせて、絶妙のタイミングで会釈を返すことができた。これは、さらなる奇跡といっていいだろう。これまでは、胸が高鳴ると固まって何もできなくなってしまう、そういう人生だった。自分のあらゆる失敗はそこに原因があったといっても過言ではない。

しかし奇跡の瞬間は、まさに瞬く間に過ぎていった。

美し過ぎる後ろ姿はすぐに隣の敷地の木の陰に隠れ、規則正しい足音は徐々に小さくなり、十秒もしないうちに聞こえなくなってしまった。

でも、よかった。

偶然かもしれないが、彼女は足を止め、こっちを見て微笑み、会釈をしてくれた。

自分は、テラスの柵ではなかった。褪《あ》せた緑の芝生《しばふ》でもなければ、屋敷の煉瓦《れんが》調の外壁でもなかった。ちゃんとそういう背景から浮き出て、一人の人間として、彼女に認知された。

うん、よし。今日はいい日だ。

このことは、しっかりと日記に書いておこう。

東京から戻られた、いや、東京からこっちにきてくださったお父さまと、今夜は夕食をご一緒する。

こっちでは、お母さまと二人で食事をすることが多いから、お父さまがいらっしゃるととても賑《にぎ》やかに感じる。

「最近気づいたんだが、私はどうも、そういうのに少し、鈍いようだ。コウサカくんとマツイくんがそういう間柄だったなんて、まるで気づかなかった。三年も一緒にいたのにね、ちっとも知らなかったんだ」

お母さまも、お父さまのお話をとても楽しそうに聞いている。

「お二人が交際するようになったきっかけは、なんだったのかしら」

「ゴルフだと、聞いているがね」

「そのときあなたは、同じコースを回ってらしたの?」

「もちろん一緒だったが……私は、新しいドライバーを使いこなすのに必死でね。あの日はティーショットが決まらなくて、少しイライラしていた。それもあったのだろう。二人の間に……いや、もうよそう。言い訳は、すればするほど野暮になる」

確かに、お父さまにはそういう一面がある。

頭脳明晰《めいせき》でスポーツ万能。お仕事の面ではとても決断力があり、会社の窮地を何度も、その的確な判断力で救ってきたと伺っている。

でも、恋愛とかそういう話は、ちょっと苦手。三人で同じテレビ映画を観ていても、お父さま一人だけが、苦虫を嚙《か》み潰したような顔をしていることがある。

「……彼女は、あんな男のどこがいいのだ」

確かに、少し情けないところのある主人公ではあった。でも、可愛いところもたくさんあって、そんな彼だからこそヒロインの女性は、いわゆる「母性本能」をくすぐられるのだろう、くらいのことは子供でも分かりそうなものだった。

それでも、お父さまが疑問を口にされた以上は、お母さまも真面目に答えようとする。

「彼女は、とても強い女性でしょう。だから、ああいう……少し弱いところのある男性を、守ってあげたいと思うんですよ」

「馬鹿な。それでは話がアベコベだろう。男が女に守られてどうする。情けない」

「ええ、あなたの仰る通りです。あれは、情けない男なんですよ。男と女の力関係が逆転してしまっている。でもこの物語は、そこが面白いんじゃありませんか」

「面白くない。ちっとも」

「面白いというか、可笑《おか》しいじゃありませんか」

「可笑しい？　これはコメディなのか」

「いえ、真面目な恋愛映画ですけども」

「ならば、可笑しいでは筋が通らん」

そんな会話の思い出し笑いをしていたら、お母さまに怪訝《けげん》そうな目で見られてしまった。

「どうしたの、一人で笑ったりして」

「ん、うん……あの、つまり、そんなお父さまは、お母さまとどうやって出会って、どういうふうに結婚までたどり着いたんだっけな、と思って」

お母さまは「そんな」と嫌そうな顔をしたが、お父さまは「それはな」と話す気満々だった。実のところ、この話はもう何度も聞いて知っているのだが、毎回お父さまが得意気にお話しされるものだから、その様子が見たくて、つい何度もリクエストしてしまうのだ。

「あれは、一九八七年、十二月二十三日の、ニューヨーク直行便だった……」

何度聞いても、キャビンアテンダントをしていたお母さまにひと目惚れし、実家に押し掛けてまで結婚を迫った、というのは同じなのだが、それでも、お父さまが「私の情熱的なアタックが功を奏し」と、胸を叩くところが毎回笑える。

この一連のプロポーズ物語を、陰でお母さまがなんといってるか、お父さまはご存じない。

「私があれをお受けしたから、お父さまは婚約者ということになりましたけど、私がお受けしなかったら、今でいうストーカーですよ。その二つは、相手の対応が違うだけで、本質的には何ら変わらないものなのね。お父さまの中では、大変な恋愛物語ということになってますけど、私にとっては……とてもサスペンスフルな、ドタバタコメディだったわ」

それがサバイバル・ホラーに発展しなくてよかったと、心から思う。


その日もテラスで本を読んでいた。スティーヴン・キングの『IT』だが、なぜかいつものようには、内容が頭に入ってこない。

いや、本当は理由だって、ちゃんと分かっていた。

彼女だ。

彼女が見せた、あの微笑と会釈。それが忘れられないのだ。自分は彼女と同じ世界にいる、そのことが確認できてしまい、二人の物語は新たなる章へと向かい始めている、そんな予感がしてならなかった。

こっちももう大人の一歩手前だし、そんなに馬鹿でもないから、彼女がこの家の前を右から左に通り過ぎるだけだとは考えていない。当然、左から右にもいくはずだ。ただし問題なのは、それが何時なのかということだ。

右から左に歩いていくのが、夕方の四時頃。これが彼女にとっての「行き」なのか「帰り」なのか、まずそれが分からない。「行き」だとしたら、用事を済ませて帰るのは何時だろう。六時とか、七時とか？　夜の十時過ぎることだってあるかもしれない。しかし、これから外の気温は日に日に低くなっていく。夜だったらなおさらだ。それは、待つ方にとってはつらい。とてもではないが、何時に通るのかも分からない彼女を、テラスで待ち続けることなどできない。

期待が持てるとしたら反対の可能性だろう。

彼女は午前中にどこかに出掛け、夕方四時頃に帰ってくるというパターンだ。午前中といっても、朝五時とか六時とか、そういうのは勘弁してもらいたい。そんな時間からテラスで読書をするわけには、さすがにいかない。おそらく、ものの五分で室内に連れ戻されてしまうに違いない。抵抗したって無駄だ。お母さまと、家政婦の清美《きよみ》さんに二人掛かりでこられたら、到底敵《かな》いっこない。

できれば十時とか、十一時くらいに通り掛かってもらえるとありがたい。ここまでくると、もう自分にとって都合のいい妄想でしかないのは分かっているが、そうだとしてもいいじゃないか。どうせ暇なんだし。家の中にいたって、本を読んでるだけなのは一緒だ。だったら、寒さ対策を念入りにして、澄んだ空気を吸いながら、憧れの女性を想い、読書に耽《ふけ》る――というのが難しいわけだ、現実的には。

ちっとも、小説の内容が頭に入ってこない。

そもそも、彼女が毎日この家の前を通るのかどうかも分からない。今日そういう予定がないのだとしたら、ここで待っていても意味はない。午前中に通らないのは当然として、出掛けないなら帰ってもこないのだから、いつもの夕方四時にも通らないことになる。

そんな悲しい一日を――いや、そんな一日は過ごさなくてよくなりそうだった。

隣との境目、たくさん花の咲いたキンモクセイの垣根、その切れ目に、彼女は立っていた。

ふわっとしたグレーのニットに、ゆったりめの白いガウチョパンツ。ボディラインはまったく出ていないのに、それでもスタイルのよさは存分に感じられた。今日は髪を軽くアップにし、丸い縁のメガネを掛けている。

信じられないことに、彼女はこっちを見ながら、右手の人差し指で門の方を指し示した。しかし、さすがにそれだけでは意味が分からない。わけも分からない。ついでに胸もかなり高鳴っていたので、やはり固まってしまった。

それでも彼女は続けた。自分を指差し、庭の芝生を指差し、門の方を指差す。そうしながら、ちょっとだけ首を傾げる。

彼女、庭の芝生、門、首を傾げる。彼女、芝生、門、首を傾げる。その繰り返し。

もしかして、こういうことか。

わたしがこの庭に入るには、門の方に回ればいいの？

そのときの自分は、どうだったのだろう。傍《はた》から見たら、まるで夢遊病者のようだったのではないか。

文庫本を傍らに置き、ガーデンチェアから両足を下ろす。テラスのデッキが軋んだりしないよう、一歩一歩慎重にその場を離れる。

走っちゃ駄目だ。そう自分に言い聞かせながら芝生を踏んでいく。どこかの窓からお母さまが見ていたら、清美さんが見ていたら。それを確かめるために振り返りたくなる、その気持ちも同時に抑え込む。

とても悪いことをしようとしている、この気持ちはなに？

こっちが門の前に行き着くのより、彼女が柵の向こうから覗き込む方が少しだけ早かった。

この、黒い鉄の棒が規則正しく縦に並ぶ様を、これほど疎《うと》ましく感じたことはかつてなかった。

彼女の美しい顔が、細切《こまぎ》れにしか見えないじゃないか。

ひょっとすると、彼女はいつも少しだけ、幻想の世界から逃げ出してくるのかもしれない。自分はそんな、異世界のお姫さまの余暇を、偶然にも覗き見ているのかもしれない。

彼女の微笑みに、悲しいくらい胸が痛む。自分を現実世界に繋ぎ留めているのは、もはやその痛みだけだったのかもしれない。

ハートの形をした唇が、揺れながら開く。

「……いつも、本を読んでいるのね」

胸の痛みが極限に達し、その場に崩れ落ちそうになった。

いつも――本を読んでいるのを、彼女に、見られていた。

頷くより他に、自分にできることなどあっただろうか。

彼女の次の言葉より他に、望むものなどあっただろうか。

「よくないわ、お家《うち》で本ばかり読んでいるなんて……ほら、こっちの世界に、いらっしゃいよ。わたしが、案内してあげる」

嘘のように、胸の痛みが消えていく――。

永遠というものを、もう一度信じてみたくなった。

5

話をしたいのなら図書室から出ればいいのだけど、机の下で内緒話というのが意外なほど楽しかった。小さな頃、二人の兄が作った秘密基地に入れてもらったときのワクワク感に近いものがある。じゃなかったら、図書室の先生に見つからないようにする「かくれんぼ」か。

たぶん、それだ。いま奈緒が味わっているこの楽しさは、童心に返るとか、そういうやつだ。片山希莉が小説を書いていると教えてくれたことも、何かこう、夢があるというか、自分が知らぬまに忘れていた素直さみたいなものを思い出させてくれる。

「ねえ、ちょっと読ませてよ」

希莉のスカートの裾を摘《つま》んで引っ張ってみたが、希莉の反応はよろしくない。

「だから、これは飛び飛びの、お世辞にも原稿なんて呼べない代物《しろもの》なんだってば」

「それでもいいから、ちょっと読ませてよぉ」

こういうとき、紗子だったらどうやって頼むのだろうと、ほんの、一瞬の十分の一くらい考えてはみたが、駄目だ。今ここで大声は出せないのだから、なんにせよ参考にはならない。

希莉が、皺を伸ばすみたいにノートの表紙を撫でる。

「なんていったらいいかな……うん、分かるんだ、そういうのも。興味を持ってくれるのは嬉しいいんだけど、でもさ……作ってる側からしたら、下手なところは見せたくないわけよ」

下手なところ？

「希莉ちゃん、字ぃ上手だったよ」

「そこ、じゃないんだな」

「じゃあどこよ」

奈緒も、自分が無理をいっているのは分かっている。でも不思議と、その無理を希莉に対してはいえてしまう。たぶん、この「かくれんぼ」感がそうさせているのだろう。今日、希莉とはほとんど初めて口を利いたのに、もう昔から知っている友達のように思えてならない。希莉にとっては、ただの迷惑な錯覚なのだろうが。

希莉は、まだノートの表紙を撫でている。

「だからさ……未完成なものを、よ。森さんに読んでもらうとするよね」

「私のことも、奈緒でいいよ」

「ああ……じゃあ、奈緒ちゃんに読んでもらったとして、で、もしだよ。面白くないっていわれたら、そしたら、私だって言い訳したくなっちゃうよ。本当はこんなんじゃないんだよ、もっと面白いんだよって」

「そんな、面白くないなんて……」

希莉が、まあまあ、みたいに掌《てのひら》を向ける。

「その逆でもさ、面白いっていわれても、本当かなって私は思っちゃうわけ。そんな、部分的に読んで面白いっていわれても、私は嬉しくないし。だったら、途中までにしたって、ちゃんとした形で読んでもらいたいっていうか」

なるほど、いわれてみればそうかもしれない。

「じゃあ、ちゃんとした形で読ませてよ」

「それは、そうなんだけど、じゃあいつ、どういう形で読んでもらうかっていうのも、なかなか難しくてさ」

難しい？

「なんで。普通に、プリントアウトしてきてよ」

「ウチいま、プリンター壊れてるんだ」

「買い替えのご予定は？」

「父親の、冬のボーナスが出たら」

まだ夏休みも終わってないのに、冬って。

「それまで、希莉ちゃんはどうすんの」

「私は別に、パソコンで読めればしばらくは問題ないけど、奈緒ちゃん、家に自分のパソコンある？」

「ない。ウチの家族、全員ケータイしか使ってない。お父さんと上のお兄ちゃんはノートパソコン持ってるけど、普段は会社に置いてきちゃうし、下のお兄ちゃんはいま仙台だから、ウチにはパソコン自体がない」

「じゃあ、ファイルで渡すわけにもいかないじゃん」

「メールは？」

「奈緒ちゃんのケータイ、ワープロソフト入ってる？」

「分かんないけど、たぶん入ってない」

希莉が、うん、と一つ頷く。

「そうなんだよ。私は、あったら便利だろうなって思って、ワープロの入ってるケータイ買ってもらったけど、けっこう使いづらいし、だったら学校いってる間くらい、ノートに手書きでいいやってことなんだよね」

正直、パソコンのことはよく分からないが、そんなに難しいことなのだろうか。

「ワープロが入ってるケータイじゃないと駄目なの？　普通に、メールにコピーして送るってできないの？」

希莉が、目をまん丸くして仰《の》け反《ぞ》る。

「……私、そんな気持ち悪いこと、したことないから分かんない」

「何が気持ち悪いの」

「だって、メールって横書きじゃん」

「だね」

「小説って縦書きでしょ、普通」

なるほど。

「小説って、横書きだと気持ち悪いの？」

「んー、やったことないから分かんないけど……まあ、ネットの小説とかはそうかもしんないけど、私はやっぱり、自分の作品は縦で読みたい。そもそもさ、ケータイで小説読むって、けっこう慣れが要るんだよ。私、自分の作品だって嫌だったもん。たった十行かそこらでスクロールさせなきゃいけないしさ、一行だって、文庫本と比べたらだいぶ短いし。慣れた人なら、まあアリなのかもしれないけど」

今のところ、ちょっと引っ掛かった。

「ねえ、っていうことはさ、希莉ちゃんのケータイには、その原稿が入ってるってこと？」

希莉は急に表情を失《な》くし、半分くらいの薄目で奈緒を見た。

「……そこ、気づいた」

「うん、気づいた」

「奈緒ちゃん、意外と鋭いんだね」

「希莉ちゃん、ひょっとして私のこと馬鹿にしてる？」

「馬鹿にはしてないけど、少し侮《あなど》ってたかもしれない」

一周回って貶《けな》されているようにしか聞こえないが、気づいたのは奈緒だ。聞き逃さなかった奈緒の勝ちだ。

「ということは、希莉ちゃんのケータイでなら、原稿は読めると」

「すっごい読みづらいよ」

「でも、読めると」

「目ぇ疲れるし、しょっちゅうスクロールしなきゃなんないよ」

「でも、読めると」

希莉が、がっくりとうな垂れる。

「……しくじったなぁ。私も途中で、なんでケータイの話、し始めちゃったんだろうなって、思ったんだよね……マズったなぁ」

口がすべった、というやつか。

でも、そんなに落ち込む必要はない。

それくらい、誰にだってよくあることさ。


確かに読みづらくはあったけど、でも、それよりも面白さの方が断然勝っていた。奈緒にとっては、同級生が小説を書いているというだけで驚きなのに、それが、ちゃんとストーリーになっているのだ。しかも、普通に文房具屋で売ってそうなノートとか、シャーペンとか、ワープロが入っているとはいえ携帯電話とか、誰もが持っているありふれたアイテムで、希莉は自分の世界を作り出している。もう、それ自体が魔法のようだ。

「……すごいねぇ」

本当はもっともっと大きな声で、身振り手振りも交えて褒めたいのだけど、図書室の机の下なので、今はこれが精いっぱいだ。

希莉が、普段の作り笑いとは違う笑みを浮かべる。

「ありがと。初めて学校の友達に読んでもらったけど、なんか、私も嬉しい。思ってたより、なんていうか……平気だった。よかった」

平気、ってなんだ。作る側の気持ちって、そういうものなのか。

ただ、ちょっと残念だったのは、ケータイだと振り仮名が入っていないので、名前の読み方がイマイチよく分からなかったことだ。

「このさ、お姉ちゃんが、足痛がるじゃん」

「うんうん」

「こういうの、よく思いつくよね」

「あー、それは取材したから」

取材だって。カッコいい。

「誰を取材したの？」

「誰っていうか、自分でやってみたから。靴下で山を歩くの」

なるほど。

「そっか、自分でやってみるのも取材なんだ。そうだよね、山なんかそこら中にあるんだから、やってみればいいいんだよね」

「んー、でも、他の人にはあんまり、勧められないかな。意外と大変だったから。実際に私、怪我《けが》したし。これには書かなかったけど、私が歩いたところには、ガラスとか缶とかもあったからさ」

「うひー」

でも、確かにありそう。

「そういうの刺さったら、破傷風とか普通になる可能性あるし。なんでもかんでも実際にやるってわけには、いかないよね」

「そっか」

まだほんの少し、導入部分しか読めていないけど、もう続きが気になって仕方がない。

「今、どれくらいまで書けてるの？」

「書き上がってみないと、本当のところは分かんないけど、たぶん今は、四分の三くらいまではきてると思う」

「えー、すごーい」

「でもさ、けっこう不安だよ。クライマックスとか、まだ先だしね。ぼんやりとイメージはあるけど、そこでこう、ちゃんと事件が解決するように書けるのかな、とか。場面としても、思いっきり盛り上げて面白くしたいじゃん」

「あー、崖の上に全員集合、みたいな」

希莉が、泣き笑いみたいな顔を作る。

「奈緒ちゃん……それ今、一番やっちゃ駄目なやつだと思う」

「そうなの？」

「やっぱり、その作品の独自性、みたいなのが重要だから。他の作品とか、ドラマとか映画にあったような場面、トリック、設定なんかを使っちゃうと、パクリとまではいわれないかもしれないけど、工夫が足りないね、みたいにいわれて、新人賞だと落とされちゃうから」

なんと。

「希莉ちゃん、これ、新人賞に出すの？」

「うん。上手く書けたら、出したいと思ってる」

「すごい」

どうやら希莉の周りには、奈緒には見えない、分からない、知り得ない、広大な世界が広がっているようだ。

もう、知りたいことだらけで、逆に何から訊いていいのか分からない。

「ねえ、じゃあ、あとさ……たとえば、どういうこと取材するの？」

「今はね……こういうの、ちょっと調べてる」

希莉が、椅子の背もたれに掛けていたバッグに手を伸ばす。

中から取り出したのは、パッと見は参考書みたいな、真面目そうな本だ。タイトルは【法医学ハンドブック】となっている。

「……何それ」

「簡単にいうと、ケンシの勉強かな」

「ケンシ？」

「死体を調べる、ケンシ。ちなみに字は二種類あって、検査の『ケン』は同じなんだけど、視力の『シ』で『検視』っていうのと、死体の『シ』で『検死』っていうのと両方あって。視る方の『検視』は主に警察官がやることで、死ぬ方の『検死』は医師がやるものなんだって」

ちらっとだが、その本の背表紙には、貸し出し用図書にありがちなラベルがついていたように見えた。

「そんな、死体を調べる本なんて、なんで学校にあるんだろ」

希莉が首を横に振る。

「これ、ここで借りたんじゃないよ。県立図書館までいったんだよ、わざわざ」

納得。

「だよね。ないよね、学校の図書室に、そんなの」

頷きながらページを捲る希莉の横顔は、やけに楽しげだ。

「読んでると、面白いよ。何リットル血がなくなったら人は死ぬとか、どういう形の凶器で殴られたら、どういうふうに皮膚がエグれて、どういうふうに肉が潰《つぶ》れるとか、傷口はどうなるとか……首吊り自殺のロープも、こう掛かってたり、反対にこうだったり、いろいろパターンがあって、中にはあり得ない掛かり方っていうか、痕がついてる場合もあるから、そういうのは首吊り自殺じゃなくて、実は偽装されたもので、絞殺してから吊るした可能性が高いとか」

想像してたら、ちょっと気持ちが悪くなってきた。

そんな奈緒には目もくれず、希莉はページを捲り続ける。

「こういうのもほら、面白いよ。男女の骨格の違いとか。白骨死体とかが発見されるじゃん。服も何もなくて埋められた死体が白骨化しちゃったら、性別も分かんないじゃん。そういうときは骨から推測するしかないので、って話……ほら、男は眉の、この上の辺りとか、眉間とか、なんて読むんだ、こりゃ……まあ、エラだね。そういうところも、基本的にはゴツゴツしてるから、女の人とは、骨になっても違うんですよ、っていう」

「希莉ちゃん……もう、もういい、それ系の話は」

死体の本なんて触るのも嫌だったから、なんとか、希莉の肘《ひじ》辺りを押して閉じさせた。

希莉が、ニヤリと歪な笑みを浮かべる。その顔、さっきも見たような気がする。

「なに……奈緒ちゃん、こういうの苦手？」

「普通、苦手でしょ。リアル過ぎるよ、喩《たと》えが」

「そうかな。私、普段もっと凄いの見てるから、全然平気だよ。この本なんて図しか載ってないけど、全部写真で載せてる本もあるからね。焼死体とか、腐乱死体とか、あと……」

「お願い、もう、ほんと……お願いだから、そういうの、終わりにして」

机の下にいるのが段々怖くなってきた。希莉がいきなり豹変して、奈緒を絞《し》め殺してどこかに埋めちゃうんじゃないか。そんな想像まで、一瞬にして膨らんできてしまう。

希莉は「ごめんごめん」と本をバッグにしまった。

とりあえず、本が目の前からなくなってしまえば、奈緒もOKだ。

「でも……なんか、すごいね。希莉ちゃんの頭の中、カメラ入れて見てみたい」

「え、普通に皮膚の下は頭蓋骨で、その中にはブヨブヨの脳味噌があって、脳漿《のうしょう》がじゃぶじゃぶ入ってて」

「んもぉ」

奈緒が頬を膨《ふく》らませると、希莉は「冗談、冗談」と、両掌を向けてみせた。

「そういうのは措《お》いといて……なんだろう。私は、まだそんなにたくさん作品を書いたわけじゃないけど、なんていうか、私の書いた人物とか、世界とかは、実はパラレルワールドみたいなところに、ちゃんと存在してるんじゃないかって、思うときがある」

そういう話なら、死体の十万倍興味がある。

「……つまり、今もあの姉妹は、どこかの森を逃げ続けてる、ってこと?」

「まあ、物語的にはさすがに、もうちょっと進んでるけどね……じゃなくて、たとえば宇宙よ。この宇宙は、神さまが創ったって考え方があるわけじゃない、ユダヤ教とかキリスト教とかに。あと、イスラム教もそうなのかな。ウチは浄土真宗だから……とかいって、実は浄土真宗も同じなのかもしれないけど、それはいいとして……そういう宗教を信じてる人は、自分たちは神さまに造られたんだって、認めてるわけじゃん」

「そう、なんだろうね」

奈緒の家もたぶん仏教系なので、その辺はよく分からない。

希莉が頷く。

「それってさ、私と作品の関係、私と登場人物の関係と、すごく似てると思うんだよね」

ちょっと、よく分からなかった。

「ん、何と、何が似てるって？」

「だから、神さまと、それによって造られたって信じてる人たちがいるわけじゃん。それって私と、私の作品内に生きてる人たちとの関係に似てるよね、ってこと」

つまり、こういうことか。

「希莉ちゃんは、作品世界に生きてる人たちからしたら、神さまってことだ」

「そう、ともいえるし、逆に、神さまだからって偉いとは限らない、とも思うし。だってこの神さまは、実際にはただの田舎の高校生なんだから」

イエス・キリストが田舎の高校生だったら、確かに笑える。

同時に疑問も湧いてくる。

「でもそのことを、この作品の姉妹は知らないよね」

「ん？　どゆこと」

「この姉妹は、自分たちを造った神さまが田舎の高校生だなんて、まるっきり思ってもいないわけだよね」

希莉が、小さく指を鳴らす。

「それ、まさにそれ。この作品に関していえば、高校生が高校生くらいの姉妹を生み出しちゃったわけよ。で、この子たちは、助かりたいがために、こうやって、天を仰いでさ……神さま、お願いです、助けてくださいって、必死で祈るかもしれないけど、それ聞いてるのって、結局は私だからね。しかもさっきの、裸足で山歩きじゃないけど、彼女たちに試練を与えてるのも、私だから。それを、ただ助けてくださいって祈られても、ストーリー展開を考えたら、そう簡単に助けてもあげられないんだよね……というのが、創作現場の現実かな」

段々、頭ん中がごちゃごちゃしてきた。

「待ってよ……希莉ちゃんはともかく、キリスト教徒の小説家だっているわけだから、じゃあその人が作品を書くと、登場人物からしてみたら、神さまの神さまがいることになっちゃうよね」

希莉が、さも深刻そうに眉をひそめる。

「そうなの。そのシテンを持つのって、とっても重要だと思うの」

はて。どういう意味だろう。

「……本店、支店の、シテン？」

「じゃなくて、見る方の、上から目線とかの、視点」

いきなり商売の話になったのかと思った、自分が恥ずかしい。

今のやり取りはなかったことにする。

「……神さまの視点、ってこと？」

「それじゃ、普通の宗教の構図と同じじゃん。じゃなくて、私たちも、誰かが書いている物語の登場人物なのかもしれないよ、ってこと。たとえば、ダン・ブラウンが新作を書いてて、その主人公として作り出されたのが私かもしれない、ってこと」

なんとまあ、図々しい。いきなり主役級での出演か。

「……その場合、今ここにいる私は、どうなるの」

「一番最初に謎の死を遂げる、主人公の親友ってことで、どう？」

絶対やだ。

6

歩き方が上手くなったのか、それとも足の裏が痛みに強くなったのか。おそらく両方だろう。今はもう、歩くだけならさほど苦痛ではなくなってきている。

芭留がたどり着きたいのは、理想をいえば山の麓《ふもと》の集落だ。町というよりは村、だろうか。コンビニはないが、飲み物の自動販売機を置いている商店はあった。赤と青と白がぐるぐる回っている電飾看板を見た覚えがあるから、床屋もあるのだと思う。あとは、民家が点在している感じか。警察署とか交番は、たぶんなかった。

孝蔵は軽自動車を持っている。芭留と圭が最寄駅に着く時間を連絡すると、その頃に駅まで迎えにきてくれる。圭は助手席、芭留はその後ろに座って、孝蔵の家までいく。圭は、目は見えないけれど、肌で光を感じることはできるらしい。だから車は前の席がいい——助手席はいつだって、圭の指定席だった。

芭留が後ろから手を伸ばすと、圭はすぐに握ってくる。手探りしたりはしない。芭留が出したところに、すっと手を伸ばし、一回でぴたりと握る。衣擦《きぬず》れと、空気の流れ、あとひょっとすると、芭留の匂い。そんなもので圭は判断し、芭留の手を握るのだと思う。

今でも二人でよくやる遊びがある。向かい合って、芭留が手を出すところに合わせて、圭も手を出すゲームだ。傍から見たら、カルタのないカルタ取りのように見えるだろう。

単純だが、圭とやるとけっこう面白い。

いっせーの、せ、で芭留が手を出すのだが、圭はちゃんと、芭留の手の甲に、ピシッと自分の手を合わせてくる。途中でカーブさせたりすると、圭は「ズルい」と口を尖《とが》らせるが、それでもちゃんとついてくる。

攻守を交替して、圭の手に芭留が合わせる遊びもある。でもこれは、圭が逃げるゲームだ。圭の手を、芭留が追いかける。これがまた、実に上手く逃げるのだ。芭留が触る寸前に、すいっ、すいっ、と動く。川で魚を捕まえるのより断然難しい。

なので、芭留はもうひと工夫する。圭が頼りにしている音を消すために、わざと咳払《せきばら》いを合わせる。すると一瞬逃げ遅れるので、芭留は圭の手を摑むことができる。

「お姉ちゃん、すぐズルする」

いや、違う。これは芭留なりに、ゲームの難易度を上げているのだ。実際、何回か繰り返していると、圭はそれも聞き分けるようになる。咳払いをしても、逃げ遅れなくなる。

「圭、凄い。もう通じなくなった」

褒めると、圭は目を閉じたまま腕を組み、「へへん」と胸を反らして「自慢のポーズ」をとる。

「じゃ、もう一回ね」

「もう騙《だま》されないよ、何度やっても」

しかし、次は咳払いではなく、

「いっせーの……ドドォーン」

別の声を出すと、また騙される。

「お姉ちゃん、そういうのなしぃ」

大学生にもなって、目の見えない高校生の妹と何をやってるんだと思われるかもしれないが、芭留は、意外とこういう時間が好きだった。

そして、ときどき思う。

圭に手を握られて安心しているのは、むしろ、自分の方なのかもしれない――。

エンジンが掛かり、軽自動車が走り出すと、圭がぎゅっと芭留の手を握る。そうされて、圭の存在を確かに感じて安堵しているのは、実は自分の方なのではないかと。

駅から孝蔵の家までは、まあまあ距離がある。駅周辺の町を抜けたら、あとはしばらく田園地帯だ。今くらいの季節だと、まだ田んぼは鮮やかな緑色をしている。でも去年、学園祭が終わった頃にきたときは、一面枯れ草と、乾いた土になっていた。あれは、けっこう寂しい眺めだった。

何度か、川に架かる橋を渡る。信号も一、二ヶ所はあったと思う。やがて、農地のあちこちに背の高い樹が見えるようになり、それがどんどん増えていき、視界を塞ぐようになり、自販機と床屋のある集落を過ぎたら、急に傾斜がきつくなって、いつのまにやら山の中――そんな感じだ。山に近づく、山に入るって、結局こういうことなのだと思った。

そこからくねくねと山道を登っていった先にあるのが、孝蔵の家だ。だから、そこから徒歩で逃げ、しかも舗装された道路ではなく、山の中の道なき道を通って、あの集落まで下りていくのは容易ではない。そんなことは最初から分かっている。分かってはいるけれど、他にどうしようもない。

「圭、大丈夫？」

「うん」

圭が大丈夫なら、自分も大丈夫——。

そんなことを、思った矢先だ。

信じられない光景が、芭留たちの前に出現した。

岩だ。苔の生した岩。一時間前か、それとももう二時間くらい前か、圭と二人で寄り掛かって休憩した場所だ。

間違いない。岩の陰に、二人分の背中が当たった跡がある。そこだけ苔が潰れたようになっている。

圭の指先に力が入る。

「どうした、お姉ちゃん」

「……うん」

手の感触から、圭は何か読み取ったようだ。

「なんか、マズいの？」

「マズい……んだろうね。骨折り損の、くたびれ儲けみたいな」

圭もピンときたようだ。

「もしかして、戻ってきちゃった？」

「正解」

「あれだ、寄り掛かれる岩があったところだ」

「その通り。圭はほんと、なんでもよく分かるね……」

しかし、この徒労感はけっこう応える。

「また少し、休もうか」

「うん」

普通の山登りだったら、水筒とか軽食、最低でもビスケットか何かは持っているだろう。でも、芭留たちには何もない。川にも行き当たらないから、家を逃げ出してきてから水も飲んでいない。

「お姉ちゃん。なんか、レモンスカッシュとか飲みたいね」

「今、そういうこといわないで」

「喫茶店とか、偶然あったりしないかな」

例の、家族でやっている店か。

「流行《はや》んないでしょ、こんなところにお店作ったって。お客さんが遭難しちゃうよ」

「確かに」

つらい、はつらい。それでも、自分たちはなんとか持ち堪《こた》えて歩き続けている。これってむしろ、タフってことだよな、とも思う。孝蔵に鍛えられて育ったのは、やはり無駄ではなかったと実感する。

あの、道場の暗がりに跪かされていた父親の姿が、脳裏に甦《よみがえ》る。

「ねえ、圭。家に忍び込んだ男が何を喋ってたか、聞こえた？」

圭は首を横に振る。

「声は聞こえたけど、何いってるかは分かんなかった」

「私も、部分的にしか聞いてないんだけど、屋敷に出入りしてただろ、みたいにはいわれてたんだよね、お父さん」

「それって、あの……」

「うん、バイトの、アレだよね」

孝蔵は最近、近くにある別荘の清掃というか、管理のようなアルバイトをし始めた。昨日は、そこに圭を連れていっている。芭留はその間、家の掃除や溜まった洗濯物などを片づけていた。

孝蔵は基本的には一人暮らしだから、家事全般を自分でやってはいるのだが、やはり男のガサツさというか、一つひとつの仕事が少しずつ荒っぽい。鍋は、芭留がどんなに綺麗にしても、次までに焦げとかシミみたいなものが付いている。茶碗も、端が欠けたものをいつまでも使っているので、今回新しいのを買ってきて、入れ替えておいた。孝蔵はガムテープが大好きで、なんでもガムテープで補修できると思い込んでいる節がある。食器も決して例外ではないので、毎回ちゃんとチェックする必要がある。

それはさて措き。

「その空き別荘で、誰かに会った？」

「んーん。誰にも会ってない」

「お父さん、別荘で何してた？」

「雑草を刈ったり、玄関の周りを掃除したりしてた。いつもはどうか知らないけど、昨日は庭仕事だった。ずっと」

「お父さんが誰かと喋ったりは？」

「してないと思う。私も、ちょっとは一人で中にいる時間があったから、分かんないけど。たぶんなかったと思う」

あと、あの男は何をいっていただろう。よく思い出せない。

「なんか……女を連れ出しただろ、とか、いってた気がするんだけど。それには心当たりない？　お父さんが、誰か女の人と話してたとか、そういうことはない？」

それにも圭は首を振る。

「それはない。お父さんが女の人と接触したら、ニオイで分かるもん。そのあと、二人であの車に乗ったんだから、絶対に間違いない。お父さん、普通に汗臭かった。いつもと同じ、私のよく知ってる汗臭さだった」

圭がそういうのだから、そこは間違いないのだろう。

しかし圭が、急に「ん」と天を仰ぐ。

「なに、どうした」

「……女を連れ出した、って、いってた？」

「うん、確か、そんなことといってたと思う」

「だったらそれ、私のことかも」

なるほど。その可能性は否定できない。

圭が続ける。

「私は玄関のところに座って、お父さんが仕事をするのを、なんとなくね……音とか空気で、ああ、いま動いたな、とか、あれ、どこにいるのか分かんなくなっちゃった、とか思いながら、見てた。でも、日向《ひなた》だったからさ、そこ。私、お父さんが近くにきたときに、いったのね。日焼けしちゃうから中に入りたいって。そしたらお父さん、ああ、いいぞって。玄関は開いてたから、なんとなく、一人で中を探索して、日が当たらない場所を探して、そこに座ってた」

芭留はその別荘を知らないので、なんとなく、孝蔵の家の玄関に置き換えて想像するしかない。土間玄関に入ってきた圭が、道場の床に上がったところに腰掛け、退屈そうに足をぶらぶらさせている。そんな光景を脳裏に描く。

「私も、まだかなと思って、ときどき様子を窺いにいって。ずいぶん遠くでやってるな、とか、近くまできたなとか思って、また中に入って。たぶん、昨日で全部終わったわけじゃないと思うんだけど、もう帰ろうって、お父さんが呼びにきて、お父さんが私の手を引いて、車のところまでいって、乗って帰ってきた。だから、あの別荘から誰を連れ出したかっていったら、それは、私なんじゃないかな」

つまり、あの暴漢が狙っていたのは、圭だったということか。

「ねえ、圭はこっちに、知り合いなんていないよね？　しかも」

「男の人でしょ。いないよ。いるわけないじゃん。毎回お姉ちゃんと一緒にきてるのに、私だけ、男の人の知り合いができるわけないじゃん」

それは、その通りだが。

「でも……あの男は誰かを捜してた。それが私じゃないってのは、間違いないと思う。一度は私に懐中電灯を向けたんだから。そのまま、こっちに上がってこようとしたんだから。もし目的が私だったとしたら、私を見た瞬間に、見つけたぞ、みたいになると思うんだ。でも、それはなかった。ということは、やっぱり圭ってことに、なるのかな……」

孝蔵は、どこまでこのことを分かっていたのだろうか。

いま確かめたことだけで単純化して考えれば、あの暴漢は孝蔵に連れられていた圭を見て、あるいは目をつけて、家まで捜しにきたことになる。そんな危険人物が近くにいると分かっていたら、孝蔵だって圭をアルバイト先に連れていったりなどするまい。

ということは、孝蔵も暴漢については知らなかったと考えた方がいい。

「圭、その、庭掃除にいってた別荘がどこかなんて……」

「分かるかっていうの？　分かるわけないじゃん。あんな、びーびーエンジン音がうるさい車に乗ってたら、なんにも分かんないよ。何回曲がったか、数えてたのまで忘れちゃうよ」

そうかもしれない。

「じゃあ、さ……ここから、お父さんの家に戻る方向、なんて」

「あのさ、お姉ちゃん。私、ハトじゃないんだよ。帰巣本能とかないから、変な期待しないで。目が見えなくなったからって別に、その代わりに超能力が備わるわけじゃないから」

それも、その通りだと思う。

今は、この妹の性格が明るいままであることを幸せに思おう。


何度目かの出発をし、再び森の中を歩き始めた。

今までは、斜面を下る方に下る方に歩いているつもりだった。でも本当にそうできていたら、いい加減、麓にたどり着いていると思う。あの集落ではないにしても、どこか別の場所には出られていただろう。

それができていない、ということは、この森には何か人の感覚を狂わせるものがあって、下っているつもりなのに、いつのまにか少しずつ上らされていたり、一方向に向かっているつもりなのに、知らぬ間に戻されていたりしたのかもしれない。

幸い、少し雲が薄くなってきた。今なら太陽の位置が分かる。半日もあれを追いかけていたら、さすがにまた方向感覚を失うのだろうけど、一時間やそれくらいなら大丈夫だろう。

「圭、そこ根っこ」

「うん」

すると、決して助かったとはいえないけれど、ようやく、今まではなかった光景に出会うことができた。

「圭、なんか、別荘みたいなのがある」

「お父さんときたとこ、かな」

「分かんないけど」

「玄関、どんな感じ？　こう、お城みたいに、二枚の扉が左右に開くようになってる？」

お城みたいに、左右に？

「んーん、もっと、普通にチャチい。ドアも安っぽい、薄っぺらいのが一枚だけ」

本当に薄っぺらいかどうかは知らないが。

「じゃ違うわ。別の人ん家だわ」

しかし、むしろ別の家の方が都合はいい。孝蔵がバイトにいっているということは、即《すなわ》ち留守ということだ。留守では助けを求めることもできない。でも他の家だったら、他の人の別荘だったら、今まさに在宅である可能性はある。

「いってみよ、圭。電話とか、借りられるかもしんない」

「うん」

薄汚れてはいるが、元は白い外壁の、一階建てだ。ちょっとした斜面に建っているので、家全体が地面から浮いたような造りになっている。「高床式《たかゆかしき》」みたいなものか。周りは、庭みたいに柵で囲ったりはしておらず、むしろ森の中に一軒だけぽつんと建っている。豪華な感じはまるでない。むしろ簡素。土台というのだろうか、地面と接している、コンクリートが剝《む》き出しになっている部分には、プロパンガスの灰色のボンベが三本立て掛けてある。こちらを向いている窓は、どこも内側から白いもので塞がれている。たまたま白いカーテンが引かれているのかもしれないが、印象としては、もろに空き家っぽい。

そう見えはするけども、まずは普通に訪ねてみよう。

玄関ドアは、短い階段を上がって右側にある。

「ここから階段、普通に四段」

「はい」

一段目の手前で、ちょっとだけ手に力を入れてやると、そこで圭は足を上げる。芭留が「普通」といったので、さほど高くは上げず、少し前方に足を下ろす。上手い上手い。知らない階段なのにちゃんと上れた。その感覚で二段目、三段目と続けて、四段目まで上る。

「あとは廊下」

「うん」

ようやく玄関ドアの前まできた。

薄く土埃をかぶった呼び鈴があるので、押してみる――が、鳴らない。外に聞こえてこないだけで、中では鳴っているのかもしれないと思い、二回、三回と押してみたが、やはり、なんの反応もない。

留守か、空き家か。

圭が手を引っ張る。

「お姉ちゃん、電気メーターとか見てみたら」

「なにそれ」

「家の周りの、どっかにあるはずだよ。中で、たとえば冷蔵庫とかがあれば、その電力分は使われてるから、微妙にだけど、メーターが回ってるんだって。でもガチで留守だったら、回ってないんだって。テレビで探偵の人がいってた」

「分かった、じゃあ見てくる。待ってて」

圭にはドアノブを摑ませておいた。ここで何か起こるとしても、ドアが開くくらいだろうから、こうしておけば安心だろう。

家の周りを確認していくと、ちょうど反対側の外壁、目線くらいの高さにそれらしき箱型の機械が仕掛けてあった。確かに、似た物はどこの家の壁にもある気がする。意識したことがないので知らなかったが、これが電気メーターということで間違いないと思う。

残念ながら、どんなによく見ても中にある円盤は回っていなかった。数字も動いていないし、周りにはやたらと蜘蛛《くも》の巣が張り巡らされている。どうやって使うものかは知らないが、長らく誰も触っていないのだろうことは想像できた。

圭のところに戻る。

「……駄目、全然動いてなかった」

「じゃあ、留守確定、ってことで」

我が妹ながら、恐ろしいまでの決断力だと思った。

圭は一歩下がって、今まで自分が握っていたドアノブの辺り、正確にいうと、ドアノブの真上を思いきり蹴飛ばした。キックボクシングや空手でいうところの「前蹴り」だ。

「圭ッ」

「緊急事態だし」

もう一撃。すると、明らかにドアの仕組みがイカレたのが見て分かった。ドア本体というより、ドア枠が圭の蹴りに耐えられなくなったようだ。

「圭、ストップ、もう開くかも」

「……あっそ」

すでにグラグラしてるドアノブを握り、回せはしなかったが引っ張ってみると、白い外壁からズッポリと、あの鉄の棒、閂《かんぬき》か？　それを受け止めていた金具ごと、こっちに抜け出てきた。

むろん、ドア自体もこっちに開いた。

「圭、最強じゃん」

「たぶん、どっか腐ってたんでしょ。最初からガタガタいってたよ」

ドアを壊すのは悪いことだ。それは分かっている。でも圭の言う通り、緊急事態というのも間違いではない。そもそも自分たちは盗みを働こうというのではなく、あくまでも警察に連絡をとりたいだけなので、何卒《なにとぞ》、ご勘弁いただきたい。

「じゃあ、ちょっと中、見てくるね」

「私もいく」

どんな状態になっているか分からないところに、圭を立ち入らせたくはない。その蹴りにドアを破壊する力はあるにせよ、でもやはり、靴下だけの裸足には違いないのだ。

「そこだけ、入ったところだけ、とりあえず確かめるから」

「分かった」

そろりと圭の手を離し、玄関に入ってみる。

せまい靴脱ぎ場の先は、もう床だ。白いカーテン越しに外の明かりが入ってきているので、決して暗くはない。床も、薄く砂埃が載ってはいるものの、何かが散乱しているようなことはない。歩くだけなら危険はなさそうだ。

いや、電話。固定電話だ。

ぐるりとその場で回ってはみたが、どう見ても固定電話がある状況ではなかった。そもそもテーブル一つ、椅子一つないのだ。流し台とコンロ台はあるものの、コンロ自体はない。いかにも冷蔵庫を置いてあったような場所はあるが、それっぽく床の色が濃いだけで、そこに冷蔵庫本体はない。

これは、完全なる空き家だ。

固定電話も、やはりなかった。壁に電話線の差込口はあったが、何も繋がっていない。近くに電話機を載せるような台もない。

この状況で、携帯電話が偶然転がってるなんて、常識的にいってあり得ない。仮にあったところで、もうとっくに電池切れになっているだろう。それをいったら、固定電話があったって電気が止まっていたら通じないか。

やはり、在宅の家にたどり着けなければ意味はなさそうだ。

「……圭、やっぱり、なんもな……」

いや、何もない、わけではなさそうだった。

「お姉ちゃん、どっちがいい？」

いつのまに漁《あさ》ったのだろう。靴脱ぎ場にある下駄箱の戸が開いており、圭は両手に、サンダルを一足ずつ持っていた。しかも、自分はもうすでに一足履いている。圭が選んだのはピンクのクロックスタイプ。圭が両手に持っているのは、どちらも茶色い、俗にいう便所サンダルだ。

「えー、いま圭が履いてるのがいい」

「やだ、これは私が見つけたんだもん。お姉ちゃんは、これかこれ」

便所サンダルは嫌だ。

ピンクじゃなくてもいいから、もう一足クロックスタイプはないのだろうか。

7

店にくる人は全員客かというと、そうとは限らない。

たとえば、コーヒー豆を納品にくる「中島《なかじま》商店」の跡取り息子とか。その妹とか。

琴音は、お絞りを差し出しながら訊いた。

「和志《かずし》さん、何がいいですか」

「あ、自分は……じゃ、レモン、スカッシュで」

妹の咲月《さつき》は今、車に積んできた麻袋入りのコーヒー豆をバックヤードに納めている。あれってひと袋、確か六十キロか七十キロくらいあるんじゃなかったか。普段は咲月が一人でくるので、彼女に任せておいても何も心配はないのだが、だからって、一緒にきたんなら和志も少しくらい手伝ってあげればいいのに、とは思う。

「咲月さんは、何飲むかな」

「あいつは……別にいいす。なんならお冷《ひや》で」

「またそんな」

「お気遣い……あざす」

十代の頃の和志は、かなりヤンチャだったらしい。いわゆる「地元の不良」だったわけだが、今はその威勢のよさを商売に活《い》かし、実質、先代に代わって店を切り盛りしている。静男もよく「コーヒー豆屋というよりは、魚屋のノリだね」と苦笑いしている。

ただし、琴音の知る和志は、それとはちょっと違う。確かに電話での第一声は、

『ハイィーッ、中島商店でございますゥ』

すこぶる威勢がいい。しかし、

「おはようございます、ドミナンです」

こっちが名乗ると、

『アッ、あ……こ、琴音さん？　あ、ああ……どうも……』

急に声を萎《しぼ》ませる。聞き取れないくらいの小声になる。

今も、けっこうしどろもどろだ。

「あ、あの……マスターは、その……音楽、拘《こだわ》り、すごいから……なんか、こんなの、なんかな、と思って……あ、琴音さんも、ピアノ……すごいから」

カウンター席で、Tシャツがパンパンに張るくらいゴツい体を縮こまらせて、何かをモジモジと弄《いじ》っている。

「私なんて、全然。ピアノももう、何ヶ月も弾いてないし」

「いや、でも……だったら、なおさら……だから、こういうのも、たまには、気分転換に……うん……いいかな、と……どうですか」

和志が差し出してきたのは、一枚のCDだった。ジャケットは白黒写真。レトロなデザインのワンピースを着た白人女性が、カフェの窓辺でぼんやりと外を眺めている。窓ガラスには雨粒、女性の手

元にはコーヒーカップがある。タイトルはフランス語だろうか。琴音には読めない。

「わあ、素敵。なんですか、これ」

「あ、よかった……よかった……あの、これは、豆の輸入元の、会社が……なんか、コーヒーに合う音楽を、なんつーんすか……コンプリート、じゃなくて」

「コンピレーション？」

「そう、それっす……作って、プレゼント企画、みたいなの、してて……琴音さん、聴くかなと、思って……あの、要らなかったら」

「んーん、こういうの聴きます。ありがとうございます。わあ、嬉しい……あ、出すの忘れてた。レモンスカッシュです」

和志は「すんません」とさらに小さくなって、ストローの包み紙を剝き始めた。

そこに、納品を終えた咲月が入ってきた。

「……どうもぉ、毎度でぇーす。マンデリンとモカ、ブラジル、いつものところに入れておきました」

「お疲れさまでした。咲月さんも、何か飲んでって」

咲月は琴音の三つ上だから、今年二十三歳。和志はそのひと回り上だから、三十五歳か。けっこう歳の離れた兄妹だが、その間に兄弟姉妹がいるかどうかは聞いたことがない。

「ありがとうございまーす。じゃあ、私もレモンスカッシュもらおうかな。喉渇いちゃった」

いいながら、和志の隣に座る。

なんだろう。和志を見る目が、ちょっと怖い。

「……専務。アレ、渡せたの」

「うるせえ。お前は黙ってろ」

そうかと思うと、咲月は満面の笑みを琴音に向ける。

「……あ、そう、そのCD。問屋さんがノベルティみたいなので持ってきて、そしたら専務、こここ、これ、琴音ちゃんに、ププ、プレゼントしたら、どうかな、どうかな、とか、一人で舞い上がっちゃって」

「バカ、お前、それは……」

いわれた和志は堪《たま》ったものではないだろうが、聞かされた琴音は、悪い気はしない。

「うん、なんか素敵な感じ。部屋で聴かせてもらいます……店のBGMのセレクトは、ね。マスターの権限だから」

うんうん、と咲月が頷く。

「そりゃそうとさ、琴音ちゃんって、カレシとかいるの？」

すると、

「バカ、お前、また……」

カウンターの下で、和志が咲月の腿《ふともも》の辺りを叩く。

「何よ、痛いな……専務が知りたがってたんでしょ、琴音ちゃんにカレシがいるかどうか」

一応、辺りの様子を窺う。オーディオセットの前にいる静男にも、厨房にいる緑梨にも聞こえてはなさそうだった。別に、聞こえたところで困りはしないが、でもやっぱり、なんとなく気恥ずかしい。

「そんな、私なんて……カレシなんていないですよ。東京で、コテンパンにやられて逃げ帰ってきた身ですもん」

「そんなことないすッ」

びっくりした。急に和志が大声を出したもんだから、静男も、向こうのテーブルにいるお客さんもこっちを見ている。

ほんの、一瞬ではあったけど。

和志が、誰にともなく頭を下げる。

「すんません……」

「専務、バカ過ぎ」

咲月さん、それは可哀相《かわいそう》だよ。


ランチさえ終わってしまえば、あとは平和なものだ。

散歩がてら歩いて、あるいは自転車でやってくる近所の人たちや、この先のペンション村にいく途中の観光客が、主な午後の客層だ。追加注文がないと、こっちもつい居眠りしてしまいそうな、まったりとした時間が夕方まで続く。

琴音のいるカウンターの向こう、四人テーブルを二つくっつけて、六人で喋り込んでいるのは近所のオバさまたちだ。

「やだよ、あたし。あの人嫌い」

六人の間では「は？」とか「え？」とか、ときどき聞き返しているのを見るが、琴音には全部聞こえている。いま話しているのは、テレビ番組の司会者のことだ。

「なんか偉そうだよね、あの人」

「偉そうなのは、アレよ、二時からの人の方が偉そうよ」

「あー、あの人は、確かに威張ってる。感じ悪いよね」

固有名詞がなかなか出てこないので、昼から午後にかけてのワイドショーを観る習慣がない琴音には、誰のことだかさっぱり分からない。ちなみにドミナンの店内にテレビはない。それも静男の拘りの一つだ。

「テレビは、家に帰って観るか、じゃなきゃ、録画予約してからくればいいんだよ。喫茶店でテレビなんて観たって、首が痛くなるだけでしょ」

ただ、テレビも観ない新聞も読まない琴音には、あの手の世間話が意外と貴重な情報源になっている。けっこうありがたいときもある。

「そういやさ、国道沿いで死体が発見されたじゃない」

「そうそう、けっこう近いんだよね」

国道沿いで、死体？　交通事故だろうか。

「近くないよ。県境より、もっとずーっと向こうよ」

「あら、そうなの？」

「違うよ、手前だって。インターのところを左に入った、山の中だって」

「なんでそんなこと、あんたが知ってんのよ」

「交番の人に聞いたもん。この前のアレ、山ん中から死体が出たんだってね、って訊いたら、そうなんですよって、いってたもん」

「あれだろ、あの、ここに大きなホクロのある人だろ」

「その人じゃなくて、パトカーのドアに指はさんで骨折した人」

「あー、あの人か」

警官は誰でもいいから、死体の続報を頼む。

「なに、それって交通事故かなんか？」

そう。その質問、大事。

「それがさ……」

喋っていた一人が、口を覆いながら前屈《まえかが》みになる。

ちょっと、そこだけ内緒話にするのはやめて。気になる。

癖毛をお団子にした頭とか、もはや男だか女だかよく分からないヘアスタイルの頭とかが六つ、テーブルの真ん中辺りに寄り集まる。しかも、その内緒話がけっこう長い。許されるなら、琴音もあの塊の中に頭を突っ込んで話を聞きたい。

なに。それがさ、なんなの。

ようやく、六つの頭が解散になる。

「……怖いねぇ」

怖い話なのか。

「埋まってたわけじゃないんだ」

そんなに、事件性の高い話なのか。

「たぶん、上の方から投げ捨てたんだろうって」

「それは記者さんが、そういったってこと？」

いつのまにか、情報提供者が警官から記者になってる。

「うん、それは記者さんの推理かもね」

「でもさ、全身滅多刺《めったざ》しなんて、怖いじゃない」

滅多刺しか。ほとんど猟奇殺人事件ではないか。

「いやいや、滅多刺しとはいってないよ」

違うのか。

「なんだって？」

「こう、全身を切りつけられてたんだって。あと、手首に縛られた痕《あと》みたいなのがあったから、なんていうの、そういうの」

「拷問？」

「そうそう。なんか、拷問みたいなことされたんじゃないかって、記者さんはいってたけどね」

拷問って、髪の毛を摑んだままバスタブに顔を沈めて、「ブツの隠し場所はどこだ、おい」とかやる、アレだろうか。アレが、バスタブでの水責めではなく、刃物による全身切りつけだったということか。しかも手を縛られて。

オバさまたちのワイドショートークは続く。

「でもさ、あんなところに死体があってさ、仮によ、埋めてなかったにしたってさ、よく見つかったよね」

「それ、ニオイだって。死体ってさ、ニオイが凄いんだって。それで、今回のはたまたま、見つかったんだって」

「へえ。じゃあ逆にいったら、誰かがそのニオイを嗅《か》ぎつけなきゃ、死体があったかどうか分かんなかったわけだ」

「そうらしいよ。分かんないの多いって、あたし、聞いたことある」

「あたしもある」

「埋めてあるのなんか、ね？」

「そうそう、犯人が自分でいわなけりゃ、絶対にバレないらしいよ」

「そりゃそうだよねぇ。山ん中に死体が埋まってたって、そんなの、普通は分かりっこないよね」

「こんな田舎だもん。どこに誰が埋められてるかなんて、分かったもんじゃないって」

このあとの、全員で大きく頷きながらの「分かんない分かんない」は怖かった。六人それぞれの頭の中に「あそこなら絶対にバレない」という、死体を埋めるのに最適な場所が浮かんでいるのだろうことは、容易に想像できた。

ここまで聞いて、ふと疑問に思う。

さっきの内緒話って、結局なんだったのだろうと。

そのあとに全部、繰り返して喋っちゃってないか。


夜の七時頃には店を閉めて、静男と一緒に二階の住まいに上がる。

「ただいま」

「はーい、お疲れさまぁ」

その頃にはもう、緑梨が夕飯を用意してくれている。

静男がその後ろ姿に訊く。

「緑梨さん、今夜のメニューはなんですか」

「春巻きとポテトサラダ、あと……茄子《なす》の浅漬けかな」

「なかなかの居酒屋メニューだね。けっこうです」

腕を組み、静男がリビングの方に移動していく。今夜の酒を選びにいったのだろう。

静男は音楽もコーヒーも好きだが、同じくらい酒も好きだ。しかし、酒だけは仕事にしなかった。

ランチビール以外は、頑《かたく》なにメニューに加えようとしなかった。

理由はごく単純。

「お客さんに飲ませてたら、僕が飲む時間がなくなっちゃうでしょ」

ご尤《もっと》も。

「今夜は……ハイボールにしよう」

ウイスキーの角瓶を片手に戻ってくる。

「琴音も飲む？」

「私は、いいや」

まだ、そんなに酒は飲めない。

「緑梨さんは？　ハイボール飲む？」

「はーい、いただきまーす」

その頃には、叶音も自分の部屋から出てくる。ダイニングに入るなり、無言で自分の席につく。途中で冷蔵庫を開け、麦茶のポットを取り出したりもするが、基本的には無言だ。

「はい、お待たせぇ」

揚げたての春巻きをテーブルに運んで、緑梨が席についたら、

「いただきます」

夕食タイムの始まりだ。

とはいっても、おかずをひと通りとご飯を一膳食べたら、

「……ご馳走さま」

叶音はさっさと自分の食器を下げ、すぐ部屋に戻ってしまう。気づけばまた店を切り盛りしているメンバー、というわけだが、営業中はあまり家族とは話さないので、逆に三人で昼間にあったことを報告し合ったりもする。

緑梨が琴音を見る。

「そういえば午前中、珍しく中島さんの専務がきてたね」

「ああ、和志さん」

「あの人さ、琴音のこと好きでしょ」

いきなりそういうの、やめてほしい。口にあるものを吹き出すところだった。

「……ちょっと、何それ」

「だって、どう見たってそうだよ、アレは」

「緑梨さん、よしなよ。自分の娘に野次馬根性なんて、変だよ」

「そう？　見て見ぬ振りする方が、私は不健全だと思うけど」

これは、強引にでも自分で話題を変える必要がありそうだ。

「そりゃそうと……なんか、県境より向こうの山の中で、死体が発見されたとかって」

静男が頷く。

「うん、新聞にも載ってたね。殺人事件とみて、県警が捜査を始めたらしいよ」

「手首に縛られた痕があったから、拷問されたんじゃないかって」

それには、静男は首を傾げた。

「必ずしも、それが拷問かどうかは、分からないよね……はい、どうぞ」

静男が、二杯目のハイボールを作って緑梨に渡す。

数秒待ったが、静男がその話を続ける様子はない。

「お父さん、それが拷問じゃなかったら、なんなの」

「うん、説明してもいいけど、一応いま、食事中だからね」

グビッ、と緑梨がひと口呷《あお》る。

「……私は大丈夫よ、もう飲んじゃったから。ちょっとくらいグロい話は、平気ぃ」

静男は自分のハイボールを作っている。

「琴音が聞きたいなら、話すけど」

「うん、じゃあ、ヤバそうだったらストップ掛けるから、それまでは話して」

苦笑いしながら、静男は頷いた。

「まあ、拷問っていうのは、苦痛を与えて相手を屈服させるというか、その中には口を割らせることも含まれているけども、基本的には、そういうことだよね。暴力によって、相手を従わせるという。

でも、そうじゃない事件だって、あったじゃない。何年か前に」

さて、なんのことだろう。

「この近くで？」

「いや、東京の方で。緑梨さん、覚えてない？」

緑梨は黙って首を横に振る。

むろん琴音も「東京」と聞いてピンとくるものはない。

「どんな事件？」

「有名な事件だから、名前だけは聞いたことあるんじゃないかな。『ストロベリーナイト事件』って」

「ああ、確かに。聞いたことはあるかも。でも全然、どんな事件かは知らない。『ロッキード事件』とどう違うのかも分かんない」

静男が、小さくコケる真似をする。酒を飲むと、多少は静男もそういうことをするようになる。微妙に朗らかになる。

「『ロッキード』は、贈収賄事件でしょう。そうじゃなくて……『ストロベリーナイト』っていうのは、東京の廃ビルみたいなところで実際に行われていた、殺人ショーの題名だよ」

「え、殺人ショーって」

「まさに、ステージ上で人が殺されていくのを、みんなで観るイベントだよ……だった、らしいよ」

そんなことがあり得るのか。あっていいのか。いや、あってはならないから「事件」なのか。

静男が続ける。

「主犯が未成年だったからなのか、警察関係者が関わってたって報道もあったから、そういう関係から圧力が掛かったのか、あるいは、ショーの内容が残酷過ぎたからなのか、理由はよく分からないけど、途中から、テレビとかではあんまり報道されなくなっちゃってね。真相は藪《やぶ》の中、みたいなところが多い事件なんだ。ただ、一部は当時、週刊誌なんかでも報道されててね。ステージ上に用意した十字架みたいな、磔台《はりつけだい》みたいなのに括りつけて、動けないようにして、釘バットで死ぬまで殴りつけるとか」

釘バットって――。

「ベッドに縛りつけて、なんだっけな……ガラスを載っけて、やっぱりバットで叩くとか。それこそ、刃物でギタギタに切り刻むみたいなパターンも、あったらしい」

なんとなく、静男が言わんとしていることが分かってきた。

「だからまあ、杞憂だとは思うけどさ。その『ストロベリーナイト』みたいなショーが、仮にこの辺りでリバイバルされてるとしたら、そういう死体が山に捨てられていても、不思議はないかなと。あるいは、主犯は未成年だったからね、いつのまにか出所してて、この辺りで、再び『ストロベリーナイト』を開催し始めたとか」

けっこう、ゾクッときてるけど、このまま終わりというのも、むしろ後味が悪い。

「それ、さ……ステージで殺される人って、どういう人なの」

「さあ、どうなんだろうね。普通に、さらってくるんじゃないの？　夜道とかで。だから、琴音も気をつけた方がいいよ。こんな田舎にだって、そういう怖い話はいっぱいあるんだから」

あのオバさん六人組もいっていた。死体を埋めても、山の中ならまず分からないって。

すっかり背筋が寒くなった琴音とは対照的に、緑梨はすこぶる上機嫌だ。

「そうだよ、琴ちゃん可愛いんだからさ、気をつけないと」

「私は気をつけてるし、そもそも夜出掛けることなんて滅多にないし。それいうんだったら、むしろ叶音でしょ。バンドがどうこうで、最近、遅くなることあるじゃない。お父さん、迎えにいったりとか、してあげた方がいいんじゃないの？」

うん、と静男が頷く。

「そう、いったんだよ、僕は。迎えにいくから、遅くなる日は、ちゃんと連絡しなさいよって。一応、頷いてはいたんだけどね、一度も連絡よこしたことないし……もう少しその辺、緑梨さんからも、しっかりいっといてよ」

「そうだね。うん、もう一度、ちゃんといった方がいいね」

そう思うんだったら、いま部屋にいるんだから、すぐに言いにいってください。

8

こっちの世界に、いらっしゃいよ。わたしが、案内してあげる。

意味は分かる。

家に閉じこもってばかりではよくないから、せめてテラスに出て本を読む。でもそれでは、他人からは同じ敷地内に留《とど》まっているようにしか見えないのだろう。いや、実際にそうなのだ。

自分の世界は、この囲いの中に限られている。

唯一、意識だけでもいいから、ここから抜け出したい。外と繋がりたい。それを実現してくれるのが、本を読むという行為だった。

読書をしている間だけは、宇宙飛行士になることだって、バージニア州の検屍局長になることだって、坂本龍馬《さかもとりょうま》になることだってできる。世界は広い。そう感じる。これだけの人生を短時間のうちに、しかも広範囲にわたって経験することなんて、現実にはできやしない。それをいま自分は疑似的にせよ体験しているのだから、こんなに有意義な時間の過ごし方はない――。

それが言い訳だってことも、分かってる。でも仕方ないじゃないか。好き勝手に、あっちこっち遊びにいける状態じゃないんだから。

それだけに、あの囁《ささや》きは甘美だった。

こっちの世界に、いらっしゃいよ。

どこに案内してくれるの？　中東の紛争地域なんて嫌だよ。空気が綺麗なとこじゃなきゃ駄目なんだ。もちろん、空気がないところはもっと駄目だ。宇宙とか、海底とか、絶対駄目だから。海でいうなら、地中海の別荘地なんかがいい。アメリカ本土だったら、ニューヨークやワシントンより、カリフォルニアとかの西海岸地区がいい。なぜって、西海岸には有名なリゾート地が多いって、前に読んだ本に――それくらい、常識でしょう。別に本で読まなくたって、それは知ってた。

彼女は、自分をどんな世界に案内してくれるというのだろう。

そんな想像をしながら彼女を待つのは楽しいし、時間が経つのも早い。

午前十一時。隣との境目、垣根の切れ目に彼女が姿を現わした。

それに気づくと同時に、目の端でお母さまと清美さんがどこにいるかを確かめる。清美さんはさっき洗濯室に入っていき、以来、そこに通じるドアは開いていない。お母さまは分からなかったけど、三十分くらい前に清美さんがティーセットを二階に運んでいったから、多分ご自分のお部屋で、どなたかと電話でお喋りでもしているのだろう。お母さまは、東京のお友達と電話でお喋りするのが大好きだ。

よし。今なら問題ない。

本を持ったままガーデンチェアから下り、門の方に歩き出す。彼女も承知したように再び歩き出し、門の柵越しに顔を合わせる。

先日とは違う、オフホワイトのロングニットに、今日は黒のレギンスを合わせている。迷路のような柄の、モノトーンのクラッチバッグもすごくお洒落だ。

「……こんにちは、読書家さん」

どうしてこの人は、こんなにも隙のない笑みを浮かべることができるのだろう。まるでコンピュータグラフィックスのアニメーションだ。修正に修正を重ねて、これが最高だという完成形に至ったら、何万回でも同じように笑える。あるいは、もう少し朗らかにとか、もう少し物憂げにとか、数値を微調整することで、さらに何万通りものバリエーションを作ることができる。

「こんにちは……お洒落さん」

こっちはもう、緊張でボロボロだ。声だって震えてたし、表情なんて、泣き顔の一歩手前になっていたに違いない。言葉選びにも失敗したんじゃないかって、ちょっと嫌味っぽく聞こえてしまったんじゃないかって、早くも後悔し始めている。

ただ彼女は、そんなふうには微塵も受け取らなかったようだ。

「嬉しい。こういうの、好き？」

軽く、ロングニットの襟元を開いてみせる。控えめな、形のいい胸元に目が吸い寄せられる。

「……ええ。とても、素敵です」

「ありがとう」

彼女はクラッチバッグごと、両手を背中に隠した。

「ねえ、よかったら、もっと二人でお喋りしない？　風の気持ち好い木陰とか、じゃなかったら……知ってる？　この近くに、薄紫のコスモスが咲いている、とても美しい丘があるの」

この裏に水のないプールならあるけど、それでは駄目か。

「……木陰なら、いいところが、あります」

「ほんと？　ここから近い？」

一つ、頷いてみせる。

「次の角を、真っ直ぐ右にいくと、歩道に、赤い消火栓があるの、分かりますか」

「分かる。いつも通っているから」

「その先の角を右に曲がって、しばらくいくと、生垣に切れ目があります。そこから中に入ると……その辺が、いいと思います」

つまり、この家の裏口と、裏庭だ。木製のフェンスとゲートがあるけども、錠前などはなく、実は自由に出入りできる。

「分かった。じゃあ今から、そこにいくね」

そうはいっても、生垣を間にはさんで、実際には並んで歩くわけだから、裏口に着くまでは妙な気分だった。あと、彼女が急に大きな声で喋り掛けてきたらどうしよう、とも思った。そうしたら、聞こえない振りをしようかとか、小声で応えようかとか、考えはしたけれど、結果的にそんなことにはならなかった。そもそも、敷地の端っこで誰が何を喋ったところで、家の中の人には聞こえやしない。途中で、わりとお母さまの部屋に近いところも通るが、木の陰を渡り歩けば、二階の窓からは見えないはずだった。大体、お母さまは窓辺に立つのがあまり好きではないから、大丈夫だろう。

なんとか、裏口までたどり着いた。

少し早めに着いていた彼女は、自分でゲートを開けて入ってくることもできたはずなのに、表門にいたときとまるで同じ姿勢、両手を背中に隠して立っていた。

「お待たせしました」

「ありがとう」

小さな門を上げて、ゲートを引き開ける。ラベンダーを甘く煮詰めたような香りが、目の前を過ぎていく。彼女のロングニットの裾が風で捲れ、ゲートを押さえていた自分の手の甲をくすぐっていく。

その、柔らかな感触。

初めて、彼女の一部に、触れてしまった。

「本当に広いのね。どこの木陰がお気に入り？」

庭はどこも業者の人がちゃんと掃除してくれているので、別にどこでもよかったのだけど、強《し》いて選ぶとしたら、あの大きなオリーブの木の下だろうか。

二人でそこまでいき、直に芝生に腰を下ろす。

彼女は、芝生に伏せた文庫本に目を向けはしたけれど、そのタイトルを読もうとはしなかった。

「お名前、教えてもらってもいいかな」

生まれてこの方、一度だってこの名前を好きだと思ったことはない。でも訊かれたら、嘘をいうわけにもいかない。

彼女が、聞いた名前を復唱する。

まるで、歌でも唄うように。

「……とても、中性的な名前なのね。素敵だわ」

「自分では、全然好きじゃないですけど」

頷いたようにも、首を傾げたようにも見える、微妙な仕草。

「それは、あなたが自分に、自信がないから」

そんなもん、あるわけがない。

なぜ彼女の名前をすぐに訊き返さなかったのか。それは、自分でもよく分からない。

代わりに妙な質問をしてしまった。

「あなたは、自信、ありますか」

すると、事もなげに頷く。

「あるわよ。そりゃ、崖から飛び下りて生きてる自信とか、将来総理大臣になる自信とか、そういうのはないけど、自分が自分であろうとする行為に関しては、努力もしているし、結果にも結びついていると思う。そういった意味での自信は、あるわね」

彼女のことなんて何も知らないのに、この人らしい考え方だと思ってしまった。不思議な人だ。

「自分が、自分であろうとする行為って、なんですか」

「うーん……生き方、とか」

「あなたは、どういう生き方をしている人なんですか」

「どういう生き方をしているかではなくて、生きるための努力、それに伴う結果、そこから生まれてくる自信が重要、ということでしょう?」

なるほど。

でも次にしたかった質問は、風を摑もうとするような、そのしなやかな指の動きに惑わされ、掻き混ぜられ、心のどこかに滲《にじ》んで、見えなくなってしまった。

「わたしは、美しいものが好き。指輪も、季節も、景色も、果物も、音楽も、建築も……人間も同じ。男の子も女の子も、美しい人が好きよ」

心臓ではない、もっと下の方にある何かに、直接触れられたような。そんな感覚を味わった。

「……男の子も、ですか」

「そう。でもね、美しさを求める者は、自らも美しくなければならないの。そのための努力を、わたしは厭《いと》わない……口紅、付けたことある？」

とっさに、首を横に振ってしまった。そんなの、あるわけがない。

「そう。ないんだ……最初はね、あまり主張しない色の方がいいと思う。あなたのその白い肌に、それとなく色を添えるような、優しいピンクがいい」

彼女は傍らに置いていたクラッチバッグから、黒革のポーチを取り出した。開けると、中には化粧品がコンパクトに収められていた。

「だから、これくらい……ね、付けてあげる」

黒い、四角いフタを外し、金色の筒を回すと、肌の色よりほんの少し赤い「唇」が頭を出す。

直接それを塗るのかと思ったら、彼女はいったん、その色を自分の指に移し取った。

薄桃色になった彼女の指先が、まさに、接吻《せっぷん》のように近づいてくる。いや、口移しか。

「……うん、思った通り。よく似合う。んま、ってやってみて」

いわれた通りすると、彼女はとても満足そうに、長い瞬《まばた》きをしてみせた。

「とても美しいわ。大好きよ、あなたのこと……自分でも、見てごらんなさい」

ポーチから鏡を出し、こっちに向ける。

よく知っている顔なのに、他人のそれのように見えた。

恥ずかしかった。

「どうしたの。照れ臭い？」

「ええ……少し」

「もう、落としたい？」

「……はい」

「こんなに美しいのに？」

「でも、なんか……」

「自分じゃなくなっちゃったみたい？」

「……はい」

彼女は、仕方なさそうに頷いた。

「じゃあ、目を瞑って」

いわれた通り、目を瞑った。

初めてのキスだった。


不思議なことに、お母さまは彼女のことを知っているようだった。

「あら、あなたは……」

何度目くらいだったろうか。門のところで彼女と話しているのをお母さまに見つかってしまった。それ自体は迂闊《うかつ》以外の何物でもなかったのだけど、偶然の産物というか、事態は思わぬ方に好転していった。

「そんなところで、立ち話なんてなさらないで。どうぞ、中に入って紅茶でも召し上がらない？　ちょうど今、クッキーも焼けたところですの」

不出来な夢を見ているようだった。

夢の中では、ピアノ教室の友達と高校のクラスメートが普通に教室で喋っていたり、とっくに亡くなった祖父が、建てたばかりの東京の家のワインセラーにいたり、チグハグなことが平気で起こる。それをまた、さして奇妙には思わない自分がいる。

お母さまが先に立ち、その後ろを、彼女と並んでついていく。庭を横切り、玄関を通り、廊下に進む。こんな状況になるなんて、今まで夢にも思わなかった。なんともチグハグな、しかしこれは現実なのだ。

階段を上る。踊り場の窓から、彼女が裏庭を見下ろす。

「プールも、あるんですね」

そこも生垣で囲ってあるので、上から見たことのなかった彼女は、あれがプールだとは気づいていなかったようだ。

「一応、今年も水は入れたんですけど、誰も泳がなかったわね。この子も、あまり水泳は好きではないから」

決して泳げないわけではない、と言い添えたかったが、言い訳のように聞こえても嫌だと思い、黙っていた。

二階の廊下の途中は広くラウンジのようになっており、お母さまはそこに案内するのだとばかり思っていたが、違った。

「お部屋は、ちゃんと片づけてある？」

「……はい、お母さま」

「だったら、お部屋にお通ししなさい。ラウンジは、ひどく声が響くから」

確かに。あそこで喋ったことは玄関まで全部筒抜けになるし、響くのを嫌って小声で喋ると、それだけで何か悪いことをしているような気分になる。結果、家族もあまり利用しない場所になっている。

「じゃあ、こちらに……」

「それでは、お邪魔いたします」

「はい、ごゆっくり」

二人で部屋に入ると、まもなく清美さんがティーセットを持ってきてくれた。焼きたてのバタークッキーもある。

「ごゆっくり……」

ドアが閉まると、軽く頭を下げていた彼女がこっちに向き直った。

「本当に広いのね。とても素敵だわ、このお屋敷」

それはお世辞か、単なる物珍しさだろう。

「毎日いると、嫌になります。夏でもひんやりしているのはいいけど、冬は本当に寒いです。来月ようやく、ダイニングに床暖房を入れる工事が始まるんです」

彼女は「まあ」と目を丸くした。

「こんなに美しい、本格的なダッチコロニアル様式なのに。床だって、きっと天然木のフローリングなんでしょう？」

「ええ、どこかの……ヨーロッパの方から取り寄せたものだって、父はよくいってますけど」

「それだったらもったいないわ。床暖房にしてしまったら、きっと床材だって、それに対応した既製品になってしまうんじゃない？」

いや、そうではないらしい。

「それは、なんか、剝がした板を、ちゃんと再利用するみたいです。床暖房に耐えられるように、特殊な加工を施した上で」

「なるほど。ちゃんとそこまで考えていらっしゃるのね。さすがだわ」

「どうぞ、掛けてください」

「ありがとう」

しかし、彼女はテーブルセットの椅子には腰掛けなかった。

ふわふわと、チュールスカートの裾を揺らしながら部屋の中を見て回る。本棚に並んでいる、背表紙のいくつかを指でなぞり、サイドボードの上に置いてある、古いラジオの形を模したＣＤプレイヤーを見て微笑む。

「可愛い、これ」

壁に掛けたいくつかの、小さめの額。去年死んでしまった猫、夕暮れの海、カフェの窓辺にいる女性、古い映画館、ヴィオラを弾く少年、かつての自分。

彼女の室内旅行の終着点は、ベッドの上だった。

「こっちに、いらっしゃいよ」

拒む理由はない。でも、拒みたい気持ちがないわけでもない。

ただ、抗《あらが》えないだけだ。

彼女の隣に腰掛けて、最初に感じたのはローズの香りだ。それから、髪の毛に挿し込まれる、指先。微かな体温。

「お部屋で二人きりになるのは、初めてね」

「……ええ」

「緊張してる?」

「少し」

「今、声が震えた」

「……そういうこと、いわないで」

何度目かのキスだった。

彼女は、いつもはサラサラに乾いていて、風と戯れるのが好きで、笑みを絶やさない人だった。けど、キスをするときは違った。

唇も舌も、ねっとりと張りつくように湿っていた。唇と同時に、目も耳も塞がれる気がした。薄目を開けると、ひどく冷たい両目がそこにあった。

「……触って」

右手を取られ、彼女の膨らみへと導かれる。代わりに彼女の、もう一方の手が伸びてくる。首から背中、脇に回り、やがて胸に、そして脚の付け根に下りていく。

「だめ」

「大丈夫。怖がらないで……」

そんなの無理だ。

母親も家政婦もいるこの家で、しかも母親の知り合いでもあると分かったこの人と、いくら憧れの女性とはいえ、年上の彼女と、こんなことをするなんて、怖いに決まっている。

「ほら……あなただって、興奮してる」

「やめて」

「本当？　本当に、やめてほしいの？」

分からなかった。この囲いの中から出られないのなら、せめて違う方法で意識だけでも、心だけでも自由になりたい、外の世界と繋がりたい。そう願っていたのは事実だ。

でも、いま味わっているのは自由とは程遠い、罪悪感の渦だ。こんなこと、今まで誰にもされたことがないのに、彼女の手は今、もう下着の中にある。音もなく動いている。よく知っている何か、その在《あ》り処《か》を探り当てようとしている。

「力を抜いて……これは決して、悪いことでもなんでもないのよ。美しくあることが罪だなんて、嘘だから」

白く濁った曇り空を映していた窓ガラスに、水滴が当たり始めた。

その一滴一滴を、冷静に見上げている自分がいる。

急に、見慣れた現実にすがりつきたくなった。飽き飽きしていた日常に、謝りたくなった。

彼女のいっていた「こっちの世界」が、今は、とても怖い。

「純情なのね……涙なんて」

そんな話をしたことなんてなかったけど、こんな涙は、彼女にとっては遠い過去なのだと分かった。

耳の方に流れた涙を、彼女の熱い舌がすくい取っていく。

階下から、ピアノが聴こえ始めた。レコードだろう。
お母さま。なぜ今「子犬のワルツ」なの。
忙《せわ》しない旋律と、徐々に激しくなっていく雨の音。
どうして彼女は、いま笑ったのだろう。
少しくらい声が漏れても大丈夫。そういう意味か。

9

希莉と喋り過ぎ、図書室を出るのが遅くなってしまったようだ。

十四時十三分のバスを逃したのは痛かった。

「希莉ちゃんって、どうやって帰るの」

「バスで駅までいって、普通に電車」

「県庁方面？」

「うん」

「じゃ、私と反対だ」

奈緒の家は、もっとずっと北の方だ。周りをかんぴょう畑と麦畑に囲まれた、「ド」が三つ付くくらいの田舎だ。

それでも、とりあえず駅までは一緒なわけだ。

希莉が腕時計を見る。意外とゴツい、男の子っぽいのをしている。

「どうする、奈緒ちゃん。歩く？」

学校前のバス停から駅までは、ゆっくり歩いたら三十分くらい。次のバスがくるのは十五時九分。まだ五十分近くある。

「だね。荷物も少ないし」

奈緒の家の周りと違って、学校から駅までの道中は畑ばかり、というわけではない。民家だって普通にあるし、商店も何軒かある。コンビニも一軒だけある。友達と歩く分には、さして退屈な風景ではない。

「希莉ちゃん、死体の取材以外は、なに調べてるの？」

「それ、ちょっと人聞き悪いな。私は検死について調べてるんであって、死体の取材をしてるわけでは、ないんですね」

「あそっか」

死体の取材って、確かに怖い。ミイラにマイクを向けて「気分はどうですか」とか訊いてそう。

希莉が曇り空を見上げる。

「でも、よかったね。今日、カンカン照りじゃなくて」

「うん。駅まで歩いて熱中症とか、ヤバいよね」

「途中でアイスでも買おうか」

「いいね……っていうか、私の話聞いてた？」

希莉が「ん？」とこっちを向く。よく見るとこの人、ミーアキャットに似てるかもしれない。

「聞いてたよ。なんで？」

「検死以外になに調べてんのって、私、訊いたんだけど」

「そうだっけ」

「やっぱり聞いてないじゃん」

「ごめんごめん」

なんで図書室で見たときは、人形っぽいって思ったんだろう。もう忘れた。

希莉が「んー」と唇を尖らせる。

「別に調べてるわけじゃないけど、もっと警察のことは、詳しくなっといた方がいいかな、とは思ってる」

物凄い騒音と共に、ダンプトラックが真横を通り過ぎていく。しかも二台連続。怖い。

「……警察の、何に、詳しくなるの？」

「たとえばさ、刑事っているじゃん」

「うん、いるね」

「あれさ、刑事局っていうのと、刑事部っていうのと、刑事課っていうのが、あるらしいんだよね。小説読んでると、そういうのがいろいろ出てくるの。しかも、けっこうバラバラに」

奈緒はそんなの、生まれてこの方、一瞬たりとも意識したことはなかった。

「……そうなんだ。それが、どうかしたの？」

「いや、それって、どういうことなのかな、と思って」

「それが分かると、どうなるの？」

「たとえば、主人公が刑事だったとして、その人はどっかに所属してるわけじゃん。学校の三年A組とか、そういうのと同じように、ナニナニ署の、ナントカ係の、ナントカ刑事です、みたいに自己紹介するじゃん。そういうのが、なんか、それっぽくなるかなと」

確かに、その言い回しはそれっぽい。

「ネットで調べても分かんないの?」

「ちょっとは調べたんだけど、よく分かんなかった。そもそもさ、警察庁って書いてあるのと、警視庁って書いてあるのがあって、どっちが正しいのかも分かんないし」

両方とも聞いたことはある。

「どっちも、アリなんじゃないの?」

「かもね。だとしたら、何が違うんだろうね」

「それくらいは、ネットで分かるんじゃないの?」

「かもね」

「なんで調べないの?」

「だって、いま思いついた疑問だもん」

いろんな意味でびっくり。

「……希莉ちゃん、今その疑問、思いついたんだ」

「うん」

「不思議な人だね、希莉ちゃんって」

「ん、なんで?」

それとなく前方に目を向ける。ゆるく左にカーブした県道。弛《たる》んだ電線と、ところどころに田んぼと、二階建ての小さな家。

「これを見てて、私と同じ風景を見てるのに、希莉ちゃんは、そういうことを疑問に思うんだね」

希莉が首を傾げる。

「だって、奈緒ちゃんが訊くから」

「うん、私が訊いた。それはそうなんだけど、私はもっと、なんていうんだろう……毒薬の種類とかさ、そういうのを調べてるのかと思ってた」

するると、希莉がクスッと笑いを漏らす。

「奈緒ちゃんって……意外と、発想が邪悪だね」

「たとえば、だよ。私がどうこうじゃなくて、たまたま、あそこに薬屋さんの看板が見えたから」

「分かるよ。トリックとか、そういうのを考えてると思ったんでしょ」

「そうそう。そういうのは考えないの？」

「考えたいけど、そう簡単には思いつかないよ。なんか、私なんかが思いついても、過去に誰かが使ってそうだしね。氷が解けて、それで何かが動いて、ドアがロックされちゃって、あり得ない密室が完成しちゃう、みたいな」

「えー、いいじゃんそれ」

だからぁ、と希莉が笑いを堪《こら》えながら手で扇ぐ。

「そういうのは散々、いろんな作品で使われてきてるんだって」

「そっかぁ。私なんて、すぐ騙されちゃうね」

その数秒前から、妙に平べったい車がこっちに向かって走ってくるな、とは思っていた。レトロな雰囲気の外車だ。すれ違うときに見たら、けっこう色は褪せてたけど、それでもわりと派手な赤だった。エンジン音は、なんかゼエゼエいってる感じだった。

車になんて、まったく興味はない。ただ珍しいなと思ったから、目で追っていただけだ。

それが、よくなかったのだろうか。

「……あ」

艶《つや》のない、巨大な赤い筆箱みたいなその車は、なんと三十メートルくらい通り過ぎたところでスピードを弛《ゆる》め、のそのそと方向転換を始めた。

やがて完全に向き直り、またゼエゼエいいながらこっちに走ってくる。

希莉も気になったのだろう。

「……ん？」

振り返って眉をひそめている。

ひょっとして、自分はやってしまったのだろうか。そうとは知らずにヤバい人の車を目で追ってしまって、それが馬鹿にしたように受け取られてしまったのだろうか。気のせいか、車の顔も怒っているように見える。こっちに走ってきて、すぐ近くで停《と》まって、怖い人が降りてきて「なに見てんだオラァ」とか怒鳴られて、泣かされて摑まれて車に連れ込まれて——。

いや、どうなんだろう、あれは。

運転席側、いや外車だから助手席になるのか、向こう側の窓枠に腰掛けるようにして体を出し、屋根越し、こっちに向かって手を振っている人がいる。フレームが黄色の、玩具《おもちゃ》みたいなサングラスをしている。違った意味で、かなりヤバい。相当イカレている。

しかし、

「……おーい、ぽっぽーっ、ぽっぽーっ」

そのひと声で分かった。

分かってみれば、なんてことはない。紗子だった。

プスン、と車が停まったので、その前を通って助手席側に回る。

「なに紗子、どうしたの」

「うん、これからドライヴにいくのだ」

「っていうか、ぽっぽーってなに」

「あそっか、それは電車か」

「汽車だよ」

「あれ、片山希莉じゃん。なに、なんか珍しい組み合わせだな」

イカレたサングラスを外しながら、奈緒の後ろにいる希莉に「よう」と手を挙げる。奈緒にしてみたら、紗子が希莉を認識していたこと自体が驚きだ。

「紗子、希莉ちゃんのこと知ってたんだ」

「おう。だってこいつとは中学が一緒だったし、こいつ、あたしのこと中学時代にイジメたんだよ」

希莉が「ええーっ」と声を裏返す。

「イジメてなんてないじゃない。ただ、声がうるさいっていっただけじゃない」

極めて正論だが、紗子のリアクションは「オーマイガ」だ。

「あたし、あんな酷いこといわれたの初めてだったからさァ、すげーショックだったよ。マジで二十分くらい寝込んだわ……ま、いいから乗れよ、カモォン」

いま紗子は、かなりアメリカンな気分らしい。一度家に帰って着替えたのか、胸にインディアンのイラストが入ったTシャツを着ている。イラストの周りには、英語で「テキサストマホーク／アパッチ」と書いてある。

それはいいとして、だ。

「乗れって、そんな、人の行き先も聞かないで」

「どうせ駅だろ」

「そうだけど」

紗子は身を屈め、運転席を覗き込んだ。そこには五十歳くらいの短髪のオジさんがいて、真面目腐った顔でハンドルを握っている。

「アンディ、いいだろ？　乗せてやっても」

アンディ？　どう見ても「○雄さん」って感じだけど。

「ああ、紗子の友達なら、俺はいつだってウェルカムだぜ」

なるほど。年齢差をさて措けば、物凄く紗子の友達っぽい人ではある。もしくは同類というか。

奈緒は希莉の方を振り返った。

「どうする、乗せてもらう？」

「んん、まあ……そうね、甘えさせてもらおうか」

「じゃあ」

紗子と、運転席のアンディにも「お願いします」と頭を下げ、奈緒と希莉は、いったん歩道側に戻ってから後部座席に乗り込んだ。

外車なので、中はとてつもなく広い。シートの座り心地は今一つだが、でもこの広々した感じは悪くない。

「じゃ、アンディ、頼むぜ」

「おう、任しとけ」

再び、ゼエゼエいいながら車が走り出す。外で聞いていてもうるさかったくらいだから、当然、中に入ったらもっとうるさい。

しかし、紗子の地声はそんなものに負けはしない。

「そういえば希莉、お前、小説進んでっかァ？」

うっそ、なんで紗子がそんなこと知ってんの。

希莉は「イジメ」発言以降、微妙に口を尖らせている。

「……進んでるよ」

「アア？　聞こえねーよ」

「進んでるヨッ」

奈緒は、そこまで大声を出したくなかったし、場所も紗子の真後ろだったので、耳元に口を近づけて訊いた。

「なんで希莉ちゃんの小説のこと知ってんのッ」

「あたしは、なんでもお見通しなんだよ」

「読んだことあるのッ」

「ねーよ。あたしに、小説なんて分かるわけないだろ」

それをいったら、奈緒もあまり分かっているとは言い難いが、実際に読んでいるという点では、一歩リードしていると思う。

「私は、ちょっと読ませてもらったヨ。面白かったヨッ」

「へえー、すげーじゃん」

あ、いいことを思いついた。

「ねえ希莉ちゃん、このまま、警察の取材にいっちゃおうヨッ」

「えっ、そんな」

「何か予定でもあるの？」

「そういうわけじゃないけど」

なら、何も問題はないわけだ。あとは、行き先を変更してもらう交渉次第ということだ。

なんだろう。奈緒は今、妙にお節介を焼きたい気分になっている。希莉という才能に出会って、自分も何かしたくて仕方がなくなっている。

「ねえ紗子、駅じゃなくてさ、警察署にいってもらうのって、駄目かな」

「別にいいけど……アンディ、警察署って、この近くにあんの？」

「警察署だったら、方向が真逆だぜ。しかも、けっこう遠いぜ。近いところでいったら、駅の何キロか先に交番があるぜ」

「駅の先に交番ならあるってよッ」

聞こえてたから、リピートはしてくれなくても大丈夫だ。

「希莉ちゃん、交番でもいいから、いってみようよ。取材、してみようよ」

「えー、でも」

「チョウとか部とか、局とか、教えてくれるかもよ」

「……まあね」

よし。俄然、面白くなってきた、気がする。個人的には。

最後は、意外とあっさりしていた。

「じゃ、取材頑張ってな。ぽっぽーっ」

奈緒と希莉が降りると、紗子は特に別れを惜しむふうもなく、大人しく助手席に収まり、走り去っていった。

奈緒も、すぐに振っていた手を下ろした。

「……あの二人、付き合ってるっていってたね」

希莉が、カクッと首を傾げる。

「え、あれは、何かの買い物に付き合う、って意味じゃないの」

「違うよ、付き合ってるっていってたよ」

「うそォ。それはあり得ないでしょ、いくらなんでも。アンディ、めっちゃオジさんだったじゃん」

「うん、普通ならね、あり得ないと思うんだ、私だって。でも、何しろ紗子だからさぁ……分かんないよ」

その紗子とアンディに交番まで連れてきてもらった、という時点で、何か間違っているような気はしていた。言い出しっぺは奈緒だが、途中から、ちょっと失敗したかな、とは思い始めていた。

県道と県道が合わさる交差点。向かいはガソリンスタンド、その向かいはコンビニエンスストア、その向かいは何かの畑、その向かいにある交番。

ちっちゃな一軒家くらいの、普通の交番。

「……なに。なんでそんなこと知りたいの」

あのイカレた雰囲気の外車から降りるの、完全にこのお巡《まわ》りさんに見られてたし。窓枠に腰掛けてこそいなかったものの、紗子は最後まで「ぽっぽーっ」って大声でいってたし。あれの友達だと思われたら、そりゃ印象はよくないだろうことは理解できる。

しかし、ここで引き下がるわけにはいかない。なんというか、奈緒はこの取材を成功させて、自分にも「できる」ことを希莉にアピールしたい。

「だって、わけ分かんないじゃないですか。刑事局とか、刑事係とかなんとか」

「奈緒ちゃん、違う……刑事部とか、刑事課」

「刑事部とか、刑事課とか、いろいろあり過ぎて、分かりづらいじゃないですか」

お巡りさんが腕を組む。制服に仕込まれたいろんなものが、ガチャガチャと音をたてる。

「だから、なんでそんなことを分かりたいの。分からなくたっていいじゃない。いざとなったら、ちゃんと刑事さんは君のところにもいくから、分からなくても大丈夫だって」

いや、刑事さんはこなくていいけど。

この、鼻の横に大きなホクロのあるお巡りさん、微妙に意地悪。

「違うんです。この子、小説を書いてるんですよ。今はその取材で、警察のことを調べていて、それでここにきたんですよ」

「そういうのは、本部のコーホーにいってもらわないと」

「は？　なんですって？」

「本部の……だから、県警本部にね、ケーム部コーホー相談課ってのがあるから、そこに問い合わせてよ。じゃないと、俺たちみたいな交番勤務の人間じゃ、下手なこといえないから」

すごい。希莉、今のメモってる。漢字では「警務部広報相談課」と書くらしい。

負けてられない。

「県警本部にいけば、教えてもらえるんですか」

「そりゃ、担当じゃないから、俺は分かんないけど」

「じゃあ、誰に訊いたら教えてもらえるんですか」

「だから、とりあえず広報相談課にいってみなさいよ」

ちょっと声が大きくなっていたのか、奥から別のお巡りさんが出てきた。ホクロの人よりだいぶ年上の、ベテランっぽい人だった。

「……なに、どうしたの」

ホクロが「ああ」と手短《てみじか》に説明をする。すると意外なことに、ベテランさんは「ほう」と表情を和《やわ》らげ、奈緒の方を見て頷いてくれた。

「それくらいなら、いいよ、私が答えてあげる。そもそもそんなの、インターネットで調べれば出てくることだしね。秘密にするようなことでもなんでもない。それを、わざわざ直接訊きにくるんだから、偉いよ……で、なんだって？　最初の質問は」

なんか今、壁を一枚、破った気がした。越えた？　まあ、そんな感じだ。

「えっと、あの……はい。まず、刑事局と、刑事課と……」

希莉が耳打ちしてくる。

「……刑事部」

「ああ、刑事部とか、いろいろ聞いたことがあるんですが、本当はどれなんですか」

ベテランさんが、にんまりと頬を持ち上げる。

「それはね、全部本当だよ。三つとも、ちゃんとあります。刑事局というのは、警察庁にある部署。刑事部というのは、各都道府県警にある部署。刑事課というのは、各警察署にある部署。つまり、規模が違うんだね」

分かったような、分からないような。でも面白い。

「じゃあ、じゃあ、警察庁と警視庁っていうのは、なんなんですか」

「警察庁っていうのは、日本全国の警察を束ねる、国の機関です。宮内庁とか、金融庁とか、聞いたことあるでしょ。そういうのと同じ、警察関連の仕事をする、国の組織です。もう一個の警視庁というのは、東京都警察本部のことね。そういった意味では、神奈川県警とか、大阪府警とかと同じ、地方警察本部の一つなわけ。でも東京は日本の首都で、特別な場所だから、警察の名前も一つだけ特別で、東京都警察本部ではなくて、警視庁と、そう呼ぶわけだよ」

希莉、これもちゃんとメモってる。

「……希莉ちゃん、今ので分かった?」

「うん、バッチリ」

よしよし。

ベテランさんが「もう一つ」と、指を立てて前屈みになる。

「小説を書くんだったら、これも覚えておいた方がいいな。殺人事件を捜査するのは、警視庁とか、県警本部にある刑事部、その中にある、捜査第一カ。刑事部捜査一カ。ここが殺人事件を担当するのが決まりだから」

希莉は「捜査一課」と書いている。

なんとなく聞いたことはあったけど、そうか。

あれって「捜査一家」じゃなかったのか。

10

便所サンダルとはいえ、履物を手に入れられたのは大きかった。

足の裏が保護されているというだけで、こんなにも自由に歩けるものかと感動すら覚えた。圭に至ってはクロックスタイプだから爪先《つまさき》も出ていないし、踵《かかと》に引っ掛けるベルトもあるのでサンダルほど簡単には脱げない。二足あれば、もちろん芭留だってクロックスタイプの方がよかったけども、なかったのだから仕方ない。

とはいえ、それで何かが解決したわけではない。依然、歩いても歩いても森から出ることはできなかった。

「圭、枝、アタマ」

「うん」

だが獣道というのだろうか、ふいに、踏み固められた地面が長く続いている場所に出た。

「圭、道っぽいのが続いてるように、見えるんだけど」

「うん」

「獣道だとしたら、いかない方がいいよね」

「ああ、オオカミの群れとかに、遭遇しちゃうから？」

日本では、オオカミはだいぶ前に絶滅したのではなかったか。

「……か、どうかは分かんないけど、少なくとも人間の作った道じゃなかったら、人里には通じてないわけだからさ。余計、森の深いところにいっちゃうかもしれないじゃん」

圭は返事もせず、いつもより強く眉をひそめた。聴覚に頼るのは仕方のないことだが、やはり女の子だから、そこに皺が寄っちゃったら可哀相だな、とは常々思っている。

それにしても、やけに長い沈黙と困り顔だった。

どうしたの。そう訊いてみたいが、こういうときは急《せ》かさない方がいい。それはよく分かっている。目の見えない圭との付き合いも、もう七年。その辺は心得ている。

母親は県庁の職員なので、平日の家事のほとんどは芭留がこなしている。中学の頃からずっとだ。あの頃、朝、圭を視覚支援学校に連れていくのは母親だったが、迎えにいくのは芭留の役目だった。それから二人で買い物をして、家に帰る。それが芭留たちの日常だった。今はもう、圭も一人で通学できるようになったので、その辺はかなり楽になった。

今でもときおり、圭はいう。

「お父さんは一人で可哀相だけど、私には、お姉ちゃんがいるから……お母さんが二人もいるから、安心だ」

圭が「安心」という言葉を頻繁に使うようになったのは、目が見えなくなってからだ。特に芭留の記憶に残っているのは、事故で負った傷も癒え、しかし脳に残った後遺症で、圭の目はもう一生見えないと分かった日の夜だ。

二人の、共用の部屋。圭は二段ベッドの上を使っていたけれど、事故に遭ってからは下で寝ていた。

その夜は芭留も一緒に、下の段で寝た。

芭留は、まだ小学五年生だった圭を抱き締めた。

「圭。これからは、私が圭の、目になるからね」

圭は、一生目が見えないと分かっても泣かなかった。事故からもう何ヶ月か経っていたので、覚悟はできていたのだと思う。

「うん……お姉ちゃんが目になってくれるんなら、私は安心だ」

あの頃はまだ、孝蔵も一緒に暮らしていた。

格闘技界から身を引き、しばらく職を転々としていた孝蔵が、いつから精神を病み始めたのかは分からない。たぶん、孝蔵自身にも分からないのではないか。しかも圭が視力を失ってから、孝蔵の状態は明らかに悪くなっていった。

圭だけでも大変なのに、お父さんまで——。

そう思わなかったといったら嘘になる。しかし、家でぼんやりしたまま動かない、いわば引き籠《こ》もり状態にまでなってしまった孝蔵に、いつまでも期待してはいられない。母親はそれまで以上に懸命に働き、残業も出張もこなし、芭留は芭留で、圭と二人三脚で生きていくと心に決めた。

だから、孝蔵の担当医から「静かな田舎で暮らした方が、八辻さんにはいいと思います」といわれたときは、申し訳ないが、一緒にはいかれないと思った。芭留の学校はどこでもいいが、圭のいかれる視覚支援学校は県内に一校しかない。母親だって県庁から遠いところには住めない。

孝蔵にはありのままを告げた。私たちは一緒にいかないと。孝蔵は黙って頷いていた。芭留は、学校が休みになったら圭と会いにいくと約束したが、孝蔵はそれにも頷くだけだった。

母親が半月ほど探してあの家に決め、孝蔵はその数日後に出ていった。バッグが二つだけという、まるで家出のような引越しだったが、母親はさして心配していなかった。

「もともと、ああいう人だから。山も川もないような都会で暮らすのは、無理だったのよ」

都会、といっても県の中心街というだけだが、あの家のある山の中と比べれば、確かに都会的ではある。

つん、と圭に指を引っ張られ、我に返った。

「……ん、どうした」

「お姉ちゃん、私、ここ、分かるかも」

そんなことって、あるか。

「なんで、ここの、何が分かるの」

「大体の場所。だから、家に帰る方向、分かるかも」

「なんで。なんでそんなこと分かるの」

「たぶん、音……ずーっと吹いてる風の音と、なんていうのかな、樹のザワザワの間に、ホーって……ホーじゃないか、コォーか……でもなんか、そんな、聞き覚えのある音がする。あっちの方から」

圭が指差したのは、まさにその獣道の先の方だ。

「マジで。やっぱり圭、帰巣本能あるんじゃないの?」

「お姉ちゃんより、少し耳がいいだけだよ」

それからはときどき立ち止まって、圭に方向を確認してもらいながら進んだ。概《おおむ》ねそれは獣道の続く方で、歩く分には楽でよかったけども、芭留にしてみれば、若干騙されているような気もしないではなかった。

しかし、二十分ほどした頃だ。

「……あった」

まだだいぶ先の方だが、樹々の間からそれらしき屋根が見えた。

圭が芭留に並ぶ。

「当たり？」

「うん、屋根がちょこっと見える。間違いないと思う」

圭が、左手を腰に当てて胸を反らせる。

「私の耳も、馬鹿にしたもんじゃないでしょう」

「私、一度も馬鹿になんてしたことないでしょ」

「でもお姉ちゃん、全然信用してなかった」

圭が、握っていた芭留の左手を小さく揺する。圭は、芭留の掌からなんでも読み取ってしまう。

「それは……信用してなかったんじゃなくて、不安だっただけ」

「そっか、なら赦《ゆる》す。いこ」

「いや、ちょっと待って」

圭の右手を揺すり返す。

「ここはいったん、冷静に考えよう……さすがに、けっこう時間が経ってるから、あの男が、今もまだ家の中にいるとは思わないけど、でも、いないっていう保証もないわけで」

「とりあえず、お父さんの様子を見にいかなきゃ」

「そうなんだけど、でも、どこかに男が隠れてたら危ないじゃん」

「裏の納屋みたいなところに鎌があるよ、草刈り用の。あれ使おう」

「鎌、ってあんた……」

いざとなったら、相手を殺す気か?

「それは、さすがにさ」

「いいよ、私が持つから。一瞬の動きに反応するのは、私の方が速いから」

目が見えている頃は、反射神経も格闘センスも圭の方が上だといわれていた。でも、そういう問題ではない。

「んん、まあ、じゃあ……一応、護身用ってことで、探しにいってみようか」

もう五分ほど歩くと、ようやく家の裏手にたどり着いた。草むらに身を隠して、家とその周辺の様子を探る。

土間玄関を通って出てくる裏口の戸は、閉まっている。その左手にある納屋のシャッターは、芭留の知る限りいつも開けっ放しだ。孝蔵の道具袋や、工具の類が置いてあるのが見える。

いや、それよりも重大なことに芭留は気づいた。

「圭、お父さんの車がない」

クッ、と圭の手に力がこもる。

「あの男が、盗んでったのかな」

「お父さんが、逃げるのに使った可能性もある」

ここから見える窓はどこも閉まっている。道場の窓は雨戸も閉まったままだ。

これ以上、ここから見ていて分かることはなさそうだ。

「じゃ、圭。納屋、いってみよう」

「うん」

「摑むの、こっちにして」

「うん」

圭に、ショートパンツの腰を摑ませる。これで芭留は両手が使えるようになった。

草むらと木の陰を利用して、納屋に接近する。周囲に変化はなし。

そろそろと草むらから出て、納屋の壁に身を寄せる。もし誰かがどこかから見ていたら、フザケているように思ったかもしれない。身を屈めた二人が、電車ごっこのように繫がったまま抜き足差し足、草むらから出てきたのだ。でも、これ以上安全そうな姿勢は思いつかないのだから仕方ない。

圭が壁に耳を寄せる。

「……誰も、いないと思う」

「マジで」

「うん」

「それも音で分かるの」

「空っぽの音、みたいな」

それでもそろそろと、開けっ放しになっている正面を覗けるところまで移動してきた。

壁から片目だけを出してみる。誰もいない。もう少し出してみる。やはりいない。完全に顔を出して奥まで見てみる。やはり誰もいなかった。

「ほんとだ。空っぽだ」

「でしょ」

周囲に注意を払いながら中に入る。様子を窺いながら、農具のある辺りを調べる。確かに鎌と、他にもガムテープとか、ドライバーとか、いろいろあった。中では、鉈というのだろうか、ごっつい菜切り包丁みたいな刃物が使いやすそうだった。使いやすいといっても、あくまで護身用としてだが。

「……いこう、か」

「うん」

芭留が鉈、圭が鎌を構えて再出発。土間玄関の裏口は鍵が掛かっているかもしれないから、道場の側を通って表に回ることにした。

角で止まって、さっきと同じ要領で先を窺って、誰もいないようだったら進む。また角まできたら様子を窺って、大丈夫そうだったら先に進む。

土間玄関の入り口は、開いたままになっていた。

「玄関、開けっ放しになってる。誰もいなそうだけど」

「うん……誰も、いないと思う」

「……入るよ」

近くまでいって覗いてみると、圭の言う通り、土間玄関も空っぽだった。

「手、放す」

「分かった」

左手、道場に直接入れる戸は、芭留が見たあのときよりも広く開いていた。まだ暗さに目が慣れないので、奥の方まではよく見えないが、少なくとも人はいなそうだった。孝蔵の姿も、なかった。

でも明かりを点《つ》けて、床が血だらけだったら――。

ゾッとした、その瞬間に後ろを振り返った。

そこには目を閉じたまま、聴覚だけで周囲の様子を窺う圭がいるだけだったが、そう、一瞬たりとも油断をしてはならないのだ。余計な恐怖心に囚われて、注意を怠るようなことがあってはならない。あの男がどこかにひそんでいる可能性は、今もまだ、決してゼロではないのだ。

反対側、台所の方を見にいく。

「……それ、脱がないで」

「うん」

急いで逃げなければならなくなったときに困るから、サンダルは脱がない方がいい。それくらい、説明しなくても圭は分かってくれる。

やはり開けっ放しになっている戸口から、台所を覗く。誰もいない。サンダルのまま上がり、浴室とトイレを確認するかどうか迷ったが、そこを確認しないまま二階に上がって、また下から追いかけてこられたら怖過ぎる。だったら、いま勇気を出して確認した方がいい。

「……合図で開けて」

頷いた圭を、開けたらトイレのドアが盾になるような位置に移動させる。

圭がドアノブを握ったら、圭にしか聞こえないように、ぽっ、と唇の先を小さく鳴らす。

ドアが、勢いよく開く――。

誰も、いなかった。よく知っている、ここのトイレ特有の悪臭を嗅がされただけで、他には何も起こらなかった。

構えていた鉈を、ゆっくりと下ろす。

結果はいうまでもなく分かっているのだろう。圭が小さく頷く。

同じ要領で浴室も確認したが、あの男も、孝蔵もいなかった。

あとは二階だ。

そう思って、階段の方を振り返って、初めて気づいた。

今度こそ、血のようなものがある。しかも、かなり大量に。

最初の一段と、その下の床に同じくらいずつ。両方足したら、大きめのマンホールくらいの面積だろうか。

「……お姉ちゃん?」

床の色が濃いのと、壁際の暗いところだから分かりづらかったが、あれは、間違いなく血だ。よく見れば、普通の木の色をしている階段の手すりには、もっと生々しい赤の、手の跡がついている。

「お姉ちゃん」

圭の声は耳に入っていたが、すぐには反応できなかった。

あれは、孝蔵の血だろうか。だとしたら、かなりの深傷《ふかで》を負っていることになる。芭留が見た最後の瞬間、男は孝蔵に向かって何かを振り下ろした。あの一撃によって孝蔵は、ここまで出血をするほどの傷を負ってしまったのか。

だとしたら、いま孝蔵はどこにいる。納屋にも土間玄関にも、道場にもいなかった。トイレにも浴室にもいなかった。なくなっていた車は、誰が運転していったのか。孝蔵か、あの男か。最悪、二人一緒に、ということだって考えられる。

そのとき、孝蔵はどういう状態だったのか――。

いや、まだ二階にいる可能性は残っている。

「圭……階段のところ、血が垂れてるから、すべらないように」

圭にしてみれば、誰の血なのか、なぜそこに血があるのか、訊きたかったに違いない。だが圭は訊かない。大事な場面であればあるほど、圭は自分で考えようとする。答えを出そうとする。芭留が詳しくいわない意味を理解しようとする。そういう子だ。

芭留が先に立って、階段を上り始める。二段目以降で気づいたのは、砂だ。足跡というほどはっきりとではないが、そんな形に砂粒が落ちている。これは男が土足で二階に上ったという証拠だ。

上りきったところの、芭留たちが出口に使った窓は開いたままになっていた。あの直後か、孝蔵との格闘を終えたあとなのかは分からないが、男はここから外を見たに違いない。芭留たちがどっちに逃げたのかを確かめようとしたに違いない。実際には、芭留たちはすぐに左の方の草むらというか、雑木林の中に身を隠したのだが、男にしてみたら、三十メートルほど先の砂利道を左、麓の方に逃げていったように思ったのではないか。

二人で寝ていた部屋は後回しにして、使っていなかった和室の方を先にチェックした。やはり足跡らしき砂汚れがあちこちにあったが、男の姿も、孝蔵の姿もなかった。それ以外に何か壊されているとか、そういうこともなかった。それぞれの部屋は襖で区切ることもできるが、今は開け放たれているので、確認自体は容易だった。

一ヶ所だけ、奥にある押し入れの中を見るときは緊張したが、やはり誰もいなかった。ネズミでも飛び出してきたら悲鳴をあげていたかもしれないが、それもなかった。いや、反射的に鉈で叩き潰していたかもしれない。

二人で使っていた、フローリングの部屋に戻る。

時間が時間なので、室内はもうだいぶ明るかった。布団の形は、どうだろう。男が捲ったりして形が変わっているようにも見えるが、確かな記憶はない。

それよりも、バッグだ。

芭留と圭の、着替えなどを詰めたバッグは完全に引っ繰り返され、中身が全部ぶち撒けられていた。あの男にそういう「癖」があるとしたら、下着だとかなんだとか、なくなっている可能性もあるだろうが、今はそれもどうでもいい。

むしろ、携帯電話だ。

「圭、寝るときケータイどうしてた？」

「枕元」

芭留もそうしていた。だが枕元はむろん、掛け布団を捲ってみても携帯電話はない。敷布団の下も確認したが、ない。散らかった、芭留と圭の衣類に紛れ込んでいないかも確かめたが、なかった。

どこにもない。

男が持ち去った。そういうことなのだろう。

携帯電話がなければ、この家に戻ってきたところで、やはり外部との連絡はできない。だがそれ以上に、芭留はある種の、薄気味悪さを感じていた。

下着を盗まれるより、携帯電話を盗まれる方がよっぽど気持ちが悪い。圭のだって、音声で読み上げる機能を追加したり、折り畳み式のキーボードを接続したりして使用してはいるものの、機械そのものは健常者が使用しているのと同じモデルだ。個人情報だってプライバシーだって、目一杯詰まっている。

それが、盗まれた。姉と妹の携帯電話が、両方ともだ。

しかし今、そこに拘っても仕方がない。

「圭、下にいって、お父さんのケータイ探してみよう」

「うん」

知った家なので、基本的には心配ないのだが、

「圭、血溜まり」

「分かってる」

そこだけは注意して台所を通り、土間玄関も通過して道場に上がった。

圭には関係ないが、芭留は部屋の明かりを点けた。雨戸を開けるよりはこっちの方が手っ取り早い。

孝蔵は今朝も、道場の右端に布団を敷いて寝ていたようだ。普段は芭留たちが借りていたあの部屋で寝るらしいが、さすがに、二十歳と十七歳の娘と一緒に寝るわけにはいかないと思うのだろう。二人がくると、孝蔵はいつも道場で寝るようにしていた。

布団は、思ったほど乱れてはいなかった。他に、改めて探すほどの場所もない。ただ、孝蔵の携帯電話もなくなっている、その事実を突きつけられただけだった。

圭に袖を引っ張られた。

「……ん、なに」

「喉渇いた。確か冷蔵庫に、サイダーあったよね」

あの男が飲み干してなければ、あるかもしれない。

そういえば、圭はずっとサイダーを飲みたがっていた。

いや、レモンスカッシュだったたか。

11

今日、静男は午前中からバックヤードにある焙煎機に付きっきりになっているので、その分ランチが大変だった。

あまり愚痴はいいたくないが、正直、琴音はヘトヘトだった。

「なんか……あのオーストラリアの団体さん、すごかったね」

調理だけでなく、ホールも兼任していた緑梨に至っては、半ば脱水状態のようになっている。

今も、カウンターに突っ伏したままだ。

「……ね。まさか男全員、二杯ずつ食べるとは思わなかった……琴ちゃん、お願い。レモンスカッシュ作って」

「うん」

唯一の救いは、ランチ後はぱったりと客足が途切れたことだ。売り上げを考えたら決して嬉しいことではないが、たまにはこういう時間もないと、実際には客商売なんてやっていられない。朝十時に開店したら、もう閉店までドミナンに「準備中」はないのだ。

ちなみに、このドミナンのレモンスカッシュ。コーヒー以外では、実は隠れた人気メニューになっている。ポイントは蜂蜜《はちみつ》に漬けたレモンスライスと、てんさい糖で作ったガムシロップ。ドミナンでは、料理にも飲み物にも白砂糖は使わない。すべててんさい糖を使用している。

琴音は、生まれたときからこの味で育ってきたから分からなかったが、東京で一人暮らしをしてみて、初めて白砂糖とてんさい糖の違いを明確に認識した。上手くいえないが、てんさい糖の方が、甘さがじんわりと優しく入ってくるように感じる。栄養学的にも、てんさい糖の方がお腹に優しいらしい。

「はい、どうぞ」

「さんきゅー」

緑梨は客ではないので、ストローは付けない。緑梨もそのまま、グラスに口をつけて飲み始める。

琴音は、ランチで余ったコーヒーを飲むことにした。静男に見つかったら「捨てなよ、そんなの」といわれるやつだが、誰もが常に「渾身の静男」を求めているわけではない。ちょっとした休憩に欲しい、水ではない何か。それが多少煮詰まったコーヒーでも、琴音は一向にかまわない。

緑梨が、ふう、とひと息つく。

「……そういえば琴ちゃん、最近あの人、こないね」

「誰、あの人って」

「ほら、ちょーイケメンの」

その客のことは一時期、琴音の同級生の間でも話題になっていた。確かに、韓流《はんりゅう》アイドル顔負けの美男子ではあった。

「ああ、見ないかも」

「琴ちゃん、けっこう好きでしょ、ああいうタイプ」

「別に。そうでもないよ」

「えー、だって、万里ちゃんがいってたよ。チラチラ目が合って、ニヤニヤしてたって」

それは誤解だ。

「違うよ。向こうが見てくるから、なんとなく、こう、席を見回したら目が合って、そしたら、普通はニコッとくらいするでしょ。接客業なんだから」

「そうかなぁ……万里ちゃんのいってたのと、だいぶニュアンスが違うなぁ」

「実の娘と、その友達の言う事とどっちを信じるのよ」

「万里ちゃん」

どうして。

「別に私、ああいうタイプが好きなわけじゃないよ」

「じゃあ和志くん？」

だから。

「……ねえ、なんでその二択になるの？」

「だって、他に目ぼしい男子いないじゃない。琴ちゃんの周りに」

「それだけ、ここが出会いの少ない田舎だってことでしょ。そもそも私、今そういう出会いとか求めてないから」

「やだぁ。それじゃ緑梨さん、つまんないぃ」

知るか。しかもなんだ、その、自分で自分を「緑梨さん」って。

東京時代の友達に、「ウチの両親も名前に『さん』付けで呼び合ってるよ」という子がいた。なので、その呼び方自体が極端に変わっているわけではない、と今は理解している。おそらく、小さな頃に友達から「変なの」とからかわれた、そのことが傷になっていただけなのだと思う。むしろ、市原緑梨という一人の女の、薄れることのない女の子っぽさ。そこが今、琴音は気恥ずかしいのかもしれない。

「静男さんが奥いっちゃうと、BGM、ずっと一緒だね」

「替えちゃえば。松田聖子とかに」

「静男さん泣いちゃうよ。僕がそういうの苦手だって知ってるくせにぃ、って」

それだ。静男の、あのひ弱な感じも、若干恥ずかしいといえば恥ずかしい。男は、別にイケメンである必要はないけども、もうちょっと逞《たくま》しくというか、ガンと前に出る強さも備えていてほしい、とは思う。

「ねえ、お母さんはお父さんと、どうして結婚したの?」

「それは、だから、大学の同級生で……」

「そういうことじゃなくて、もっと、お父さんのこういうところを好きになったとか、具体的な理由」

人差し指を顎に当てて、緑梨は考える。

まさにそれ。この人、そういうところ、ある。

「静男さんの……んん、ひと言でいったら、優しいところかな」

「ふた言でいったら?」

「ささやかだけど、確かな夢を持ってるところ」

「もうひと声」

「それを実現したところ……当時でいったら、その見込み？」

駄目だ。まるで意外性がない上に、なんの参考にもならない。

店を閉め、二階に上がろうと思ったら、奥から微《かす》かにギターの音が聴こえてきた。奥というのは、静男が琴音と叶音のために作ってくれた防音室だ。完全に、まったく外に音が漏れないわけではないが、少なくとも店にいれば聴こえないくらいの遮音性能はある。

琴音はそのドアを指差した。

「ちょっと、覗いてくから。お父さん先に上がってて」

「ああ、分かった」

静男も今日は一日、焙煎作業で疲れたのだろう。階段を上がっていく足取りがやけに重そうだった。

琴音はそれを見送ってから、防音室のドアレバーを撥《は》ね上げた。

瞬時にギターの大音量に包まれる。だが音が漏れたところで、閉店後なら迷惑するのは家族だけだ。すぐ中に入って閉めてしまえば、それもどうということはない。

この部屋はかつて、心ゆくまでピアノを弾いていられる、琴音にとっては世界で唯一の場所だった。東京にいく前なんて、二階の自室よりここにいる方が圧倒的に長かったくらいだ。今は、まったく。叶音のギターの音が聴こえてきたから入ってはみたが、それが何週間振りなのか、何ヶ月振りなのかも記憶にないくらい、足を踏み入れなくなっていた。

今年の初めまでは中央に据えられていたグランドピアノが、今は部屋の左側に寄せられている。右側には、床置き型のエアコンくらいの——などといったら叶音に睨まれそうだが、それくらいの大きさのギターアンプと、静男が使わなくなったオーディオ機器が積まれている。叶音は今、一番上のステレオコンポでCDを鳴らしながら、それに合わせて演奏している。クラシックではない。ジャズっぽいブルース、といったらいいのだろうか。弾いているエレキギターも、ロックというよりはそっち系のギタリストが使いそうな、渋くてレトロな形をしている。色も、なんというか、焼けた木のような、これまた渋いグラデーションになっている。

単純に、上手いな、と思った。かなりテクニカルなプレイなのだろうけど、真剣に弾いているというよりは、ただ音楽に合わせて踊っているような、そんな軽やかさがある。ダンスホールでくるくる回っている、白い水玉模様の、赤いワンピースを着た白人女性。なんとなく、そんなイメージが頭に浮かぶ。

一曲弾き終わって、叶音はCDのストップボタンを押した。

「……なに、ごはん?」

「うん、そろそろだけど」

「けど、なに」

分かってはいた。叶音とは最近、どうしてもこういう空気になってしまう。それを承知の上で入ってきたようなところはある。こうではない方が、もっと普通に接してもらえたら、その方がいいに決まっている。でも、これでもいい。口を利いてもらえただけ、今日はマシな方だ。

「いや、ちょっと聴こえたから。上手いな、と思って」

「それだけ?」

早くも、前言を撤回したくなる。

こういう会話を続けるのは、けっこうつらいかもしれない。

昔は、全然こんなふうじゃなかった。アニメの主題歌を二人で演奏したり、弾きながら一緒に唄ったりもしていた。

そんなに自分は、悪い事をしたのだろうか。

確かに親にお金を出してもらって、東京にいかせてもらって、しかし結果を出せずに帰ってきた。でもだからって、そんなに何ヶ月も憎しみのこもった目を向けられなければならないほど、罪深いことだったのだろうか、あれは。

「上手いね、って……それだけじゃ、駄目かな」

それは問い掛けか、自己肯定か。琴音自身にも分からない。

叶音がギターを肩から下ろし、専用のスタンドに立て掛ける。

「……お姉ちゃん、最近、なに聴いてるの」

これは、どういう文脈なのだろう。あるいは、そんなものはないのか。

「最近は、中島商店さんにもらった、コーヒーに合うBGM、みたいな、コンピレーションアルバムとか、聴いてる。輸入元が作ったノベルティらしいけど」

「誰が演奏してるの」

「それは、分かんない……フランス語だから、クレジットも読めなくて」

叶音は、さも興味なさそうに「ふぅん」と浅く頷いた。

「……私は最近、ラリー・カールトンとか、スティーヴィー・レイ・ヴォーンとか、サイトウマコトとか聴いてる」

残念だが、琴音は三人とも知らない。

知らないから、今度聴かせてよ――。

そう琴音がいうより早く、叶音が続けた。

「カールトンみたいなハイブリッド・ピッキングを、私はソロに取り入れたいし、レイ・ヴォーンみたいに開放弦を絡めた、飛び跳ねるようなフレーズも弾けるようになりたい。サイトウマコトみたいな、何気なく弾いてるように聴こえるけど、実はけっこうオシャレなフレーズが細かく入ってる、そういう弾き語りとかもできるようになりたい」

琴音は、頷くしかない。

「うん……いいじゃない。よく分かんないけど」

「よく分かんないのに、軽々しく『いい』とかいわないでよ」

なんだろう。言葉の端々に罠《わな》を感じる。

漠然と、しかし確実に、自分は追い詰められている。

「別に、軽々しくじゃ……」

「私は音楽が好き」

もう、わけ分かんない。

「私だって……好きだよ、音楽」

「ハァ？　ほんとかなぁ」

叶音が再びギターを手に取る。ただし弾くのではなく、メンテナンスのためだ。専用の布で、丁寧に弦を拭き始める。

「……私のオンガクは、音が楽しいって書くんだけど」

喉元に、割れた鏡を突きつけられているような気がした。

そこには、自分の引き攣《つ》った顔が映っている。

「お姉ちゃんのオンガクは、どうなのかな」

私のオンガクだって「音楽」って書くよ。そう思いはするけれど、言葉にはならない。声に出してはいえない。

叶音に、叩き潰される気がして、怖くて口に出せない。

でも黙っていたら、一方的に、叶音にいわれるだけ。

実際、そうなった。

「お姉ちゃんのオンガクってさ、実は、音が苦しいって書くんじゃないの?」

音が苦。

「そんなんじゃ……まあ、やめたくもなるよね」

再びギターをスタンドに戻し、立ち上がった叶音がこっちに歩いてくる。琴音がドアの前からどくと、叶音は小さく息を吐き捨て、ドアを引き開けて出ていった。

どけといわれる前に立ち位置を譲ったのは、琴音だった。


まだ大学も夏休みなのだろう。このところ、万里子はやけに頻繁にドミナンを訪れる。基本的には暇潰しなので、必ずカウンター席の、琴音の立ち位置の真ん前に陣取る。注文も「究極の静男」と決まっている。

とりあえず、あのことは抗議しておかねばなるまい。

「万里子でしょ、ウチのに変なこと吹き込んだの」

「ウチのって、誰。緑梨さん？」

「そう。イケメンの客が好みだとかなんだとか」

「ああ、あれね……違ったっけ」

いま緑梨は厨房にいるので、この程度の声なら会話は聞こえない。

「違うよ。私がいつそんなこといったの」

「だって、ニヤニヤしてたから」

「してません。ただの接客スマイルです」

「そうだったんだ……へえ」

万里子に悪意がないことは、最初から分かってはいたけれど。

「イケメン好きなのは万里子の方でしょ」

「うん。あたしにとって、男は顔だから」

悪気はないし、悪い子でもない。小学一年からの付き合いだから、親友だとも思っている。

でも、ときどき疲れる。

自然と溜め息が漏れる。

「……あれ、もしかして琴音、元気ない？」

「万里子のせいでしょ」

「なに、イケメン好きを吹聴したから？」

そうピンポイントで訊かれると、返事に困る。

こういう間を、万里子は見逃さない。

「ほらぁ、あたしのせいじゃない。何があった。万里子さんが相談乗ってやっから、いってみ。ん？」

一方では、こういうときのための幼馴染《おさななじ》み、親友かな、とも思う。

「……まあ、叶音だけど」

「やっぱりね」

ほんとに分かってたのかな、そこ。

「叶音ちゃんが、今度はどうした」

「昨日、コテンパンに凹《へこ》まされた」

「そうはいったって、ウチみたいに、ほんとに取っ組み合いしたわけじゃないんでしょ？」

信じられない話だが、万里子はいまだに、高校二年生の弟と本気で取っ組み合いの喧嘩をするらしい。とはいえ、弟の康介は姉想いの優しい子だから、ある程度は康介の方が手加減してやっているのだろうが。

「ウチは、手は出さないけど、お互いに……でも、言葉だけでも、けっこうキツいよ。昨夜、あんまり寝れなかった」

「何いわれたの」

「……訊いちゃう、それ」

「訊くよ。聞かないと始まんないでしょ」

それはそうだ。

「んん、なんかさ……奥の防音室で、叶音がギター弾いてたから、ちょっと覗きにいって、久し振りに喋ったらさ……私のオンガクは音が楽しいって書くけど、お姉ちゃんのオンガクは、音が苦しいって書くんじゃないのって、ピシャッていわれて」

字面《じづら》が思い浮かんだのだろう。万里子が「うへ」と吐き出す。

「琴音は、それになんて答えたの」

「そのまま叶音が出てったから、それっきり。食事中も会話はなし。それは、いつものことだけど」

万里子が「はあ」と、大袈裟《おおげさ》な溜め息をつく。

「……そりゃまた、なかなか手厳しいね。今の琴音には」

「でしょ。遠慮ないんだ」

「でもさ、叶音ちゃんなりに、ショック療法的な意味合いでいったのかもよ」

ショック療法？

「それで私の、何を治そうっていうの」

「何をって、ずっと落ち込んでるから」

「え……もう、そんなに落ち込んでるわけでもないんだけど」

「でも、吹っ切れたようにも見えないよ。今の琴音は」

そうなのか。

「そんなさ……次から次に、上手く立ち回れないよ、私だって」

「分かるけどね、それも」

万里子が、ひと口残っていたコーヒーを飲み干す。

「……ウチほら、兄貴んとこ、子供産まれたじゃん」

万里子は兄と弟にはさまれた、三人きょうだいの真ん中長女だ。

「うん。もうすぐ一歳だっけ」

「いや、もうすぐでもないけど……その、お嫁さんがさ、ユキさんっていうんだけど、こんなにちっちゃい子からでも、教わることがあるんですよね、とかいうの」

「へえ、どんなこと？」

「それは忘れたけど」

そこ、重要なんじゃないの。

万里子が続ける。

「……でもまあ、命を預かるわけだからさ、親になったら。大まかにいったら、そういうことだと思うんだけど。あの子が成長していく過程ではさ、もっとたくさんのことを、学ぶと思うんだよね。それは親なら誰しも。子供に教えられたよ、みたいにいう人、いるじゃん。あれだよ……だから、あんな赤ん坊から教わることもあるわけだからさ、もっと大きな叶音ちゃんから教えられるっていうか、気づかされることがあったって、全然不思議じゃないと思うけどね」

それは、分かる気がするが。

小首を傾げた万里子が、琴音を見る。

「……だからさ、こういうときはいっそ、恋に燃えてみるってのも、いいんじゃないの？　琴音さん」

それはない。少なくとも今は。

12

この部屋で他人に肌を見せて、しかも直に触られるなんて、これまで一度だってなかった、と思ったのだが、よく考えたらそんなことはなかった。

毎週水曜日には、お医者さまが家までくる。自分の部屋で診察を受ける。

「……はい、けっこうです」

胸まで服を捲ると聴診器を当てられるし、触診だってされる。むろん、触る場所は違う。先生は、彼女みたいに意地の悪い目をして、感じやすいところを急につねったりはしない。薔薇の香りのする吐息を、耳に吹き掛けたりもしない。

先生が、カルテに何かを書き込む。

「いかがですか。このところは、症状も落ち着いておられるようですが」

症状が落ち着く、体調がよくなる、というのが、最終的には何を意味するのかということだ。

体調が改善したのなら東京に戻る。そういう話が出るのが一番困る。少なくとも今は。

「……前よりは、いいですけど、でもたまに、息は苦しくなります。そういうときは、胸も痛いです
……少し」

「どういうときにですか」

「これといって、決まっては……」

「歩いたりした、あととかでしょうか」

「……とも、限らないですけど」

「寝ている間はどうですか」

「寝ている間は……分かりません。寝ているので」

「息が苦しくなって起きてしまったり、咳《せ》き込んで起きてしまったりとかは」

「たまにありますけど、毎晩ではありません」

「なるほど」

それが医学的にどう解釈されるのかは分からない。決して嘘はついていないけれど、近頃息が苦しくなるのは持病が原因なのか、という疑問は大いにある。

歩いていようが寝ていようが、彼女のことを想わなければ息は苦しくならない。胸も痛まない。でも彼女のことを想うと、食事中だろうが入浴中だろうが、実際に胸は痛み、息は苦しくなる。ただそれを正直に、担当の先生にお話しするわけにはいかないというだけのことだ。

特に目新しい診断結果もなく、薬の種類や量も現状維持ということで診察は終わった。

お医者さまの車が門から出ていくのを、窓から見下ろしていた。

電動で開閉する門が閉まりきった頃、清美さんが呼びにきた。

「……お食事のご用意ができました」

「ありがとう。すぐに下ります」

その日のランチは、いつものようにお母さまと二人だった。

いい機会だから、訊いてみようと思う。

「お母さま……あの方は、お母さまと、どういったお知り合いなのですか」

「あの方、というのは？」

「この前、ウチにいらした」

お母さまは「ああ」と、思い出したように頷いた。

「あの方は、ここが地元の、代議士先生のお嬢さまですよ。まあ、ウチはね……正式にはここの住人ではないから、いわば直接の選挙区民ではないわけだけど、何かとね……ほら、お父さまとのお付き合いとかも、おありなんでしょう」

お父さまの会社は、日本人なら誰もが知っている——というのはさすがに言い過ぎかもしれないが、それに近いくらいの有名大企業ではある。その社長が持っている別荘に、家族が何ヶ月も長期滞在しているとなったら、選挙区民かどうかは別にして、代議士としては放っておけないのだろう。

「そうだったんですか……」

政治家の娘って、どういう感じの人か。そんなこと、今まで想像してみたこともなかった。だから彼女がそうだと知らされても、それが意外なのかどうかがよく分からない。政治家なんてほとんどが不細工なオジさんだけど、たいていは綺麗な女性と結婚するから、意外とその娘は美人が多いんだよ。そういわれたら、そんなものかと納得してしまうかもしれない。

彼女についてお母さまから聞いたその日までは、あとから考えれば、むしろ平穏だったといっていい。

後日、お母さまがどこで、何をどう知ったのかは分からない。でもとにかく、帰宅したときの剣幕は只事《ただごと》ではなかった。

「もう、あの方とお会いするのはよしなさいッ」

自分は元来とても従順で、親に反抗や口答えなど滅多にしない子供だった。

しかし、これに関しては大いに異論があった。

「別に、お会いしてなんていません。ただ、彼女がこの家の前をよく通るから」

「それでも会うのはよしなさいッ」

お母さまが、こんな金切り声を出すのは初めてだった。

それでもまだ、冷静に対処するだけの余裕はあった。

「……そんな無茶な。この家の前の道は公道ですよ。そこを通るななんていえないでしょう、誰にも。誰に対しても」

お母さまは、あまり理屈っぽい話が得意ではない。理論で言い負かされるのが好きではない。

「とにかく、あの方と会ってはいけません」

「なぜですか。なぜ急に、そんなことを仰るのですか。あの方を家に招き入れたのは、むしろお母さまではありませんか」

どうも、そこはお母さまにとって突かれたくない点のようだった。

「とにかく、いけないものはいけません、あの方に会うことは、金輪際私が許しませんッ」

こんなふうに理由も告げず一方的に禁じるだけで、若い者が大人しく従うかどうかくらい、自分が若かった頃を思い返せば分かりそうなものだ、と思う。

そんなの、従うわけがない。

もう連絡先も交換していたから、約束なんていくらだってできた。

深夜零時、裏口にて——。

懐中電灯を片手に裏庭に出て、暗闇の芝生を踏んで、渡っていく。もう少し小さい頃だったら絶対に無理だったけど、今はまったく問題ない。むしろこの暗闇が二人の味方をしてくれる。二人の、どんな淫《みだ》らな行為も覆い隠してくれる。そう思えば、ちっとも怖くなんてなかった。

「会いたかった」

「わたしもよ」

あの、初めてのときに味わった罪悪感はなんだったのだろう。今は逆に、この気持ちのどこに罪があるのか、世界中に問い掛けたい思いで一杯だ。自分たちの方が正義だ。本気でそう思った。

「ごめん、こんな時間になっちゃって」

「いいのよ。会えれば、何時だってかまわない」

「おかしいんだ。お母さまが、もうあなたには会っちゃ駄目だって、急に言い出したんだ。全然、わけが分からない。支離滅裂だよ」

「お母さまは、理由は仰らないの?」

「うん、とにかく駄目だって……考えられないよ。お母さまが、あんな人だなんて思わなかった」

本当は、お母さまがあんなに頭の悪い人だとは思わなかった、くらいに思っていたのだけど、それは口にしないでおいた。今の二人にとって、お母さまは確かに邪魔者ではあるけれど、それ以上でも以下でもない存在だったからだ。

彼女が手を伸べてくる。

「もっと、こっちにきて……そうしたら、月明かりであなたの顔が見える」

「うん」

もう外気もだいぶ冷たいから、服を脱ぐことはできない。唇を重ね、指先で喜びを分かち合うくらいしかできない。それで充分ということはなかったけれど、何もないのと比べたら、天国と地獄くらいの違いがあった。

「もっと、奥まで入れて」

「……こう？」

「んっ」

二人で、いつまでも抱き合っていた。

彼女が、内緒話のように口を寄せてくる。

「今は、まだいいけど……これ以上寒くなったら、ここでももう、会えなくなるわね」

それについては、一つ考えがあった。

「また少し、時間は遅くなっちゃうけど……お母さまも清美さんも寝たあとだったら、西側のバルコニーから入れると思うんだ。そうしたら、また前みたいに部屋で会える」

「夜中だから、時間も気にしないでいられる、というわけ？」

「そう……だと思う」

二人の悪巧みは、着実に実行されていった。

もちろん、お母さまからは「あの方とは会ってないわね」と釘《くぎ》を刺されたし、それには「会ってないよ」と答えておいた。これ以上の邪魔立てさえされなければ、それでよかった。

お母さまと清美さんがそれぞれの部屋に入って寝てしまえば、もう夜は、彼女と二人だけのものだった。

カーテンは開けてある。仮に誰かに見られたとしても、それは満月くらいのものだろう。

「そこ、もっと……」

「うん」

白い月光を受けてくねる、彼女の体。はっきりとした凹凸《おうとつ》。美しさを求める者は、自らも美しくなければならない。彼女はその理念に従って、完全なる美を保ち続けている。

それに比べて、自分はどうだろう。彼女に求めてもらえるほど、美しい存在なのだろうか。

「美しいわよ、とても」

「駄目だ。あなたと裸で向き合えば向き合うほど、自分が醜く思えてくる。軟弱で、怠惰で、受動的で、消極的で……」

彼女が「そんなことない」といいながら、手を伸べてくる。

「コスモスの美しさと、ダッチコロニアルの美しさは別物よ。研ぎ澄まされた日本刀と、競走馬の筋肉も、違う美しさだわ。だからあなたと、わたしも、同じ美しさである必要はない。むしろ違うからこそ、相手の美しさに心惹かれる。違うからこそ、互いに求め合うことができる。そういうものよ」

彼女の細く長い指は、魔法のように、この肌から快楽の糸を紡ぎ出していく。白く、清らかな糸に、淫らな露が伝う。

その夜の彼女は饒舌《じょうぜつ》だった。

「わたしも初めてよ、あなたのような子は。あなたには、他の誰にもない魅力がある。美しさがある。価値がある……わたしはそれを、愛しているの……分かるでしょう、思いがけない出会い。でもそれが、あたかも運命によって決められていたかのように感じることって、あるのよ。まさに、この出会いがそう。あなたのような子は初めて。でも、あなたに出会うために、あなたを愛するために、わたしはこの喜びを、今まで知らされていなかったのかもしれない。本気で、そんなふうに思うの。感じているのよ……少し、説明が複雑かしら」

その言葉の大半は理解できた。

自分が、広く社会から見れば取るに足らない存在であることは重々承知している。だからこそ、褒められれば嬉しい。劣等感に苛《さいな》まれるだけだった二十四時間を、少しだけ薔薇色に染めてくれる存在が現われた。彼女という存在に出会えた。そのことについては、あまり自分は信心深い方ではないけれど、神に感謝したいと思っていた。

ただ、違和感を覚える部分もないではなかった。

魅力や美しさは、いい。それは感じ方だから、彼女がそう感じたというのなら、それが真実なのだと思う。誰にも否定できるものではない。

ただし、価値というのは、どうだろうか。

価値のあるなしは、もっと客観的な事実に基づいて決められるものではないのだろうか。むろん、彼女が価値を認めるというのだから、それもまた否定できるものではないのかもしれないけど、ほんの少しだけ、違和感を覚えるのだ。

自分に価値など、あったのだろうかと。

どこで、何がどうなったのかは分からない。お母さまからお父さまに話したのか、それともまったく別の経緯でお父さまのお耳に入ったのか、それすらも分からない。

ただその日、その夜のお父さまの剣幕は凄まじかった。先日のお母さまの様子などとは、比べ物にならないくらい激しいものだった。

この家の壁はどこも厚い。ドアも分厚く、重たい。なので、基本的に会話が廊下に漏れたりすることはない。中で何か話しているのは分かるけど、その雰囲気も分かるけど、でも内容はまったく分からない。そういう造りの家だった。

だから、お父さまとお母さまがお二人の寝室で何を話されていたのかは分からない。分かるのは、お父さまの剣幕がことのほか激しいということ。ときおり物を叩きつけるような衝撃音も聞こえたから、もうすでに手のつけられない状態になっているのだろうこと。よって、お母さまも一度や二度は殴られているかもしれないということ。それくらいだった。

だが、急に明瞭《めいりょう》に声が聞こえるようになった。

「……もういい、私が直接話すッ」

お二人の寝室のドアが開いたのだ。ドアが開いてしまえば、逆にこの家の廊下は隅々まで音を響かせてしまうから、まるでこの部屋のすぐ外で怒鳴っているような、そんな錯覚にも陥る。

慌てて、文庫本をはさんで半開きにしていたドアを閉めた。

でもすぐに、そのドアが激しくノックされた。

「私だ、入るぞ」

こっちの返事も聞かず、勢いよくドアが開く。予想はしていたが、閻魔《えんま》さまのように形相《ぎょうそう》を歪めたお父さまが入ってくる。

「お前、あの女をこの部屋に入れたそうだな」

「あの女」というのが彼女を指すのだろうことは想像できたが、その言い方を選んだ理由が分からない。「お前」という、いつもより威圧的な呼び方も気になった。

だから、惚《とぼ》けた。

「あの女とは、どなたのことですか」

お父さまは、彼女のフルネームを口にした。でもそれは、自分が聞いている名字とは違っていた。

「……えっ」

「細かいことはいい。あの女をこの部屋に入れたことは間違いないんだな？」

「だって、お母さまが……」

「アレには私から強くいっておいた。それよりもお前だ。とにかくお前だ。お前がこの部屋に、あの女を招き入れたことが問題なのだ」

しかし、それがどういう種類の問題なのかを説明する気は、お父さまにはなさそうだった。

「いきなり、そんなことをいわれても……」

「この部屋にあの女を入れて、何をしていた」

そんなあからさまな訊き方があるだろうか。

「何を、って……」

「正直に、そして正確に答えろ」

「そんな……ただ、彼女とは、お茶を飲んで、お喋りをして……」

「嘘をつくなッ」

信じられなかった。いきなり平手が飛んでくるなんて、予想も想像もしたことがなかった。

しかも、こんなにも痛いものだなんて、知らなかった。

実際に体験してみないと分からないことって、ある。

暴力、肉体の痛み、恋愛、性愛、心の痛み。そして、嘘をつかなければならない、不愉快。

「……嘘なんて、ついてません」

「いい加減なことをいうな。あの女が……あの女が……」

ひょっとすると、左頬を叩かれて、そのショックで、自分は逆に冷静になれた部分もあったのかもしれない。

お父さまの様子は、普段とは明らかに違っていた。

お父さまは、さっきから何を恐れているのだろう。

彼女の、何を知っているというのだろう。

「……お父さまは、あの方のことを、以前から、ご存じだったのですか」

数秒、お父さまは返答をされなかった。つまり、ご存じだということだ。

「お母さまからは、ここの選挙区の代議士先生のお嬢さまだと伺っています。代議士先生のお嬢さまと親しくすることは、そんなにいけないことなのでしょうか。お父さまにとって不都合なことなのでしょうか」

　それにも、お父さまはしばらくお答えにならなかった。

　しかし、ただ「会うな」といっても、ただ「何をした」と訊いても、望むような結果は得られないとお気づきになったのだろう。

　お父さまは、眉間に苦渋を滲ませながら仰った。

「……あの女は、代議士の、娘などでは……ない」

　手すりも何もないところで、いきなり床板が抜けてしまったかのような、あると思っていた一段がそこになかったような、瞬間的な浮遊感と、混乱を伴う喪失感が襲ってきた。

　彼女は、代議士の娘では、ない――。

「それは……お母さまが嘘をついた、ということですか」

「そういうことではない。アレは、もともとよく分かっていなかっただけだ。何か勘違いをしていたのか、あるいは、勘違いするよう仕向けられていた可能性もある」

「彼女については、お父さまの方がよくご存じだと、そういうことですか」

　そうだと認めたら、どうなる。お父さまは彼女について、さらなる情報を開示しなければならなくなる。そういう義務が生じることになる。お父さまはそこを、迷っておられるのだと思った。

　それでも、お父さまは決断力のある方だから、数秒で心を決められたようだった。

「あの女は、代議士の娘ではない……愛人だ。しかも、ある役割を担っている。つまり……その道の、プロということだ。あまり詳しくはいえないが、彼女が誰かに近づくということは、何か魂胆があるということだ。彼女が誰かと関係を持つということは、それだけの価値が、その相手にあるということだ」

見えない鞭《むち》で直接、脳を叩かれたような衝撃を受けた。

本当か、それは。

あなたには、他の誰にもない魅力がある。美しさがある。価値がある——。

この家に住む、自分という存在に価値を見出したからこそ、彼女は近づいてきたというのか。

彼女のいう「価値」って、そういう意味だったのか。

13

警察官に直接話が聞けて、奈緒も少し調子に乗ったところはあったかもしれない。いきなり新聞記者気分、みたいな。

「じゃああと、最近起こった事件とかは」

途端に、話をしてくれていたベテラン警察官の表情が曇った。

「んー、さすがにそういうのはな、交番勤務をしてる、俺たちの仕事ではないからな」

「事件が起こっても、そこにはいかないんですか」

「いくよ。いち早く現場にいって、状況を本署に報告したり、たとえば野次馬が現場を荒らしたりしないようにね、現場保存っていうんだけど……見たことあるでしょう、黄色い、立入禁止のテープ」

実物を見たことはないけど、テレビドラマで知っている。

「はい、分かります。わりとこう、ヒラヒラした」

「それ。その立入禁止のテープで、現場を囲ってさ、ここから先は入らないようにって、現場をできるだけそのときの状態に保つことはするけど、いわゆる捜査はしないからさ。あとその、証拠品を捜したりする鑑識作業とかね、そういうのもしないから、事件のことは、正直よく分からんのよ」

けっこう分担制なんだな、と思ったが、ちょっと考えれば、学校の係だってそうだ。放送委員とか、図書委員とか、飼育係とかいろいろある。放送委員はカメに餌をやらないし、飼育係は校内放送で好きなCDを掛けたりしない。それと同じことなのだろう。

希莉が、腰の辺りをつついてきた。

「ん?」

「……今日はもう、この辺で」

確かに。気づいたらもう、夕方もけっこういい時間になっている。

作家先生がそういうなら、そうしよう。

「うん、じゃあ……えっと、今日は、どうもありがとうございました。他にも、いろいろ調べて勉強します」

奈緒はそのベテランの人と、最初のホクロの人にそれぞれ頭を下げた。希莉も、隣で同じようにしていた。

ベテランの人は、最後まで優しかった。

「これで興味を持って、君たちが将来、警察にホウショク……就職とかね、そんなふうになってくれたら、嬉しいかな」

なくはない、かもしれない。

「はい。ありがとうございます……じゃあ、失礼します」

「うん、気をつけて帰ってな」

もう二回くらい頭を下げて、希莉と並んで歩き始めた。

交差点で、しばし信号が変わるのを待つ。

「……意外と、親切だったね」

「うん。ふわっとだけど、なんか警察のイメージが摑めた。奈緒ちゃん、今日はありがとね、付き合ってくれて」

「んーん、私なんて、なんにも。このあとは、どうするの？　やっぱりネットとか、それとも本で調べる？」

「ネット情報は、参考程度かな。図書館で借りられるのが一番いいけど、なんか、そういう本はなさそうな気がするんだよね。そうなったら、やっぱり大きな本屋さんまでいかないと、駄目なんだと思う。県庁の向かいとかにある」

「じゃあそれ、いくとき誘ってよ。私もいくから」

「うん、誘う誘う」

遠い将来について考えると、不安になる。でも、近い将来の予定を考えるのは、楽しい。しかし、いま目の前にある現実について考えると、これがまた非常に不安になる。

「とりあえず、どうしようか。ここから」

「うん……けっこう、駅まであるよね」

「我慢して歩くか、じゃなかったら」

「バスに乗るか、だよね」

携帯電話で確認する。十六時三十二分。

「たぶん、三十分はかかるよね、駅まで歩いたら」

「でもバスも、タイミング次第だよね。やっぱり歩こうって決めて、途中で抜かされたりさ」

「それ最悪。凹む」

「だよね」

最も都合がいいのは、交番まで連れてきてくれた紗子が、例のオジさんの車でもう一度迎えにきてくれるパターンだ。

「思いきって紗子に、迎えにきてって電話してみよっか」

「えー、さすがに、もうどっか、遠くまでいっちゃってるよ」

「ちなみに希莉ちゃんって、紗子のこと苦手？」

希莉は、顔のパーツを中心に寄せるようにして、小さく「うーん」と唸った。

「苦手……ってわけじゃないんだけど、嫌いとか、全然そんなこともないんだけど、私はものスッゴい、ペースを乱されるんだ、あの人が近くにいると」

「うん、分かる」

同意を示したのに、なぜか希莉には「えー」と驚かれた。

「奈緒ちゃん全然、ペース乱されてないじゃん」

「いやいや、乱されてるよ。乱されっ放しだよ」

「そんなことないって。むしろ、紗子のペースを奈緒ちゃんが乱して……乱すっていうか、中和してるっていうか。私、スゴいなって思って見てたもん。奈緒ちゃんといる紗子って、けっこう普通に見えるもん」

それ、ちょっと引っ掛かる。

「なに、それだと、私の方が紗子より変人だから、むしろ紗子が普通に見える、みたいに聞こえるんですけど」

「あー、ごめん、そういう意味じゃなくて、奈緒ちゃんは普通なんだけど、その普通に紗子が感化されてるのが、スゴいなってこと」

よく分からない。

「私といるときの紗子って、普通？　立派に変人だと思うけど」

「いやいや、中学時代の紗子って、もっと輪を掛けて変人だったから。午後の授業に出てこないからどこいったんだろうって捜したら、勝手に校長室に入って昼寝してたとか。水泳の授業に毎回毎回、一応って、ピンクのビキニ持ってくるとか」

あんまり、今と変わらない気がするが。

ようやく信号が変わったので、二人で渡る。

「……ビキニは、ただ、持ってきただけ？」

「昼休みに着替えて、男子に見せてた。意外とボインだろって」

ボインって。ちなみに紗子の胸は奈緒より小さい。

「それ、見せられた男子は？」

「三回目くらいから、やんわり無視」

「無視された紗子は」

「昼休み中、一人でビキニ」

自主的な罰ゲームみたいだ。

「四回目もあるの？」

「色違い持ってきた。黄緑だったと思う」

やっぱり今と大差ない気がする。

それはいいとしてだ。

「私の普通に、紗子が感化されるなんて、あるのかな」

「あるよ。あると思うよ。私にはそう見えるもん。奈緒ちゃんって、すごく普通だとは思うけど、その普通も、極めれば個性だと思うんだよね」

ますます分からない。

「いやいや、普通って、個性がないってことでしょう。個性がないっていう個性って、それは変でしょう」

何を思いついたのか、希莉が「じゃあ、たとえば」と右手の人差し指を立てる。

「こうやって、丸を描くよね。それは、誰にだってできるよね」

「何に？　空中にとか、黒板にとか」

「なんでもいいけど、じゃあ黒板だとして。真ん丸を描けっていわれても、普通は少し歪むじゃない。手描きじゃ、コンパスを使ったようにはいかないじゃない。でもそれを、ちょっとでも歪んだら丸じゃないとか、そういうことはいわないじゃない、一般的には。たいていは、ちょっとくらい歪んでても認めてくれるよね、それは丸だって」

もはや、奈緒にはなんの話か分からなくなっている。

「まあ、大体丸なら、丸だよね、それは」

「でも奈緒ちゃんの丸は、本当に丸なの。コンパスレベルの」

「私、そんなに丸描くの得意じゃないよ」

「安心して。これは喩え話だから」

紗子に電話する話はどうなったんだっけ。

田んぼ沿いの道を歩きながら、希莉が続ける。

「つまりさ、別に完璧《かんぺき》に丸じゃなくても、他人は丸って認めてくれるわけ。ある程度、普通に丸ければ。それと同じで、完璧に普通人じゃなくても、普通だねって、他人は思うわけ」

「ああ、そういう話か」

「でも奈緒ちゃんは、もう完璧な正円に近いわけ。それはさ、ある意味とても潔いことだし、完璧な丸って、もはや個性だと思うんだよね」

「希莉ちゃん……私のこと、そういうふうに見てたんだ」

「うん」

「あいつ、チョー普通だなって」

ぶるぶるっ、と希莉が首を振る。

「そんな、馬鹿にしてるわけじゃないよ。だから……うん、完璧なまでに角がないっていうかさ、それは攻撃的じゃない、っていうのとも近いと思うんだけど。普通、ある程度角のある、ある程度攻撃的な人って、たぶん紗子のトンガリに引っ掛かっちゃうと思うんだ、まんまと釣られちゃうっていうか。でも奈緒ちゃんは、角がないから、紗子のトンガリも、つるってかわしちゃう。引っ掛からない。紗子も、あれ？　って思ってるんじゃないかな」

ようやく紗子の話になった。

「ある意味、希莉ちゃんもスゴいよね」

「何が？」

「私、紗子のこと苦手なの？　って訊いただけなのに、ここまで話を膨らませちゃうんだもん。さすが小説家の卵だよね」

「いや、それはどうだろう……」

「ま、私のことは措いといてさ、とりあえず紗子に電話してみるね」

別に苦手じゃないなら、それくらいはいいだろう。

四回か五回コールして、出ないのかなと思い始めたら、出た。

『……はい、足立です』

なんでそんなに声小さいの。

「私、奈緒」

『はい』

「ねえ、どうかした？」

『いえ、別に』

「変だよ、なんか」

『いや、今、お店にいるから』

お店にいたら、静かにできるんだ、紗子でも。

「どこのお店？」

『んー、あの交番から、十分くらいのところですかね』

それは車で、なのだろうから、やっぱり歩いたら三十分、四十分のところなのだろう。

「いや、私たちも取材終わってさ、帰ろうと思ったんだけど、意外と駅が遠いからさ、もし紗子が近くを通るようなことがあったら、また拾ってもらえたらありがたいな、とか思って」

『あーッ、じゃーこっちにく……では、こちらにいらしたら、どうですか』

声を小さくすると、同時に言葉遣いも丁寧になっちゃう癖って、なに。

「だって、車で十分でしょ」

『いえ、歩いて十分くらいです』

そこは親切にいってくれてたのか。

「どっち方面？」

『駅の方に戻ってきて、自動車整備工場のある角を右に曲がって、しばらく歩くと、あります』

希莉に伝えて確認しようと思ったが、大筋は雰囲気で分かったのだろう。希莉は苦笑いしながら頷いてくれた。

「……うん、じゃあ、今からいくよ、そっちに」

『はい、お待ちしております、はいはいぃ』

電話を切ってから気がついた。

なんの店かを訊いていなかった。

田んぼが続く風景の中に、突如現われた自動車整備工場の角を右に曲がって、でも十分歩いても店らしきものは一軒もなかった。

だがさらに二、三分歩くと、ようやくそれらしき建物が前方に見えてきた。見た感じは普通の一軒家だが、その前に看板らしきものが出ている。

「あれか……紗子、十分なんて嘘じゃん」

「奈緒ちゃん、紗子を信用し過ぎ」

それでも十五分後くらいには店の前に着いた。建物の横にアンディの車も駐《と》まっているので、もう絶対、ここで間違いないと思っていい。

店の前には【ドミナン】と書かれた看板が出ている。

入り口脇に掛けられた小型の黒板を、希莉が指差す。

「コーヒー専門店……だって」

確かに、そう書いてはある。

「でも、こっちには一応、お食事メニューもあるよ」

「ほんとだ。カレーライスが自慢なんだ……」

希莉がこっちを向く。思いきり眉間がすぼまっている。

「……奈緒ちゃん、こういうお店、入ったことある?」

「親とならあるけど、友達とは」

「だよね。何か飲みたいってだけだったら、コンビニで充分だしね。なんか、こういうお店は……」

希莉の拒否反応が予想外に強い。でもそれも、分からないではない。

ドアにはまっているガラス、そこから見える店内は妙にレトロで、ある意味高級そうで、非常に真面目な雰囲気なのだ。制服姿の高校生が冷やかし半分で入ってはいけない場所なのは、間違いない。

希莉が、再び小さな黒板を見る。

「コーヒー専門って、ちょっと……大人っぽ過ぎるでしょ」

「確かに」

それにも、奈緒は全面的に同意する。

奈緒が飲んだことのあるコーヒーといったら、それしかないという状況で仕方なく飲んだ缶コーヒーか、たまにコーヒー牛乳、カフェオレ、せいぜいそんな程度だ。専門店で本格的なコーヒーなんて、これまで一度も飲んだことがない。

でも、まったく興味がないかというと、決してそうではない。

「希莉ちゃん、もしかして気が進まない？」

「うん。だって、紗子が帰るときに乗せてってもらえばいいだけでしょ。だったら、ここで待っててもよくない？」

「でもさ、小説で喫茶店のシーンを書かなきゃいけなくなることだって、あるかもよ」

「そりゃまあ、ね」

「だったらさ、これも取材ってことで、体験しとくってのもアリかもよ」

「うん……」

「よし。じゃ、入ってみよ」

軽く希莉の肩を抱きつつ、店のドアを開ける。頭上で涼し気なベルの音が鳴る。

「いらっしゃいませ」

入って右手にはカウンターがあり、そこにいた、髪の長い女性が声を掛けてきた。奈緒たちより、ちょっと年上くらいだろうか。

優しそうな笑みを浮かべ、カウンターからこっちに出てくる。

「いらっしゃいませ。二名さまですか」

「はい……あ、いや、あの……待ち合わせ、なんですけど」

入って左側はけっこう広くなっている。テーブルがいくつも並んでいる。でも、客はひと組しかいないからすぐに分かった。

紗子たちは左の一番奥、壁際の席にいた。アンディらしき男と向かい合わせで座っている紗子が、膝の辺りで小さく手を振っている。

「あの……あれです」

「はい、どうぞ」

なるほど。電話の紗子がやけに小声だったのが、急に理解できた。確かにここで、いつもの調子で喋るのは勇気がいる。流れている音楽は黒人っぽい女性の歌モノだ。それもまた、非常にレトロで大人っぽい。

「……ごめん、ちょっと遅くなっちゃった」

「いいよ。まあ、座んな」

四人用のテーブルだったけど、アンディの隣はさすがに座りづらい。幸い、紗子のいる壁際の席はベンチソファのようになっているので、そこに奈緒も希莉も並んで座ることにした。

「……紗子、それなに」

「レモンスカッシュ」

「じゃ、私もそれ」

希莉も、乗り遅れまいとするように「私も」とかぶせてくる。

さっきの女性が、丸いトレイにお水を載せて持ってきた。

「……こちらが、ドリンクメニューになります」

すると、それまで黙り込んでいたアンディが、急に顔を上げた。

「レモンスカッシュ、二つで」

いいながら、女性が差し出してきたメニューに軽く手を添える。見なくても大丈夫、という意味なのだろう。自分でも意外だったのだが、奈緒はアンディを、一瞬「カッコいい」と思ってしまった。女性もやんわりと頷き、「かしこまりました」と下がっていく。実に「大人」なやり取りだった。

奈緒は紗子の耳元に口を寄せた。

「……こういうとこ、よくくるの」

「うん、たまに」

「コーヒー飲まないの」

「飲むときもあるけど、ここはレモンスカッシュも美味しいから」

希莉が、奈緒の膝まで乗り出してくる。

「デートとか、こういうところが多いの」

「とも限らないけど」

「ここで何してんの。レモンスカッシュ飲むだけ?」

「いや、ここはキホン、コーヒーと一緒に、マスターのチョイスする音楽を楽しむ店だから」

紗子が目で示すまで、奈緒は気づかなかった。

奈緒たちの真正面には、よく見ると男の人が一人いた。全然動かないし、入り口からは死角になって見えない場所だから、一瞬ギョッとしたけど、確かにいる。幽霊ではない。

少し出っ張った柱というか、壁を背もたれにして座って、何かを読んでいる。あれは、大きさからしてレコードのジャケットだろう。細いフレームの丸メガネを掛けた、しょぼしょぼっとした、かなり生え際も後退した、歳でいったら奈緒の父親世代の人だ。

アンディが、深く息を吐き出す。

「……ここで聴く、ビリー・ホリデイと……家で聴く、ルイ・アームストロングは、やっぱりどっか、ひと味違うんだよな」

奈緒にはよく分からなかったが、なかなか通なひと言なのだろうと思って聞いていた。

紗子が、すっと身を乗り出す。

「アンディ……違うでしょ」

「ん?」

「ビリー・ホリデイとルイ・アームストロングは別人なんだから、違って当たり前でしょ」

「……そう、か」

「そういうことなら、ここで聴くビリー・ホリデイと、家で聴くビリー・ホリデイではひと味違う、っていわなきゃ」

「そうか、そうだな。そういった方が、シテキだな」

「でしょ」

「やっぱり、紗子は頭がいいな」

なに、この二人。怖い。なんか怖い。希莉も隣で固まってる。

まもなく、二人分のレモンスカッシュが運ばれてきた。

「……お待たせいたしました」

でも、このウェイトレスさんはいい。物静かで、優しそうで、品がある。着てるものも、なんかお洒落。だぶっとした白シャツとデニムのスカートなんだけど、着こなしというか、センスのよさを感じる。しかも、ちょっといい匂いがする。

「……ありがとう、ございます」

「お好みで、こちらのガムシロップをお使いください……ごゆっくりどうぞ」

そういって、女性が下がろうとしたときだ。

アンディのちょっと後ろ、動かない男の人の手前にあるドアが開いて、別の女の人が出てきた。けっこう若い。ひょっとしたら奈緒たちより年下かもしれないけど、雰囲気はなかなかトガっている。黒いプリントTシャツに、ダメージジーンズ。肩にはギターのケースのようなものを担いでいる。別にギターが悪いわけではないが、少々不良っぽい空気を感じなくもない。

ギターをカウンターに立て掛け、その横の席に座る。ウェイトレスの彼女がカウンターに戻り、何か話し掛けたようだが、トガった彼女が答えたようには見えなかった。最初から手に持っていた携帯を弄っている。

この店に入って、まだ十分も経ってはいないと思う。でも、この数分の間にいろんな人間模様というか、別世界を見ているようで、奈緒は面白かった。

アンディは目を閉じて、小さく指を揺らしながら音楽に聴き入っている。流れているのは、今は黒人男性っぽい歌モノになっている。

紗子はそんなアンディを、優しい目をして見つめている。カレシとか恋人とかいうよりも、母親とか姉とか、そういう若干「上から」な視線に見えなくもない。そういえば、紗子は線の細い美少年系が好きなのだとばかり思っていたが、違うのか。本当はこっち系なのか。ガッチリ系というか、オジサン系というか。どうなんだ。

柱の男の人は動かない。ウェイトレスの人は奥に引っ込んでしまって、今は見えない。トガった彼女は携帯を弄り続けている。

希莉は、隣でレモンスカッシュをチビチビ飲んでいる。

「美味しい……なんだろ、これ……美味しい」

ついでにレモンスカッシュのレシピを訊いてみるというのも、取材としては有意義だと思う。

14

腹が減っては戦ができぬ。

圭を連れて台所までいき、冷蔵庫の中身を漁った。そうはいっても、普段のここは孝蔵が一人で暮らしているだけだから、食材もそんなには買い置きがない。

芭留が初日に買ってきたハム、タマゴ、野菜ジュース、キャベツが四分の一玉、キュウリが三本、あとは奇跡的に残っていたサイダーが二リットルのボトルに半分くらい。元からあったのはトマト三個と、シイタケが少々、ニンジンは一本半。米もあるが、今は炊いている時間が惜しい。

「圭、生でもいいよね」

「全然オッケー」

キャベツとキュウリ、トマトは生のまま、ポン酢で食べた。タマゴも生のまま二個ずつ飲んだ。ハムもそのままパクついた。それに野菜ジュースを飲んだら、もう栄養補給としては充分だ。ニンジンは芭留も圭もパスした。

本当は風呂にも入りたいが、あまり無防備な状態にはなりたくないので、顔と手足を洗うだけにした。それが終わったら、虫刺されの治療。腕と脚全体に、涙が出るほど薬を塗りまくる。

「お姉ちゃん、私の分も残しといてよ」

「分かってる、ちゃんとあるって」

あとは、二階にいって着替えだ。

「お姉ちゃん、脱いだのどうしようか」

「置いてこう。持ってかれたら……仕方ない。諦めよう」

靴下はハイソックス、ジーパンもちゃんと足首まであるものに穿き替えた。生脚を出したまま森を歩くのが如何《いか》に危険な行為か、嫌というほど思い知らされた。もう森の中を歩くことはないのかもしれないが、用心するに越したことはない。

「圭、下りるよ」

「うん」

階段下の血溜まりはさっき拭いたので、もうない。

そういえば血を拭いているときに、圭がぼそりと白状した。

「……血のニオイ、するなって……思ってた」

「いつから？」

「玄関入るときか、入ったあとくらいから」

玄関から階段下までは何メートルか距離がある。それでも圭には分かったらしい。

圭が「あとさ」と付け加える。

「お父さんでもお姉ちゃんでもない人のニオイ、今も残ってる」

あの侵入者か。

「どんなニオイ？」

「それは、いろいろ……肌とか、汗とか、服とか、あと、化粧品とかかな」

「クサいの？」

「クサくはない。むしろ、そういうのには気を遣ってる人なんじゃないかな。人工的なニオイが、いろいろ入り混じってる感じ」

圭自身が香水とか化粧品に詳しければ、言い当てることもできるのかもしれない。だが圭の知っている化粧品というのは、ほぼ芭留か母親が使っているものに限られている。それだって、銘柄を替えたら「替えた？」と訊く程度で、何から何に替えたかまでは訊かないから、商品名までは分からないと思う。

玄関まで下りたら、靴を履く。便所サンダルとも、いよいよお別れだ。

「お姉ちゃん、鎌は……」

「置いてこう。そんなの持って歩いてたら、逆に私たちが警察に捕まっちゃうよ」

「あ、知ってる。銃刀法違反ってやつだ」

圭はよく一人でラジオを聴いているので、妙な知識が豊富だったりする。ニュースなんかも、意味は分からなくても単語で覚えている。それって天下りした人でしょ、とか。今年の巨人は弱いらしいとか。原油の値段が下落してるとか。

「いこうか」

「うん」

玄関を出て、圭の手を握る。

しかし、山とは怖ろしいところだ。

どうにかなるだろうと思って森に入ったが、麓に行き着くどころか、中をぐるぐる回って、結局は元の場所に戻ってきただけだった。

その間に、この家では一体何があったのか。孝蔵はどうなったのか。今はどこにいるのか。家の様子からそれを探ることは難しかった。分かったのは、携帯電話が盗まれたということと、誰かが大量出血するほどの怪我を負ったということ。違っていてほしいが、でもたぶん、怪我をしたのは孝蔵なのだろうということ。

あと、軽自動車もなくなっていた。一番いいのは、あの男がいなくなったあとで、孝蔵が自力で運転してどこかに助けを求めにいった、というパターンだ。それなら怪我をしていても、今頃ちゃんと治療が受けられていることだろう。

だが、その逆もあり得る。あの男が勝手に乗っていってしまって、傷ついた孝蔵が取り残されたというパターンだ。しかし孝蔵は、家にいなかった。ということは、徒歩で麓の方にいったと考えられる。つまり今、芭留たちが歩いている道を、孝蔵も何時間か前に歩いていったことになる。

最悪なのは、運転席に座ったのがあの男で、孝蔵は自由を奪われたまま後部座席か荷台に転がされ、二人でどこかに消えたというパターンだ。もう、その後のことは考えたくもない。このパターンだけは、何をどう楽観的にイメージしようと思っても無理だ。いい方向には何一つ展開していかない。

そういえば、今のところ一台も車が通らない。通ったところで運転してるのが男性だったら、乗せてもらうのはちょっと、遠慮してしまうかもしれない。向こうが複数の男性だったら、もう完全にアウトだ。

芭留一人なら、どうにかなる。相手が男性でも一対一だったら、簡単には負けない自信がある。でも、もし圭を人質みたいに取られてしまったら、もう自分は、相手のいいなりになるしかない。服を脱げといわれたら脱ぐだろうし、金を出せといわれたら全額渡してしまうだろう。

そう、一応あった方がいいだろうと思って、財布は持ってきた。あの男は、携帯電話は持ち去るくせに、現金には興味がなかったようだ。芭留の財布には三万四千円、圭の財布にも一万円ちょっと入っていたのに、それは持っていかなかった。つまりあの男は、金には困っていないということだ。

「あグッ」

「……お姉ちゃん?」

本当に、人間なんて何が災いするか分からないものだ。

靴下だけで歩いていたときは、確かに足の裏は痛かったけど、でも注意して歩いていたので、何かが刺さったり、挫《くじ》いたりすることはなかった。便所サンダルを入手したときも、楽になったとは思ったけど、依然爪先は出ていたので、やはり注意は怠らないようにしていた。折れた木の枝が指先に刺さるとか、指と指の間に刺さる可能性だってあるのだから、一歩一歩、特に斜面を上り下りするときは気をつけていた。

それが、靴を履いた途端、この様《ざま》だ。

「大丈夫、お姉ちゃん」

「いっ……」

言葉にできないくらい、痛い。

ちょっとアスファルトが陥没していて、その段差に足を取られてよろけて、踏ん張ろうと思って足を出したところが、運悪く側溝だった。しかも、ヘドロのような黒い泥汚れが溜まった、けっこう臭い側溝だ。そこに左足が落ちてしまい、そのヌメリでさらに足がすべって転び、側溝の縁に自ら、左足首を押しつけるように捻じ曲げてしまった。格闘技でいったら、コンクリートの塊を使って足首固めを極められたようなものだ。

唯一自分を褒めたいのは、圭を巻き添えにしなかったことだ。ヒヤッとした瞬間に、圭の手だけは放した。ただ圭に頼っていたら、ひょっとしたら転倒まではしなかったかもしれない、とも思うが、なんにせよ後の祭りだ。

「いっ……痛い……」

「どうした」

「ドブに、足突っ込んで……足、挫いた」

「うん。なんか臭い」

道端にしゃがんだまま足首の様子を見る。スニーカーと、ジーパンの裾が少し汚れてしまったが、そんなにどっぷり、ヘドロに浸かってしまったわけではない。そこは不幸中の幸いだった。

ジーパンの裾を捲ってみる。

「ああ……」

「なに、けっこうやっちゃった?」

内側のくるぶしの皮がズルッと剝けている。でもこれも、ハイソックスとジーパンの裾が守ってくれたから、だからこんなもので済んだのだ。この二枚がなかったら、一体どんな怪我になっていたか分からない。見ると、側溝の縁はけっこう尖った直角になっている。これで生足だったら、足首の肉ごと抉《えぐ》れていたかもしれない。

あとは、どれくらい挫いたか、だ。

「ヤバい……ちょっと、立てないかも」

情けない。これでは、盲目の妹を守るどころではない。

圭が手を伸ばしてくる。

「見せて」

「え、いいよ」

「触ったら分かるかも」

「前にそれで、圭にグキッてやられて、余計ひどくなったことあったじゃん」

「そうだっけ」

とにかく、今は痛くて曲げることもできない。

圭が、芭留の肩をさする。

「ちょっと、休もうか」

「ごめん、ようやく靴履いて歩き始めたっていうのに」

擦り剝けたくるぶしはどうしようもないが、捻挫や脱臼だったら、いつもなら孝蔵が診てくれた。どこを、どういうふうに捻ったのかを説明すると、それなりの対症療法を施してくれた。外れた関節をはめてもらったこともある。

それにしても、ここはいくらなんでも場所が悪い。カーブから近過ぎる。

「圭、ここ、車がきたら危ないからさ、とりあえず、もう少し見通しのいい、真っ直ぐなところまで移動しよう」

「肩貸すよ」

「だったら、しゃがんで、グッと力入れて、台になって」

「うん」

圭に掴まらせてもらって、なんとか立ち上がった。でも足は、ほとんど地面に着けられない。爪先も踵《かかと》も駄目だ。かといって、片足ケンケンも怖い。あの振動が、回り回って左足首まで伝わるのにも耐えられそうにない。

「やっぱり、肩貸すよ。その方が歩けるって」

「……うん。じゃあ、そうする」

もともと、圭は逞しい子だとは思っていたけど、今は特に強くそう感じる。圭がいるから、自分は頑張れる。そう思うことが最近、多くなった気がする。

幸い、一つカーブを曲がった先は、しばらく道が真っ直ぐになっていた。五十メートルか、もっとか。これくらい距離があれば、道端にしゃがみ込んでいても轢《ひ》き殺されることはないだろう。

「あと、二十メートル、進みたい」

「うん」

二人でがっちり肩を組んで、一歩一歩進む。また左に寄り過ぎて、今度は圭が側溝に落ちては元も子もないから、大きく車道に出て歩く。その方がアスファルトも平らでいい。

「もう、十メートルくらい」

「うん」

ちょうど木陰になっているところで声を掛けた。

「ここら辺にしよう」

「うん……座れる？　さっきの逆やる？」

「座るのは、大丈夫そう」

慎重にやれば、なんとか自力で座ることはできた。

隣に腰を下ろした圭が、額の汗を拭《ぬぐ》う。

「……なんか、またお腹空いてきちゃった」

「思った。ちょっと食べたいね」

「食料、なんか持ってくればよかったね」

「せめて飲み物くらい、持ってくればよかった」

そんなものが必要になるとは、芭留はまるで思っていなかった。普通に歩いて麓まで下りるだけだから、三十分か、長くかかっても一時間、それくらいで済むと思っていた。

それがまさか、自分が怪我をして歩けなくなるなんて。

圭が、クッと顔の角度を変えた。顔というか、耳の向きだ。

「どうした」

「シッ」

今のところ、芭留には何も聞こえない。

圭が浅く頷く。

「……車が、近づいてくる。お父さんの車と、エンジンの音がよく似てる」

もし、その車が孝蔵のだとして、その車の運転席にいるのは、一体誰なのだろう。孝蔵か、それともあの男か。

芭留にも分かるくらい、エンジン音が近くなってきた。確かに似てるかもしれない。要は軽自動車ということだ。

やがて、芭留たちが通り過ぎてきたカーブに、車が姿を現わす。ワンボックスというのだろうか、銀色の、箱型の小さな車だ。車種までは詳しく分からないが、孝蔵の車にそっくりではある。

車は、あっという間に芭留たちのいるところまできて、大きく避けるように弧を描いて通り過ぎていった。ちゃんとは読めなかったが、ボディには何かのロゴが書いてあった。つまり、どこかの店の車だということだ。孝蔵の車ではなかった。残念ながら、この座った状態からでは、どんな人が運転しているのかまでは分からなかった。

「圭……違った」

「そっか」

ところが、二十メートルか三十メートル過ぎた辺りで、その銀色の車は急に、つんのめるようにして停まった。圭もそっちに、耳と注意を向けている。

停まった車の、運転席のドアが開く。車が違ったのだからもうそういう可能性はないのだけど、一パーセントくらいは孝蔵が降りてくるのを期待し、十パーセントくらいは、あの男が降りてくるのを警戒していた。

当たり前だが、降りてきたのはそのどちらでもなかった。そもそも男ではない。ちょうど、芭留たちの母親と同世代くらいの女性だった。

向こうも、様子を窺うようにこっちを見ている。

「……圭、女の人が降りてきた。かなりオバさん」

「一人？」

「たぶん」

さらに女性が、覗き込むように姿勢を低くしながら近づいてくる。オフホワイトのポロシャツに、紺色のエプロン、ジーパン、白いスニーカーという恰好《かっこう》。働いている感じはあるが、農家ではなさそうだ。単なるイメージだが、どうも足元が農家っぽくない。農家の人なら、普通は長靴とかを履くのではないだろうか。

ようやく、声の届く辺りまで距離が詰まった。

第一声は、女性の方が先だった。

「……どうかした？　大丈夫？」

声の感じは優しい。いい人そうだ。

「あの……さっき、そこで、足を、挫いてしまって」

「あら大変」

そうはいうものの、目には探るような、疑うような色が見え隠れしている。

「ちなみに……二人は、旅行中？」

「え？」

「いや、だから、観光旅行で、ここにきたの？　っていうか、いるの？」

なんだろう。すごく疑われている気がする。

「いえ、ここを、ちょっと上ったところに、父の家があるので、そこに……」

こんな、見ず知らずの人にこっちの事情を明かすのは危険か。いや、この人に事情を話して、警察を呼んでもらうという方法もある。

女性は、なおも疑いの目で見ている。

「なんで、足、挫いちゃったの?」

「そこの、段差でよろけて、そこの溝に、足がはまっちゃって」

「あっちに、いこうとしてたの?」

女性が指差したのは麓の方だ。

「はい」

「まだ、けっこうあるわよ、下まで」

「……はい」

女性も、ふと疑問に思ったのだろう。隣にいるひと言も喋らない女の子は、なぜ寝ているわけでもないのに、ずっと目を閉じているのだろうと。

「あの……間違ってたら、ごめんなさい。そちらの子は、ひょっとして、目が不自由なのかしら」

「はい、妹は、目が見えません」

圭も、女性の声のする方に頷いてみせる。

そのときの、圭の様子がよかったのか、あるいは他の何かか、それは分からないが、急に女性は表情を和らげた。

明らかに、目から疑いの色が消えた。

「ああ、お姉さんと、妹ちゃんなんだ」

「はい」

「で、二人で麓にいこうと思ったら、お姉ちゃんが足を挫いちゃって」

「はい」

「妹ちゃんは目が不自由だから、困っていたと」

「はい」

「お父さんはどうしたの。上の方に、家があるんでしょ?」

「今は、いなくて……」

「携帯で、連絡してみればいいじゃないの」

「携帯、盗まれちゃって……私も、妹も」

「あらまあ」

言葉では同情を示しつつ、でも顔には半ば笑みが浮かんでいる。

もう一歩、女性が近づいてくる。

「じゃあ、あれに乗んなさいよ、下まで連れてってあげるから……っていうか、下まで何しにいくつもりだったの?」

それだ。

ここは、慎重に言葉を選ばなくては。

「あの、実は……家に、変な男が入ってきて。父が、その人に連れ去られたか、なんか……今、どこにいるのか分からなくて」

せっかく、女性の顔に浮かんでいた笑みが、見る見る曇っていく。

でも、これが芭留たちの現実、置かれている状況なのだから仕方ない。

「警察に、連絡したいんです。父を、早く捜してもらわないと」

「だったら早く……ああ、でも携帯がなかったわけか」

「そうです」

「家電《いえでん》もないんだ」

「はい、ないです」

「お父さんがいなくなったのって、何時頃の話？」

「分かりません。私たちは、なんか……朝早く、家を出てしまったので」

「朝って……じゃあ、今まで何してたの」

「森の中を、逃げてました」

「その、変な男から逃げてた、ってこと？」

「はい」

「でも、お父さんの家はすぐそこなんでしょ？」

「はい。何時間か迷っているうちに、また家まで戻ってきちゃって」

我ながら、説明していて情けなくなる。自分たちは今日一日、一体何をやっていたのだろう。

女性も、なんとか理解しようとしてくれてはいるのだろうけど、この程度の説明ではやはりよく分からないようだった。

「つまり、いま困ってるのは、お父さんが行方《ゆくえ》不明になってると、そういうことね？」

「はい」

隣で圭も頷いている。

「その、変な男が連れ去ったっていうのは、間違いないの？」

「分からないです。その前に、お父さんがいなくなる前に、私たちは逃げてきてしまったんで。お父さんが、逃げろっていうから……」

あまり正確な説明ではないけれど、大雑把《おおざっぱ》にはそういうことだ。

「まあ、そりゃそうか……え、じゃあ、どうしたらいいんだろう。誘拐事件だとしたら、下手に騒ぎ立てない方がいいんじゃないかな。お父さんの身の安全を考えたら」

そういう考え方もあるのか。

「あの……私たちは、どうしたらいいんでしょう」

女性が、通ってきたカーブの方と、いま車が停まっている方を、二往復くらい見比べる。両手を腰に当てた姿は、なんというか、頼り甲斐すら感じられる。

結論が、出たようだった。

「……うん。じゃああなたたち、いったんウチにいらっしゃい。警察呼ぶにしたって、ここに呼ぶわけにはいかないんだから。ウチにきて、いったん落ち着きなさい。ね、そうしなさい。そんなに遠くじゃないから。車だったらすぐだから」

ふぇっ、と聞こえ、横を見ると、圭が泣き顔になっていた。

それを見た途端、芭留の中でも、何かが崩れた。

「あ……ありが、とう……ござ……」

何年振りだろう。こんなふうに、圭と抱き合って大泣きするのは。

15

琴音の中で、いくつもの言葉が乱反響している。

一番響いているのはもちろん、叶音のいった「オンガク」についてだ。

叶音の「音楽」と、琴音の「音が苦」。

心当たりがないわけではない。というか思いきりある。

琴音は親からの、特に静男からの期待を痛いほど感じながらここまで育ってきた。長女なんだからしっかりしなきゃと、常に自分に言い聞かせてきた部分もある。その基本は、ピアノのレッスンを絶対に休まないこと、先生に注意されたことは次までに必ず直すこと、最低でも毎日三時間は弾くことだと思ってきた。

それが、叶音の目には「音が苦」と映ったわけだ。

確かに、叶音の「オンガク」は自由だ。聴いていて楽しい。でもそれは、叶音が次女だからというのと無関係ではないと思う。

琴音は頭の端で常に、いずれは自分が両親の面倒を見るのだと意識してきた。それと静男の期待を両立させるためには、自分が一番向いていると思えたピアノで実現するためには、音大に入ってちゃんとした先生に習って、音楽を仕事にして生きていけるようにならなければならない。それが自分の人生なのだと、誰にいわれたわけでもないけれど、そう考えてきた。

静男は、確かに強制はしなかった。長女次女の分け隔てもせず、できる限りのことをしてくれたと思う。でも、それを受ける側は必ずしもそうではなかった。琴音が一人っ子だった頃は、愛情のすべてが琴音に注がれていた。じゃあ、叶音が生まれてからは半々だったかというと、そんなことはない。当たり前だが、赤ん坊は手間が掛かる。ある程度の期間は、どうしたって叶音の方に比重が傾く。琴音自身も、どちらかといったら親に協力して叶音の面倒を見ていたようなところがある。それを不満に思いはしなかったし、次女の立場を羨《うらや》むわけでもないけれど、長女と次女では違う、違った、というのは認めてほしい。

認めてほしい――誰に？　静男にか、緑梨にか、叶音にか。それとも世間にか。分からない。でも、どれも違う気がする。

万里子にいわれた。親が赤ん坊に教えられることがあるくらいだから、姉が妹に教えられることがあったっていいんじゃないの、と。

何を。あんたの音楽は息苦しいって、観てても聴いてても苦しいだけだって、そう妹にいわれて、はいそうですかごめんなさいねって、じゃあ私が音楽をやめればいいんですねって、あとはあんたがよろしくやってちょうだいねって、自分がこの家から出ていけばいいのか。

そんなこと、思うだけで誰にもいえやしないけど、もしそうせざるを得ない日がきたら、きっと自分はそうするだろうと思う。

何しろ自分は、浪人中退。もはや音楽家の端くれですらないのだから。

夕方になって、ケースに入れたギターを担いだ叶音が奥から出てきた。相変わらず苛々《いらいら》した様子で、そのまま出ていくのかと思いきや、意外なことにカウンターにギターケースを立て掛け、そのままスツールに腰掛けた。

琴音は、二人から四人に増えた客に追加のオーダーを出してからカウンターに戻った。

「……出掛けるの？」

返事はない。叶音は携帯電話を弄っている。

話した内容はともかく、昨日は間違いなく会話が成立していた。琴音の言葉がまったく耳に届いていないわけではなかった。聞こえてはいるけど、叶音は一々返事をしないだけ。それは分かった。

「ねえ、叶音……私は、何をいわれても仕方ないと思うし、それに反論するつもりもないけど、でもね……外ではさ、そういう顔、しない方がいいよ。叶音、可愛いんだから。そういう顔、しないでよ。ちょっと怖いよ」

返事は要らない。外に出て、誰かに顔を向けるとき、ほんの一瞬思い出してもらえれば、琴音はそれでいい。

代わりに、針で突くような舌打ちが聞こえた。

「……予定飛んだ。今日は出掛けない」

しかし、それで奥に引き返すのかというと、そうではない。持っていた携帯電話をカウンターに伏せ、その裏パネルをじっと睨んでいる。

自分も、黙っていればいい。無口な客にそうするように、ただここに立っているだけでいい。無理に話し掛ける必要はない。

そう思いはするけれど、実際にはできない。

「……何か飲む？」

コーヒー専門店と看板には書いてあるが、メニューには紅茶やミックスジュース、野菜ジュースだって載っている。閉店まで待てないなら、何かお腹に溜まるものを作ってあげたっていい。オムライス、サンドイッチ、ハンバーグ。そういう子供扱いが嫌なら、ボンゴレビアンコだって、ペペロンチーノだっていい。

叶音の唇が、ゆっくりと開く。

「……怒ってないの」

昨日の会話についてであろうことは、分かった。

「怒っては、いないよ」

「どうして」

「……どうしてって」

「だから駄目なんだよ」

駄目って、何が——。

そうは思ったが、言葉にはできなかった。静男がいつもの場所で、手を挙げたのが分かったからだ。何か用があるらしい。親指で、背後の壁を示している。角度からしたら厨房だが、おそらく自宅を意味しているのだろう。口の動きは「緑梨さん」といっているように見える。

緑梨が帰ってきたのか。

「ごめん、ちょっと」

琴音はいったん厨房に入り、そこから自宅の方に抜けるドアを開けた。

「……」

その瞬間、もう、びっくりし過ぎて声も出なかった。

廊下には緑梨と、見たことのない女の子が二人、一緒にいた。しかも三人は、一人の子を両側からはさむようにして肩を組んでいる。はさまれた子は左足を浮かせているので、怪我をしているのだろうことはすぐに分かった。見た感じは、部活で怪我をした子を、もう一人の部員と顧問の先生で保健室まで連れていく状況に近い。

「どうしたの」

「怪我してるの、この子」

「うん、それは……」

「ちょっと、いろいろ訳ありだから、手伝って」

「うん……」

そう答えはしたものの、琴音も、どう手伝ったらいいのかが分からない。ここもさして広くはないので、人手が増えたところで、そんなに都合よくは動き回れない。

「どうしたらいい」

「とりあえず、二階に運ぼう」

こういうのは男の人の方が、とは思ったが、見れば怪我をしているのは琴音と同い歳くらいの女の子。知らないオジさんに抱きかかえられるのは、正直抵抗があるだろう。そもそも、我が家でたった一人の男手はさして力持ちではない。

だったら琴音の方がいい、というわけだ。

「琴ちゃん、そっちの子は、目が不自由だから、階段危ないから、そっちを琴ちゃんが代わってあげて」

「分かった」

そう思って見ると、確かにそんな感じはする。怪我をしてない子の方は、ずっと目を閉じている。

彼女は頭を下げ、琴音に立ち位置を譲った。

「すみません……」

「うん、大丈夫」

代わって琴音がその子と肩を組む。夏だから当たり前だが、だいぶ汗を掻いている。髪もペタッと、首筋に張りついている。

「ごめんなさい」

「いえ、大丈夫ですよ」

緑梨と声を合わせながら、一段一段上っていく。踊り場で方向転換をし、さらに二階まで上る。途中、二回くらい「いっ」と聞こえたが、すぐに彼女は「大丈夫です」と打ち消した。我慢強い人だと思った。

上りきったところで、緑梨が左右を見る。

「お風呂場で、足洗った方がいいでしょ」

確かに、ジーパンの左の裾が黒く汚れている。

「そうだね。そしたら、普通にお風呂に入っちゃう?」

彼女は「いえ」と遠慮してみせたが、そこは緑梨が押し切った。

「入っちゃいなさいよ。ウチも娘が二人だから、着替えるものもあるし。妹ちゃんも一緒に入っちゃえば、何かと安心でしょ」

なんだろう。今この瞬間、やけに緑梨が頼もしく思える。

ってういうかこの二人、姉妹だったのか。


二人を風呂に入れて、適当に見繕った服を脱衣場まで届けて。

「着替え、ここに置いておきますね」

「……はい、ありがとうございます」

「サイズ、合わなかったら他にもあるから」

「はい、すみません」

「何か、足りないものとかありますか」

「いえ、大丈夫です。ありがとうございます」

答えたのがどちらかは分からないが、でもたぶん、怪我をしているお姉さんの方だったのだと思う。

廊下に戻って緑梨に訊く。

「……で、どういうこと」

緑梨は下、店の様子を窺っている。

「いや、志垣《しがき》さんとこの帰りにさ、山道で見掛けて。あの二人が道端に座ってたわけ。なんか、琴ちゃんとかと、同じくらいの歳恰好じゃない」

志垣さんというのは、有機農法で野菜を作っている農家だ。

「うん」

「変なところで座り込んでるな、と思って……ほら、静男さんのいってた、ナントカ事件。あれのことが頭に浮かんで、そんなところにいて、危ない男たちに連れ去られたりしたら大変だなと思って、車停めて声掛けにいったわけ。でも逆に、途中で私が怖くなっちゃってさ。ひょっとしたら、この子たちが犯人で、私が連れ去られちゃう可能性もあるのか、って思っちゃって」

「まさか」

「だって、向こうは二人だよ。しかも若いし」

「一人は怪我人で、もう一人は目が不自由だって」

「そんときは分かんないもん。怪我してるのも、目が見えないのも」

「そっか」

山の中の道端であの二人がしゃがみ込んでいたら、確かに気にはなる。

「名前、聞いた？」

「お姉さんがハルちゃんで、妹ちゃんはケイちゃん、かな。名字は、ヤツジさんだって。どんな字書くのかしら」

そのとき一緒に訊かなきゃ駄目だろう。

「歳は」

「ハルちゃんが二十歳で、ケイちゃんは十七だって」

「叶音のイッコ上くらいか」

「うん、そんな感じ」

　そんな二人が、だ。

「怪我の原因って、なんなの」

「いや、それよりさ……」

　緑梨が背中を丸め、内緒話の体勢を作る。

「なんか、事情が複雑でさ」

「……家庭事情？」

「じゃなくて、お父さんが今朝、誰かに連れ去られたっていうのよ」

「ええっ」

　緑梨が「シッ」と人差し指を立てる。

「……ごめん」

「でね、それを警察に連絡しようと思うんだけど、しなきゃいけないと思うんだけど、何しろ事情が呑み込めないからさ、お風呂出て、落ち着いてから詳しく訊こうと思って」

「訊くって、誰が」

「緑梨さんが」

　だから。

「……お母さんが訊いたら、余計わけ分かんなくなるでしょ」

「何よそれ、失礼ね」

「お父さんに訊いてもらった方がいいよ。初対面の人にも優しいし」

「緑梨さんだって優しいよ」

「なんでそこ張り合うのよ」

「いいから、ここは緑梨さんに任せなさいって」

もう一度、緑梨が下を覗き込む。

「琴ちゃん、お店戻ってなよ。もうしばらく閉めないでしょ」

「うん」

「頃合い見てさ、静男さんにも話しといてよ」

「ちなみに叶音、店にいるけど」

「うっそ、手伝ってくれてんの？」

「なわけないでしょ。出掛ける予定、ドタキャンされたみたい。ふて腐れてカウンターで仏頂面《ぶっちょうづら》してるよ」

緑梨が顔をしかめて頷く。

「……とりあえず、放っときな。どうせいたって役に立たないんだから」

才能はあるんだけどね、とは思ったが口には出さなかった。


厨房を抜けてカウンターに戻り、店内の様子をひと通り見た。

BGMがオーティス・レディングに替わっている以外は、特に変化はない。客は、オジさん一人、高校生くらいの女の子三人という不思議な組み合わせがひと組いるだけ。静男はいつもの場所で夕刊を読んでいる。叶音は相変わらず、仏頂面で携帯電話の裏パネルを睨んでいる。手元に氷水があるが、静男が出したのか、自分で用意したのかは分からない。

四人客のテーブルを見る。グラスはどれも空に近い。壁際のベンチソファに並んだ女子三人は、何やらヒソヒソ話をしている。向かいの男は、静かに音楽に聴き入っている。たまにくる客だが、話したことはないので名前も仕事も分からない。

あの四人が帰ったら閉められるな——。

そんなことを思ったときだった。

ふいに入り口のドアが開き、ウインドチャイムがやや乱れた音をたてて揺れた。

「……いらっしゃいませ」

入ってきたのはなんと、万里子たちが噂していた、例のイケメン客だった。今日も一人のようだ。黒のスーツに黒いシャツ、髪は半分くらい黒の交じった銀髪。ただし、いつもとは少し様子が違う。やけに表情が険しい。

琴音はカウンターから出て、とりあえず席に案内しようとした。

「いらっしゃいませ、お一人さ……」

「動くな」

ひどく威圧的な口調。押し殺した声。

この人、こんな声をしてただろうか。そもそも、声を聞いたことがあったかどうかも記憶にない。

下の方、男の手元で何かが光った。

「え……」

なんで、ナイフ——。

男はちらりとドアを振り返り、ナイフを右から左に持ち替え、右手でドアの鍵を閉めた。しかも立て続けに、上下二ヶ所とも。

「ちょっと……」

「喋るな。奥にいけ」

そういわれても、ナイフを構えた男に、そう簡単に背を向けるわけにはいかない。そんな怖いこと、できない。

「……聞こえないのか。奥にいくんだよ」

仕方なく、後ろ向きで、一歩踏み出す。

三歩下がったところで、左にあるカウンター、そこに座っている叶音が視界に入ってきた。こっちを見ている。異変には気づいているようだ。

「……お前もだ」

いわれても、叶音もすぐには動かない。

「お前だよ。椅子から下りろ。奥へいけ」

男が、再び右手に戻したナイフで奥を示す。

後ろは見えないけれど、静男が立ち上がる気配は感じた。

「オッサン、あんたは動くな」

そのひと言と同時に、男の左手が琴音に伸びてくる。

「いっ……」

「騒ぐな。殺すぞ」

髪を、思いきり鷲掴《わしづか》みにされた。脳天でグッと握り込まれると、それだけで身動きができなくなった。

「オッサン、これ、あんたの娘だろ。殺されたくなかったら言うことを聞け……お前、奥にいけっッったろ」

スツールから下りた叶音が怖《お》ず怖ずと動き出し、すぐに琴音の視界から消える。静男のいる方に足音が遠ざかっていく。

なに、これ、ひょっとして、強盗？

「その、四人とまとまれ……オッサン、あんたにいってんだよ。そのガキ連れて、そっちの四人とまとまれ」

琴音はさらに髪を引っ張られ、無理やり上を向かされ、ナイフを持った手を首に巻きつけられ、反対向きにさせられた。

男に後ろから抱え込まれた状態。そのお陰で、幸か不幸か奥の様子が見えるようになった。

叶音を背中に庇《かば》いながら、静男が奥のテーブルに移動していく。静男も、叶音も、四人の客も全員、顔が引き攣っている。

六人がまとまったところで、男が、琴音の喉元に向けていたナイフを前に突き出す。

「全員、ケータイをテーブルに出せ。六台、全部だ」

客の一人、最初からいたTシャツの女の子が、テーブルに出していた携帯電話に手を伸ばす。

「おい、変な真似するんじゃないぞ。おかしなことをしたら、まずこいつを殺す。喉笛掻き斬って、出血多量でお陀仏《だぶつ》だ。次はお前だ、お嬢ちゃん……分かったら大人しく、ケータイを全部、テーブルに並べろ」

叶音が、静男に何か耳打ちしようとする。

「オイッ、余計な真似すんなっツったのが分かんねえかコラッ」

途端、叶音の体がビクッと縮み、代わりに、静男が恐る恐るこっちに掌を向ける。

「違うんです、あの……この子のケータイは、そっちの、カウンターに、置いてあるって……」

すぐには男も動かない。背後から抱えられているので、琴音にはその顔も見えない。でもおそらく、男は視線をずっと静男に向けているのだと思う。

「……カウンター?」

「その、あなたの、ちょうど、真後ろの」

「そこになかったらオッサン、どう責任を取る」

「え……」

「死ぬか。死んで詫《わ》びるか、ここで」

男が、ジリジリと後退を始める。琴音もそれに、否《いや》が応《おう》でも引きずられる。

脳天を摑まれたまま、カウンターの方に押し出される。琴音に、確認しろということらしい。

「あるか」

確かに、叶音の携帯電話はカウンターに残っている。でも、ナイフが怖くて頷けない。

「あるかって訊いてんだ」

「……あ、あります」

「お前が取れ。取ったら、真下に落とせ」

もう、いわれた通りにするしかない。

「はい……」

可能な限り手を伸ばし、叶音の携帯電話を摑み取り、そのまま自分の足元に――でもその、少しでも丁寧に落とそうとしたのが、よくなかった。

「置くんじゃない、落とせっツったろ」

仕方なく、腰の辺りで携帯電話を手放す。

コツン、と角が床に当たりはしたが、それ以上はそんなに、大きな音はしなかった。壊れるほどではなかったと思う。

男の元に引き戻され、また背後から抱きかかえられた。

男が一歩右に出る。琴音もその分、右に引きずられた。

「全部、こうするからな……」

言い終わるか終わらないかのうちに、グシャッ、とか、バキッ、とかいう、複雑な破壊音が店内に響いた。

目線だけを下げて、確かめる。

男の右足による一撃で、叶音の携帯電話は木っ端《こっぱ》微塵、見事なまでに破壊されていた。

「そっちのも、全部こうする。逆らったら、お前らもこうなる。まあ、人間は血も出るし、内臓も飛び出るだろうがな」

駄目だ。血の気が引いていくのが、止められない。

意識が――。

16

彼女と会うことを、禁じられてしまった。

それだけでも充分ショックなのに、彼女について、嘘か本当かは分からないけれど、酷《ひど》いことをいわれた。

あの女は、代議士の娘ではない、愛人だ。

代議士ということは、国会議員。それも衆議院議員ということだ。

ここが地元の衆議院議員。インターネットで調べたところ、この県からは六人が選出されていた。

決して見たくなどなかったけれど、でもそうせずにはいられなくて、一人ひとり写真を探して見ていった。

どれもこれも、酷い顔ばかりだった。

ウシガエル、ブタ、バッタ、ブルドッグ、ゴリラ、ウツボ。

こんな、SF映画のクリーチャーみたいな連中の誰かと彼女が関係を持っていたなんて、あるいは今も持ち続けているなんて、考えたくなかった。想像したくもなかった。

こんな化け物のような老いぼれのどれかが、あの美しい彼女を自由にしていたなんて——。

いや、お父さまは、他にも意味ありげなことを仰っていた。

ある役割を担う、その道のプロだとか。彼女が誰かに近づくということは、何か魂胆があるはずだとか。その相手には、それだけの価値があるだとか。

ということは、彼女は貧しさから致し方なくとか、怪物どもに無理やりとか、そういう経緯で関係を持ったのではないことになる。

ある役割を担う、その道のプロ。まるで色仕掛けも辞さない、女スパイのようではないか。

いや、想像で美化していい話ではない。彼女の相手は、彼女が相手をさせられていたのは、いずれにせよ便所虫かゴキブリかナメクジか、そんな駆除対象害虫と大差ない欲得塗《まみ》れの政治家に違いないのだ。

もうやめて。そんな、ただ汚いだけの蛸壺《たこつぼ》になんて帰らないで。

そう思いはするけれど、テラスでの読書も禁じられてしまったので、直接伝えることができない。携帯電話も取り上げられてしまったので、連絡をとることもできない。

彼女にしてみたら、なぜ急に姿を見せなくなったのか、連絡もとれなくなったのか、分からないに違いない。せめてこっちが、夕方の彼女を確認するだけでもできたらいいのだが、この部屋の窓からでは鉄柵の門も、隣との境にある垣根の切れ目も見えない。

でも、かろうじて一点。門を過ぎて次の角を、消火栓のある右にではなく、左の方に曲がって十メートルか二十メートルいった辺り、真向かいの屋敷とその生垣と、銀杏《いちょう》の樹との隙間にほんの少しだけ、歩道が見える場所がある。彼女があそこに立ってくれれば、互いの姿を確認し合うことはできる。

待った。何日も。夕方の四時頃、余裕を見て前後三十分の、計一時間。毎日毎日、彼女があの場所に立って、この窓を見てくれることだけを願って待ち続けた。

五日ほど待っただろうか。

この地方の冬は早いから、最初はそのコーディネイトの変化に戸惑った。モスグリーンのニット帽に、煉瓦色の、たぶんチェスターコート。襟元には柄物のマフラーらしきものも見える。足元は生垣に隠れて見えない。

こっちを見ているのは分かった。でも、実際に立たれると意外なほど距離があって、彼女の顔はとても小さいから、全身が見えるわけでもないから、彼女かどうか確信が持てなかった。しばらく見つめ合っていた、と思う。向こうも、窓の中にいるのが誰なのか、見極める時間が必要だったに違いない。本当は窓を開け放って、大声で名前を呼びたかったけれど、できなかった。そんなことをしたら、針の穴を通して見ている彼女との間に張られた細い糸が、ぷちんと切れてしまう気がしたのだ。

彼女が、ゆっくりとニット帽に手をやる。右耳の上辺りを摑んで、首を振りながら真横に引き下ろす。見えない槍が、どすんと、胸の真ん中を貫いていった。

ニット帽を脱いだら、あの長く美しい髪が風に舞い踊るはずだった。訪れたばかりの冬も飛び越えて、ここまで、春の香りを届けてくれるはずだった。

だが、なかった。

無残、などとはいいたくない。でもそれに近いくらい、彼女の髪は短くなっていた。乱れて見えるのは、無造作にニット帽を脱いだせいか、あるいは風の悪戯《いたずら》だと思いたかった。だがそうではないのだとしたら、あまりに悲し過ぎる。誰かに髪を鷲摑みにされて、無理やりハサミでジョキジョキと切られたような、極めて乱雑な髪型だった。

涙が出た。でも彼女を見失いたくなくて、懸命に目元を拭った。だが拭っても拭っても、彼女の姿は揺らぎ、滲む。

ニット帽は左手に持ち替えたのだろう。彼女が小さく右手を挙げる。ゆらゆらと二回、その手を振る。

どういう意味。まさか、さよなら？　嘘でしょう、嘘だよね。違うよね。わたしは元気よ、心配しないで。そういう意味だよね。

彼女が背を向ける。恥じ入るようにニット帽をかぶり、歩き始める。いつも帰る方向ではない。消火栓があるのとは反対向きに、細い背中が消える。

どこにいくの。ねえ、あなたは、これからどこに帰るの。まさか、何もかも捨て去るつもりじゃないよね。

どこかに消えて、いなくなっちゃうわけじゃないよね。


あれ以来、お父さまは挨拶代わりに訊くようになった。

「まさかあの女と、会ったりしていないだろうね」

答えはずっと同じだった。

「お会いしていません」

「本当か」

「連絡のとりようもありませんし、外にも出ないようにしているので、会いたくても会えません」

「会いたいのか」

「すみません。そういう意味ではありません。もうお会いするつもりはありません」

いつのまにか、平気で親に嘘をつくようになっていた。でも、そんなことを悲しむ心も失《な》くしてしまった。

心が、失い――。

本を読むのもやめた。文章が頭に入ってこないし、何より、すべてを嘘臭く感じるようになってしまった。こんなの、全部作者の都合じゃないか。恋なんて、愛なんて、無様で残酷で虚《むな》しいだけじゃないか。

それでも夕方、窓辺に立つことはやめられなかった。あの日以降、彼女があの場所に立つことはなかったけれど、それでも、これくらいの時間に彼女はあそこに立った、その痛いほど甘い記憶に溺《おぼ》れたくて、向かいの屋敷と生垣と樹の隙間にわずかに覗く、石畳の地面を見つめ続けた。

彼女の声が聞こえる。

ほら、こっちの世界にいらっしゃいよ。わたしが案内してあげる。

彼女のいう「こっち」とは、どんな世界だったのだろう。

最初、それは陽の光に満ちた緑の世界だと思った。唇を重ね、互いを求め合うようになると、そこに薄い紫が差し始め、やがて月夜にも似た深い藍色《あいいろ》に染まっていった。

今は灰色だ。いくら雪が積もろうと、真っ白にも銀色にもなることはない。それよりも、分厚い雲だ。コンクリートで頭上に蓋《ふた》をされている。自力では到底押し開けられそうにない。

助けて。ここから出して。そしてどこかに連れ去って。

ある日、お父さまからご提案があった。

いや、すでに決定事項だったのか。

「この別荘を、処分しようと思う」

歴史の中で繰り返し語られる、祖国を追われた者たちの深い悲しみ。その一端が、ふいに理解できた気がした。

自分にとっては、ここここそが居場所だった。世界のすべてだった。緑があり、空があり、大きな窓があり、広いダイニングには暖炉もある。敷地は広いが、それでもせまい世界だと感じ始めた頃、彼女が現われた。違う世界への入り口を垣間見せてくれた。案内すると約束してくれた。

ここから何かが始まる。ここから次の世界にいく。ここからすべてが繋がっていく。そう思っていた。感じていた。

それを、処分。お父さまは本当に、もう何もかも断ち切ってしまうおつもりなのか。

「でも、まだ……体調が」

「東京に戻る必要はない。別の、もっといい場所を用意する。海外も、選択肢の一つとして考えている。お前たちはそこに移ればいい。私も週末はそこで過ごす」

覇王だ。誰の気持ちも考慮せず、己の力でのみ物事を動かし、統《す》べることが当たり前だと思っている。お母さまだって、本当は東京に帰りたがっていた。それが、海外も選択肢としてアリだなんて。

「……それも、よろしいかもしれませんわね」

嘘でしょう、お母さま。顔が、完全に引き攣っているではありませんか。海外は水も食べ物も合わないから、お友達もいないから、ひと月くらいの旅行なら楽しいけれど、住むのは嫌だって、いつもお母さまは仰っていたではありませんか。

しかし、そんなことは口には出せない。いや、あえて出さない。

無力な民は、真正面から覇王に逆らったりはしない。

無力な民は、知恵を絞って奇襲に訴えるのみだ。


取り上げられた携帯電話の在り処は、実は分かっていた。調べるのはごく簡単だった。固定電話からかけてみればいいだけの話だ。むろん、お父さまがここから持ち出していたり、電話会社にいって解約していたり、木っ端微塵に破壊していたりする可能性もあったわけだが、かけてみると拍子抜けするほどあっさり、耳慣れた着信音がリビングの、サイドボードの引き出しから漏れ聞こえてきた。

今、お母さまはキッチンでアップルパイの下ごしらえをしている。清美さんはそれを手伝っている。手も洗わずにこっちに入ってくることはあり得ない。

引き出しを開けると、家電製品の取扱説明書が何冊かとその保証書が入っており、一冊目の液晶テレビのトリセツをどけると、取り上げられた携帯電話はすぐに見つかった。二つ折りのそれを開くと、ほんのわずかではあるがまだ電池は残っていた。

メッセージを開く。案の定、彼女から何件も送られてきていた。連絡をください。連絡をください。でもそれも、とうの昔にこなくなっていた。

今さら彼女が見てくれるかどうかは分からない。あまり長い文章を打つ時間もない。それに対する返信を確認することも、たぶんできない。だからせいぜい、こんな文面だ。

【連絡できなくてごめんなさい。今夜から毎晩、また西側のバルコニーの窓の鍵を開けておきます。お願い、会いにきて。】

送信が完了したのを確認したら、今のメッセージを消去する。そして元通り、一冊目のトリセツの下に入れておく。

あとは、また待つしかない。


こんなにも心臓がよく動くのは、何日振りだろう。こんなにも全身に血が巡る夜は、いつ以来だろう。

最初の夜は、朝の四時まで待っていたけれど、彼女は現われなかった。さすがにもうこないだろうと思い、例の窓の鍵を閉めてからベッドに入った。

でも、次の夜だ。

夜中の一時半。音でいったら、風が少し強くなったのかな、程度のことが数秒あったものの、決して異変というほどのことではなかった。その後は足音も、衣擦れさえも聞こえてはこなかった。

それでも、ドアを開けにいった。何もなくたって、十五分に一回は開けてみる。それが少し早まっただけ。そう自分に言い聞かせながらドアノブを回した。音をたてないようにして引き開けた。

彼女が立っていた。間違いなく、彼女だった。

もう少し開けて、彼女を招き入れてからまた静かに閉めた。

再会を喜ぶ言葉もないまま、二人で抱き締め合った。

寒かったでしょう。手が、頬が、唇が、こんなに冷たくなっている。あたためてあげる。この体温のすべてを、あなたに捧げる。

首に回した腕に、あの長い髪は重なってこなかった。手探りで髪形を確かめる。短くはなっているけれど、あの遠目に見たときの乱雑さはなかった。短いなりに、綺麗に整えられていた。

長い口づけのあとで、ようやく彼女の声が聞けた。

「……会いたかった」

風邪《かぜ》を引いているのか、かなり声が嗄《か》れている。

目を見つめ、それに答える。

「もう、会えないかと思った。お父さまに会うなといわれて、携帯も取り上げられてしまったから、連絡もできなかった」

「そんなことだろうと思った」

「でも、あの場所に立って、こっちを見てくれた」

「うん……わたしも、いろいろあったから、すぐには会いにこられなかった。でも、どうしても会いたかった」

それがばかりではない。

「聞いて……お父さまが、この屋敷を処分すると言い出したの」

さすがに、彼女もこれには驚いたようだった。

「そんな……でも、そんなことはさせない。わたしが、させない」

どういう意味——。

だが、その疑問は言葉にしなかった。体で気持ちを確かめ合う方が先だった。

少し痩せたように見える。それがかえって、彼女の行為を激しくさせているようにも感じた。体から飢えている。体が体に飢えている。そういうこともあるのだと思った。

声を殺し、闇に身をひそめながら、悦《よろこ》びを貪った。泣きたいのを我慢して、ひたすらに彼女の肌を愛した。愛しい匂いに包まれ、舌先で肉を震わせ、魂が抜け落ちるほどの快楽に身を委《ゆだ》ねた。頂《いただき》を迎え、我に返ったときには、もう遅かった。

月明かりを受け、鈍く光るドアノブが回るのが見えた。

唯一できたのは、二人の体を毛布で覆うことだけだった。

その声に怒りの色はなかった。むしろ、驚き。あるいは恐れ。あと、少しばかりの悲しみ。

毛布を頭までかぶって、何もなかったことにしたかった。

「……何をしている」

何もしていません、寝ていました。

遠い昔の、あの夜更かしを注意しにきたときのように、お父さまには「そうか、早く寝ろよ」と、それだけいって立ち去ってほしかった。

でも、そのすべてを彼女がぶち壊した。

胸を隠しながら、彼女が上半身を起こす。お陰で毛布が捲れ、お父さまと目が合ってしまった。月明かりを受けた表情にも、驚きや恐れの色が強く出ていた。照明を点けないのは、いま目の前にある現実を直視したくない、そういう気持ちの表われなのかもしれない。

彼女が深く息を吐き出す。意外なほど乱れはない。

「……何って、見れば分かるでしょう」

いや、分からない。なぜ、今あなたがそんなことをいうの。

お父さまは身じろぎ一つしない。

「なぜだ」

「分からない？」

「何が」

「なぜわたしが、ここにこうしているのか、あなたには分からないの？」

寒気がするのは、毛布が捲れたからばかりではない。

彼女が、彼女ではなくなってしまったように感じる。

「……何をいっている」

「あら、ずいぶんと察しが悪いのね。惚けてるの？　それとも、少し耄碌《もうろく》したのかしら」

彼女は、お父さまと知り合いだったのか？

依然、お父さまはドア前で固まったまま動かない。

「よせ」

「何を」

「黙れ」

「何か、喋られては困ることでもあるのかしら」

なんだ、この、彼女の圧倒的な強さは。

覇王が、あからさまに狼狽《うろた》えている。

「……黙れといっているのだ」

「嫌だっていっているのよ」

「とにかく、そこから出てこい」

「甘かったわね、あなたも」

どういうこと、どういうこと——。

「よさないか」

「予想もしてなかったんでしょう。わたしが、あなたの娘に近づこうとするなんて。かつての自分の女が、自分の娘を抱こうとするなんて……そうよね。あなた、ちょっと頭の固いところがあるものね」

お父さまの体が、にわかに震え始める。

「やめろ……」

彼女がちらりと、こっちに目を向ける。

「社長、この娘《こ》はわたしがもらいます。もう……誰にも渡さない」

それは、なに、ナイフ？　どこに、そんなもの——。

17

奈緒も、最初は何が起こったのかよく分からなかった。

スラッとしたスーツの男が店に入ってきたのは、なんとなく意識していた。すぐに髪の長い女性店員が「いらっしゃいませ」とカウンターから出て、ひと言ふた言、出入り口付近で言葉を交わすのも見ていた。

希莉が耳打ちしてくる。

「なんか、カッコいいね、あの人」

「え、どっち」

「男の方」

「……そう？」

奈緒は、むしろ女性店員の方が気になっていた。ああいう、普段着っぽい恰好なのにお洒落に見えて、誰にでも自然な笑顔を向けられる人って、素敵だと思う。接客業なのだから当たり前、といわれてしまえばそれまでだが、じゃあ自分にアレができるかというと、たぶん難しい。最初は「いらっしゃいませ」というだけで顔が引き攣ってしまうに違いない。

だが、カウンター席にいるギターの子が椅子から下りて、奈緒たちの正面、壁に寄り掛かって新聞

を読んでいたオジさん店員も立ち上がって、
「オッサン、あんたは動くな」
そう聞こえた辺りから、店内の空気が一変した。
入ってきた男が、あの女性店員の髪を鷲摑みにする。反対の手にはナイフのようなものを握ってい
る。刀のように大きいわけではないけれど、でも果物ナイフよりは明らかに殺傷能力がありそうなナ
イフだ。
なにあれ、ひょっとして——事件？
希莉が隣で、ひゅっと息を吞み込む。
紗子はどうだろう。今は怖くて左を向けない。ナイフの男から目が離せない。
向かいにいるアンディは固まっている。冷静に様子を窺っているのか、怖気《おじけ》づいて動けないのかは
分からない。
「オッサン、これ、あんたの娘だろ。殺されたくなかったら言うことを聞け……お前、奥にいけっッ
ったろ」
ギターの女の子がオジさん店員の方に駆け寄っていく。オジさん店員が、すぐに彼女を背中に庇う。
「その、四人とまとまれ……オッサン、あんたにいってんだよ。そのガキ連れて、そっちの四人とま
とまれ」
その体勢のまま、二人がこっちにくる。正直、こないで、と思った。あの二人がきたら、自分たち
も本格的に事件に巻き込まれてしまう気がした。
でも、きてしまった。ギターの子が希莉の隣に座る。オジさん店員はその前に立っている。

女性店員を人質のようにした男が、全員、携帯電話をテーブルに出すよう命じた。しかし、ギターの子の携帯はカウンターにあるようだった。

男は自分の手を使いたくなかったのだろう。女性店員にそれを取るよう命じ、足元に落とさせ、それを自ら踏み砕いてみせた。

「そっちのも、全部こうする。逆らったら、お前らもこうなる。まあ、人間は血も出るし、内臓も飛び出るだろうがな」

なんで、なんで初めてコーヒー専門店にきただけで、こんな目に遭わなきゃならないの。

紗子の携帯は、最初からテーブルに出ていた。アンディのもだ。奈緒のはカバンに入っている。希莉もだった。二人で携帯をカバンから出し、テーブルに並べる。オジさん店員も、エプロンのポケットに入れていたのを取り出して、テーブルに載せた。こっちの五台は出揃った。

ナイフの男が向こうで、女性店員の首をグッと絞め上げる。

「お前のは」

そんなことをされたら、答えたくても答えられないんじゃ、とは思ったが、彼女はオジさん店員と同じように、エプロンのポケットに手を伸ばそうと、

「動くなッ」

した途端、さらにグッと首を絞められた。

ナイフを握った手が、彼女の喉元から、胸の方に這《は》い下りていく。そのままお腹まで下りていって、ポケットの中をまさぐる。なんだか、ひどく嫌らしい眺めだった。男の手つきが、痴漢のそれのように見えた。

携帯が取り出され、さっきと同じように、床に落とされる。

男はそれも踏み砕いた。さっきの残骸の上だったからか。今度の方がグシャッと、派手に壊れたように見えた。

男に「進め」と命じられたのだろう、一歩一歩、彼女が足を前に出す。二人がこっちに近づいてくる。

もう奈緒たちは、完全に事件に巻き込まれたようだった。

二人がすぐそこまでくる。アンディとオジさん店員のちょうど真ん中まで、女性店員がきた。

男が、女性店員の頭から手を離し、ナイフを左に持ち替える。彼女を解放し、こっちにまとめるのかと思ったが、そうではなかった。

「……何やってんだ、お前」

男が呟いた瞬間、アンディは体の向きを変えようとしたが、ほぼ同時に、

「アガッ」

ジギジギジギジギッ、と耳が痛くなるような音がし、アンディの動きが止まった。

そのまま、ぐらりと椅子から落ちていく。

まさか、スタンガン——。

手で体を庇うような動作も何もなく、アンディは左肩から床に激突した。頭も、かなり強くぶつけたのではないか。一緒に鈍い音がした。

「これだから、男は油断ならないな」

見ると、倒れたアンディの手に何かある。スプーンか。それを男に見つかったから、アンディはや

られたのか。

　立て続けに、

「……ハウッ」

　オジさん店員もやられた。思っていた形とは違うが、懐中電灯のような黒い筒形のそれを、心臓の辺りに押しつけられた。オジさん店員は両膝から崩れ落ち、それからグラリと、後ろ向きに倒れた。でも、後ろにいたギターの子がとっさに背中を支えたので、頭とかは打たずに済んだ。

　男が、アンディの頭を軽く蹴飛ばす。

「お前……お前だよ。一個ずつ、ここにケータイを落とせ」

　命じられたのは希莉だった。男が「ここ」と示したのは、彼の足元、アンディの頭の向こう辺りだ。

「……はい」

　順番はどうでもいいのだろうけど、希莉はオジさん店員の携帯を摑み、それを慎重に、男の足元に放った。

　パタン、と伏せたそれを男が踏みつける。今回は一撃では壊れず、計三回、男は体重を乗せて踏んで、ようやく破壊した。

「次」

　アンディの携帯、希莉、奈緒、紗子と、五台も壊すと、その残骸もけっこうな量になった。

　男がひと息つく。

「……分かってるとは思うが、外に連絡しようなんて真似は、しない方がいい。こういうの、好きじゃないだろう？」

ジギジギジギッと、またスタンガンを作動させる。左手にあるナイフは依然、女性店員の喉元に向けられている。

「さてと。じゃあ、本題に入ろうか」

女性店員が、唾《つば》を飲み込むのが分かった。

そんな彼女を、男はスタンガンを持った手で抱き寄せる。

「……少し前に、このオッサンの女房だろう、ここのもう一人の店員が、帰ってきてるな。二人の客を連れて」

女性店員が、何度か忙しなく瞬きをする。

でも男に、それは見えていない。

「このオッサンの女房ってことは、あれは、お前のママってことでもあるわけだ……な？　そうだろう」

彼女は答えない。答えられる状態ではない、と思う。

男が続ける。

「……どうした。こんなに心臓を、バクバクさせて。どうしたんだ。何か怖いのか」

怖いに決まっている。そんなふうにされたら、奈緒だったら、オシッコを漏らしてしまうに違いない。

男の視線が、奈緒たち四人の顔を順番に巡っていく。

それが、希莉の向こう、ギターの子のところで止まる。

「……お前も確か、ここの娘じゃなかったか。なあ、お姉ちゃん、その子は、お前の妹なんだろう？

違うか？」

そうだったのか。見たところ、あまり顔は似ていないが。

「まあいい……お前らのママが連れ帰ってきた二人、あれは、お前らとどういう関係なんだ。知り合いか？」

ギターの子、妹の方は「え？」という顔をしている。女性店員、姉の方は忙しない瞬きを繰り返している。

男が、姉の耳元に口を寄せる。

「質問してるんだ、答えろよ。あの二人は、知り合いなのか？　お前ら家族と、どういう関係なんだ？」

姉は目を閉じ、短く首を横に振った。

「分かんないよ、それじゃ……よし、じゃあイエス、ノーで答えられるようにしてやろう。まず、お前はあの二人と知り合いか？」

姉は、同じように首を振る。

「お前はどうなんだ。知り合いか？」

妹の答えも「ノー」だ。

「おい、そりゃおかしいだろう。ちょうどお前らと、同じ年頃の女の子二人なんだ。どっちかの友達とか、そういうことなんじゃないのか？」

姉、妹、二人が同時に首を振る。

「待て待て……二人の客がきたことは、お前らは知ってるんだよな」

妹は即座に否定した。

だが姉は、肯定も否定もしなかった。

「おい姉ちゃん。お前は知ってるのか、知らないのか」

完全に固まっている。瞬きすらしていない。

「知ってるのか。イエス、ノーで答えろ」

数秒迷って、ようやく決心がついたのだろう。観念したように首を縦に振る。

「……知ってんじゃねえか。っていうことは、お前」

妹の方だ。

「お前は、いま嘘をついたことになるな」

姉が、ハッと息を呑む。

妹も、大きく目を見開いて男を見上げる。

「下手な嘘だな。さっきからいってるだろう。下手な真似しやがったら、ただじゃおかねえって」

「……違う」

初めて妹の声を聞いた。見た目より、だいぶ幼い印象だ。

「何が違うんだよ。姉ちゃんが知ってて、お前が知らないわけないだろう」

「し、知らない、本当に」

「ここを通ってったんだろう？　それを、見てないわけがないだろうが。お前だけ、知らないわけないだろうが」

そういうことか。それだったら、たぶん違う。少なくとも、奈緒たちよりあとに入ってきたのは、この男が初めてだ。この二人の母親がどんな人かは知らないが、この姉妹と同年代の子が二人もここを通っていったということはない。

妹は首を振り続けている。

でも男は、それを認めようとはしない。

「……嘘つきには、お仕置きだ」

信じられないことが起こった。

男が、姉に向けていたナイフを突如振り上げた。空中で逆さまに持ち直し、小指側に刃がくるように握り替える。

そのまま、妹に向かって振り下ろす――。

だが、ナイフより早く動いたものがあった。姉だ。自分に向けられていたナイフが振り上げられた瞬間、彼女は飛び込むように、妹に覆いかぶさっていった。

悲鳴も、何も出なかった。

姉の、前に出ようとする動きと、男の、ナイフを振り下ろす動き。

二つの動きが、事態を余計に悪くした。

姉は、背中にナイフを突き立てられた状態で、さらに前に出てしまった。

小さく、布の裂ける音だけが聞こえた。でも実際に裂けたのは、白いシャツだけではなかった。

ざっくりと、姉の背中が切り裂かれる。

「……お姉ちゃんッ」

スタンガンに倒れた父親、背中を切り裂かれた姉、二人の家族が今、妹の上に折り重なる恰好になった。

姉の背中に、真っ赤な染みが広がっていく。物凄い出血量だ。見る見るうちに、背中全体に深紅が広がっていく。

男はそれを、ひどく冷たい目で見下ろしている。

「いっただろう、下手な真似はするなって……携帯電話と違って、人間からは血も出るって」

それだけでは終わらない。

男はその場にしゃがみ、まだ身じろぎもしないアンディの背中に、追い打ちのようにスタンガンを押し当てた。

ジギジギジギッ、という音と共に、わずかにアンディの全身が震える。

「どうして……邪魔ばっかりするのかな、みんな。どうして、嘘ばかりつくのかな」

私たちは邪魔なんてしてないし、嘘もついていません——。

でもそれは思っただけで、到底言葉になどなりはしない。

18

圭は、誰かと一緒に風呂に入るのが好きではない。一緒といっても、可能性としてあるのは芭留か母親に限られるのだが、それでも一緒には入りたがらない。理由は、裸を見られるのが嫌だとか、そんなことではない。

音だ。浴室は、普通の部屋よりも音が響く。保温性や耐水性を上げていくと、自然とそうなるものなのか。芭留にはよく分からないが、とにかく、どこにいっても浴室は音がよく響く。その特有のエコーが気持ちよくて、つい風呂で唄《うた》ってしまうというのは誰しも経験があるところだろう。

しかし圭は、それが嫌なのだという。というか、怖いらしい。

健常者より聴覚に頼ることが多い圭は、そこから実に多種多様な情報を得る。その頼りにしている「音」が、風呂場だとあちこちに反響し、出所も大きさも元の音も曖昧になり、さらに自分が、その膨張した音に呑み込まれるように感じるらしい。

自分一人ならいい。水音をたてるのも、石鹸《せっけん》を床に落とすのも、壁に手をぶつけるのも、自分でやったことなら分かる。余計な想像をすることはない。でも他の誰かがいると、それが実の母親であれ姉であれ、その自分以外の誰かも音をたてる。それにエコーが掛かり、浴室内に反響すると、実際の音とは違う何かを連想してしまい、気分が悪くなるというのだ。

「嫌いなものって、理屈じゃないじゃん。お母さんだって豚肉は食べるのに牛肉嫌いだし、お姉ちゃんだってブツブツしたもの嫌いじゃん。だから……ああ、たとえばさ、マンガだよ。一枚だけぺらっと捲ったときに、次のページが透けて、前のページと絵が重なるのって見づらいじゃん。字も読めないじゃん。あんな感じ。私は、ぽん、って鳴ったものは、ぽん、って聞きたいの。ぽぽぽぽぽぽぉーん、になったら意味が違っちゃうんだよ。それがあちこちで鳴って、しかも歌まで唄われたら、私、頭おかしくなっちゃうよ」

それも、目が見えなくなっていきなり言い出したことではない。徐々に聴覚が鋭敏化し、視覚の役割を肩代わりするようになるにつれて、誰かと風呂に入るのを嫌がるようになったのだ。

今はもう、誰の助けも借りずに一人で入れるので、そこは問題ない。なんだったら、シャンプーやトリートメントのボトルの詰め替えまで、圭は自分でできる。

ただし、それが可能なのは自宅と孝蔵の家の風呂、その二ヶ所に限られている。どこに何が置いてあって、どこに摑まれる場所があるのか、そういうことが分かっている浴室でなければ、危なっかしくて一人では入れられない。

ここもそうだ。親切で風呂に入らせてもらうことにはなったが、圭一人では難しい。しかし今は、芭留も足を怪我している。一人では入れないから、ちょうどいいと言えばちょうどいい。

シャワーの使い方を確認して、お湯の温度を調節して、圭に渡す。浴び終わったら、受け取ってやる。

「石鹸、ちょうだい」

「はい」

久し振りに見る圭の体は、当たり前だが以前より女っぽくなっていた。全体に丸みがついて、胸なんて、むしろ芭留よりも大きいくらいだ。あの、芭留がよく風呂に入れてあげていた十歳の頃の幼児体型ではない。まあ、あの頃は芭留だって中学生だったから、それなりに体は子供だったのだろうが。

その上、圭は筋肉もかなりある。もともと体を動かすことは好きなので、今は水泳と筋トレにはまっている。水泳は市民プールで、健常者と同じコースで普通に泳いでいる。一点、プールと浴室は反響の面で似ていて嫌ではないのか、そこは気になった。

しかし、圭は大丈夫だという。

「広いしね、プールは。そんなに気にならない。それに、水に入っちゃえば静かなもんじゃん。むしろ、向こうからくるのも分かるし、コースロープがある場所も、音でちゃんと分かるよ。水はよく音を伝えてくれるから、むしろ好き」

そういわれてしまったら、そんなものかと納得するしかない。

圭が、体に付いた泡を流し終わった。

「出ようか」

「お姉ちゃん、先に出て」

「分かった」

何しろ、芭留も床に足を着けられないので、壁やドア枠に摑まりながらでないと浴室から出られない。

「圭、ここ持ちな」

「うん」

二人で摑まる場所を融通し合いながら、脱衣場に出る。用意されていたタオルで体を拭き、Tシャツを着て、ルームパンツを穿く。圭が着ると、丈は合っているけれど、肩の辺りが少しきつそうだった。芭留のは、上下共に丈は少し短いけれど、着心地は悪くなかった。

脱衣場から出ると、ここまで連れてきてくれた彼女が待っていた。名前は「ミドリ」だと、車の中で聞いている。

「大丈夫だった？　ちゃんと入れた？」

「はい、ありがとうございました。さっぱりしました。あの……それで、警察への連絡なんですが」

ミドリが「うん」と頷く。

「とりあえずその、足に湿布か何か貼ってあげるから、それやりながら、詳しく聞くよ」

「はい、ありがとうございます、何から何まで……よろしくお願いします」

足の手当てはダイニングでやってもらった。

芭留がテーブルの椅子に座ると、救急箱を持ってきたミドリがその前に跪く。圭にも一つ椅子を借りた。

「この辺？」

「はい」

「グキッて、内側にやっちゃったの？」

「そうです。くるぶしの、それがコンクリートの角に当たっちゃった痕です。そこを支点に、内側に『く』の字に曲がっちゃって」

「うわ……はい、分かりました」

擦り剝けたところを消毒し、絆創膏《ばんそうこう》を貼ってもらう。

「それで、その……知らない男がお父さんに暴行を加えてたっていうのは、何時頃の話なの」

「時計を見なかったので、よくは分からないんですけど、まだ明るくなりきる前でした」

「真っ暗ではなかった」

「はい、真っ暗ではなかったです」

それが終わったら反対側、外側のくるぶし周りに湿布を貼り、テーピングのような要領で、かなりキツめに包帯を巻いてもらう。

「携帯電話が盗まれたのは、間違いないのね」

「はい、三台ともありませんでした」

「他に盗まれたものは」

「たぶん、ないと思います」

「……よし、こんなもんかな」

包帯のサポート力のお陰で、歩けるというほどではないけれど、床に足を着くくらいはできるようになった。

「ありがとうございました。すごい、楽になりました」

「よかった……ちょっと待ってて」

ミドリは冷蔵庫の横、壁に掛かっている小型テレビのようなもののスイッチを入れた。いや、インターホンか。画面に、あまり動きのない映像が映し出される。

眉をひそめ、ミドリがそれを覗き込む。

「……ん?」

ここからでは半分しか画面が見えないが、わりと明るいので、下の、店内の様子が映っているのではないかと察した。

圭も、ミドリの声色に何か感じたようだ。

「どうか、したんですか」

「いや、なんか……店が、変な感じになってる」

芭留はもう一歩ミドリに近づき、そのモニター画面を覗き見た。

どういう間取りの店なのかは分からないが、右奥のテーブルに、五人も六人も人が集まっている。一人は立っている。いや、立っているのは二人か。

そこまで見て芭留は、あることに気がついた。

「あれ……ここ、人が倒れてませんか」

ミドリも、そうではないかと思っていたようだ。

「うん、やっぱり、そう、見えるよね」

「ええ、これは人ですよ」

「ちょっと私、様子見てくるわ」

そういったミドリが、手の届かないところにいく、寸前に気づいてよかった。

「ちょっと」

とっさに手を伸ばし、ミドリの腕を摑む。左足で踏ん張ったので「イッ」と口から洩《も》れたが、それどころではない。

「……なに、どうしたの」

芭留はモニター画面を指差した。

「この、この立ってる人」

「うん。これは、何度かきたことのあるお客さんだと思うけど」

そんな。

「ミドリさん、もしかしたら、勘違いかもしれないけど……ウチに入ってきて、父に暴力を振るって、連れ去ったのって、この人かもしれないです」

「えっ……」

ミドリが、手で口を塞いで声を封じ込む。

決して大きな画面ではない。ハードカバーの本くらいのサイズ。画像もさほど鮮明ではないし、何しろ人が固まっているのは右の奥の方だから、カメラから距離もある。でも背恰好、特にテーブルと比較したときの身長、立ち方、何かを持って人の方に向ける姿勢、そんなもののすべてが、あの男のイメージにぴたりと重なる。

圭も、こっちを向いて唇を嚙み締めている。

ミドリがモニター画面と芭留を見比べる。

「つまり、それって……どういうこと」

あまり、考えたくないことではあるが。

「もしかすると、奴が、私たちを追って、ここまできたのかもしれません」

「どうして」

「分かりませんけど、でも、どうも……あの男の目的は、妹にあるみたいなんです」

ミドリがちらりと圭を見る。

「でもなんで、ここが分かったの」

「それも、分かりませんけど……もしかしたら、ここまで走ってくる途中で、あいつとすれ違ったりしてたのかもしれません。それで、私たちがミドリさんの車に乗せてもらっているのを、見られた……そうしたら、ほら、車にはロゴがあるじゃないですか、このお店の。行き先はバレますよね」

ミドリが、ハッと息を呑む。

「電話……警察に、電話しなきゃ」

「はい」

隣のリビングにいき、ミドリがサイドボードの横にある電話台の前に立つ。受話器を上げ、いくつかボタンを押す。

「……あれ」

しかし、一一〇番にしては押す回数がやたらと多い。

芭留は「待ってて」と圭の肩に触れ、ミドリのいるリビングに向かった。左足を引きずるような恰好になってしまうが、どこにも掴まらずに歩ける程度にはなった。

「どうしました、ミドリさん」

「電話、通じない……」

まさか。

「奴が、電話線を切ったんじゃ」

「そんな」

「あり得なくはないです。私たちの携帯電話を、三台とも持ち去るような男ですから」

すると、ミドリが慌てたふうに自分の体をまさぐる。エプロンのポケット、ジーパンの後ろ、さらに辺りを見回してから、「あっ」と目を瞑り、うな垂れる。

「どうしたんですか」

「携帯、車の中に、忘れてきちゃったのかも……あなたたちを、早く中に連れて入ろうと思ってたから、つい」

そういわれてしまうと、芭留自身、どう詫びたらいいのか分からない。

ミドリがまたダイニングの方を向く。

「とにかく私、下にいって、様子見てくるわ」

「待ってください」

「ミドリさんがいくのは危険です。それに、ここ……」

芭留も、もう一度モニターの前まで戻る。

奴の足元を指差してみせる。

「あの、さっき、ここに連れてきてくれた、コト……」

「コトネ?」

「はい、コトネさん。パッと見、コトネさんの姿がないように見えるんですが、ここを見ると、脚が四本あるんです」

ミドリが、眉間にしわを寄せてモニター画面に見入る。

「そう、いわれてみれば……」

「もしかするとコトネさんは、こうやって男に、羽交い締めみたいにされてるのかもしれません。これがコトネさんの脚だとすれば、ですけど」

「そんな」

さらに悪い事態を、芭留は画面から読み取ってしまった。

「それと、ここ。テーブルの下に、もう一人倒れてるんじゃないでしょうか。これも、人の脚だと思うんです」

また、ミドリが手で口を塞ぐ。

「もしかして……シズオさん」

「どなたですか」

「主人です。この店の、マスターです」

マズい。大の男二人をこんなふうに倒しておくなんて、プロのボクサーでも簡単にできることではない。ということは、奴は今も何かしら武器を持っていると考えた方がいい。孝蔵ですらやられたのだから、最も考えやすいのはスタンガン、あるいはナイフ。しかし、ナイフで刺されて倒れているのだとしたら、傷の深さはもちろんだが、出血量が心配だ。あまり長くは持たないかもしれない。

「……ミドリさん。お店には、何人お客さんがいたんですか」

ミドリが首を横に振る。

「私も、二時間か、二時間半くらい留守をしてたから分からないけど、でも、コトネと、シズオさんと、カノンって、下の娘がいることは確かなの」

最初に見つけた床に倒れている人は、恰好からして間違いなく男性だ。

「これは、シズオさんですか」

「この人は、違うと思います」

「ここ、女の子みたいな顔がありますよね。これは、娘さんですか」

「いいえ、これも違います。カノンでもコトネでもないです」

「このモニターで、お店の音は聞けないんですか」

「音は聞こえないの。これは、私は二階で家事をやってたりもするでしょう。そういうときに、店が混んでないか確認したり、夜ね、防犯ってほどじゃないけど、パッとボタン一つで様子が見られたらいいねってことで、取り付けたものだから」

　ふいに手を摑まれた。圭だ。

「……なに」

「お姉ちゃん、私が、下にいくよ」

「なんで」

　ミドリも「駄目よ」と呟く。

　だが、圭の表情は真剣だ。

「奴がきたんだとしたら、お姉ちゃんの言う通り、私たちのせいだと思う。っていうか、私のせいだよ、たぶん。私のせいで、そんな、羽交い締めとか、誰かが倒れてたりとか、そんなの……」

　ミドリが圭の肩に触れる。

「だからって、圭ちゃん」

「助けていただいて、お風呂も貸してもらって、お姉ちゃんの手当てまでしてもらって、これ以上……ここの人たちに、迷惑は掛けられないです」

それは、芭留も思う。

店内の様子は、あらゆる意味で尋常ではない。目の前にあの男がいるからかもしれないが、それにしたって、普通だったら誰かしら警察に連絡していてもよさそうなものだ。もしかしたら、もう誰か通報してくれているのかもしれない。待っていれば、警察が助けにきてくれるのかもしれない。でも逆の場合だってある。むしろその方が、可能性としては高いかもしれない。

この家の人、たまたま居合わせた客、その全員の携帯電話を、あの男がすでに没収していたら。奴ならやりかねない。何しろ、固定電話の線まで切るような男なのだから。

だとしたら、いくら待っても警察なんてくるはずがない。自分たちでどうにかするしかない。芭留と圭で、この事態を解決しなければならない。

しかし、どうしたらいい。

「ミドリさん……下の間取りって、どうなってますか」

「なに、どうするつもり」

「何ができるかは分かりませんが、何をするにしても、状況が分からなければ何もできません。様子を探りにいくにしたって、お店の間取りが分からなければ、動くに動けません」

「そんな、だって、あなたは怪我してるし、圭ちゃんは目が……」

「それは、大丈夫です」

「何が大丈夫なの」

芭留は、圭の肩に手をやった。

「私たちは……ご存じないと思いますが、八辻孝蔵という、格闘家の娘です。普通の女の子とは、違います。私たちは、ずっと父に、武士道を叩き込まれて育てられました。その父が、もし……あの男に連れ去られ、最悪、殺されているのだとしたら……私たちは、私たちの手で、あの男の暴力を封じなければなりません。これは復讐とか、そういうことではないです。暴力を、決して許してはならないということです。皮肉な話ですが……父がいなくなって、ようやく、私たちは父から授かった力を、使うときがきたんです。それが、今なんです」

圭が、ゆっくりと頷く。

これしきの説明で他人が納得するとは、芭留も思っていない。特にミドリのような優しい人は、しかも、さして歳の違わない娘二人の母親なら、なおさら暴力の振るわれている現場に女の子二人でいくなんて、賛成できないに決まっている。

ミドリに納得してもらうには、もう少し説明が必要だろう。

「とにかく、お店の間取りを教えてください。そうしたら、ひょっとしたらお客さんだけでも、簡単に逃がすことができるかもしれない。一台でも携帯電話を取り返すことができたら、それで警察に連絡することだってできます。私たちも、無茶はしません。事を大きくはしたくないです。だから、そのためにも……間取りをまず、教えてください」

ミドリも横目でモニターを確認しながら、考えている。だいぶ迷っている。

考えに考えて、一つ、結論に至ったようだ。

「分かった。その代わり、私も一緒にいきます。あなたたちも心配だけど、でもやっぱり、私は私の家族が心配。状況を知りたいの。私だって、私の家族を守りたい。せめて近くにいきたい……だから、一緒にいかせて。ね、お願い」

その気持ちは、当然だと思う。

この家屋の構造は、ミドリの説明で大体分かった。

まず、カフェになっている店舗部分に二階はなく、平屋同然の造りになっているということ。確かにダイニングの窓から見ると、道に向かって真っ直ぐ、瓦屋根の棟が伸びている。この屋根の下が店舗、つまり今、事件が起こっている現場ということになる。

店舗の奥、二階から見たら手前には、厨房とスタッフルーム、コーヒー豆の焙煎などをするバックヤードと、ピアノ練習用の防音室がある。今いるダイニングは、厨房のちょうど真上に当たるらしい。二階から階段を下りていくと、そこから厨房と、スタッフルームと、防音室にいくことができる。あと、芭留たちが通ってきた裏口もこの近くにある。そこから店舗フロアに出るには、スタッフルームからトイレの前を通るルートと、厨房を通って、いったんカウンターの中に入るルートとがある。またカウンターは、厨房側と店の出入り口側の二ヶ所に開口部があり、どちらからも出入りできる構造になっている。

今、人が集まっているのはトイレの前を通って、フロアに出てすぐ右手のテーブル周辺だ。いきなり近づくなら、このトイレルートの方が断然近い。

一方、厨房を通っていくルートだと、いったんカウンターに入らなければならない。厨房側のカウンター開口部は、人が集まっているテーブルからしたら向こう正面、店の出入り口側の開口部は対角線上ということになる。

ミドリに描いてもらった図面を、圭に指でなぞらせる。芭留が上から手を握って、導きながら説明する。鉛筆で描かれた線は、触ると少し分かるらしい。図面が霞《かす》むように汚れていくが、それは仕方がない。

もう一度、今度は圭が一人で確認する。

「……ここが、カウンターでしょ」

「そう」

「で、ここに……テーブル、テーブル、テーブル」

「そう」

「こりゃなんだ、もう出口か」

「そう。その手前が」

「レジか」

「そういうこと」

ミドリも感心していた。

「圭ちゃんって、なんでも分かるのね」

「はい。いきなりだと分からないことが多いですけど、でも一回覚えちゃえば、あとはたいていのことができます。今は学校も一人で通ってます」

「すごい……」

圭も自慢げに頷いている。

さて、あとは具体的な作戦だ。

「この形だと……トイレ側から出るのは危険ですね。お客さんも含めると、六人はいるように見えるんです。六人全員を無傷のまま、男を捕り押さえるのは、かなり難しいと思うんです。だったら、このカウンターの、厨房側の開口部から出ていって、ある程度話をするなりして、男をこっちに誘《おび》き寄せる。で、隙を見て……そうか、そうすると、ふた手に分かれた方がいいか。圭が厨房側から出ていって、私が出入り口側から出て、私は男に姿を見られないようにしつつ、誰かに合図を送って、一斉《いっせい》に逃げられるチャンスを待つ……いや、それだと、何かあったときに、私は一瞬じゃ距離を詰められないから、むしろ私が、トイレ側から出るのがいいか」

一つ、確認しておきたいことがある。

「ミドリさん、お店の照明のスイッチって、どこにあるんですか」

ミドリが図面を指差した、まさにその瞬間だった。

「それは、ここ……」

モニター画面に大きな動きがあった。

男が大きく何かを振りかぶる。やはり、男は誰かを羽交い締めにしていたらしく、その誰かが男の陰から跳び出してくる。服装がコトネのそれと酷似している。

跳び出した、コトネと思《おぼ》しき人影が、ベンチソファに座っている誰かに覆いかぶさる。

その背中に、

「あっ……」

男が何かを振り下ろす。

その動きから芭留が想像したのは、ナイフ――。

19

琴音自身は見ていないので、実際にどんな傷なのかは分からない。ただ研ぎ澄まされた、鋭利な衝撃が肩甲骨の辺りに打ち込まれ、それが腰まで尾を引いていった。これまで味わったことのない激痛だったが、不思議と声は出なかった。いや、声も出なかった、といった方が正しいかもしれない。

「……お姉ちゃんッ」

叶音と正面から抱き合う恰好になり、しかしそこで意識が途切れた。実際、どれくらい気を失っていたのかは分からない。気づいたときには右脚を折ってベンチソファに腰掛け、叶音の両脚に上半身を伏せる恰好になっていた。

背中が、重くて熱い。火で炙《あぶ》った甲羅《こうら》を載せられているみたいだ。痛みは「ズキズキ」よりも、むしろ「ピリピリ」を極限まで増幅した感じ。傷口に埋め込まれた無数の線香花火が、絶え間なく火花を散らしている。痺《しび》れもある。全身が怠《だる》い。

目の前というか、真下というか、床に誰かが仰向けになっていた。向きが斜めなので誰だか分からなかったが、よく見たら静男だった。無表情で目を開いている。一瞬、死んでしまったのかと思ったが、瞬きはしていた。互いに目は合っているのに、反応はない。スタンガンでやられたのは見ていたが、今どういう状態なのかは、見た目からは分からない。

オーティス・レディングのレコードはもう、終わったのだろう。ドミナンには欠かせないＢＧＭが、今は何も聴こえてこない。

代わりに、誰かの話し声は聞こえる。

「……本当に好きだったんだ。心から、愛していた、彼女のことを。まさに『深窓の令嬢』という表現がぴったりの子でね。少し体が弱くて、療養でこっちにきていたんだが、屋敷から出ることはほとんどなかった。最初は、敷地の外から眺めているだけだった。天気のいい日は、よくテラスで本を読んでいてね。穢《けが》れを知らない、妖精のような子だったよ」

声はあの男に違いないのだが、一体、誰に向けて話しているのか。

「あるとき、彼女もこっちを意識していると分かったんだ。だから、こっちにおいでって、誘い出して。最初はゲートの鉄柵越しだったけど、そのうち、裏口から庭に入れてくれてね。気持ちを確かめ合うようになった……初心《うぶ》な子だった。キスも初めてだったんじゃないかな。震えていたよ、小さな花のように」

なんでこの男は、今、こんな話をしているのだろう。

それよりも、誰か、救急車――そうか、携帯電話は、全部壊されてしまったのか。

「やがて、彼女の部屋に招かれて、本当の愛を交わすようになった……分かるか。本当に愛する人と、本物の愛を交わすことの喜びと、その悲しみが。愛を得るということは、それをいつか失うという絶望を、同時に知るということだ。その絶望と共に生きるということだ。その愛が大きければ大きいほど、それを奪おうとする者、壊そうとする者への、憎しみも大きくなるということだ」

客の誰かが、頷いたのかもしれない。

「……ほう、お嬢ちゃん、あんたは分かるのか。嬉しいね……そう、愛の大きさは、強さは、それを失くしたときに、その絶望や憎悪の深さによって、より明確に意識させられるんだ……あんたらだって、松宮《まつみや》製薬って企業名は聞いたことがあるだろう」

知っている。コマーシャルでも流れている。

女の子の誰かが答えた。

「ジェネリック……」

「そう。製薬会社としての歴史は古いが、ジェネリック医薬品でこのところ、爆発的に収益を伸ばしている会社だ。そこの代表取締役である、松宮シゲフミ……彼女は松宮の一人娘だ。そんなに大事な一人娘だったら、自分の会社の薬で、ちょいちょいと治してやればいいのに。そうは思わないか。だが医者だの薬屋だのってのは、どういうわけか自分の家族には、自分のところで出している薬を使おうとしない……ま、それは今どうでもいいか」

背中の痺れが、どんどん重くなってくる。痛みが痛みではなくなっていく。それが何を意味するのか、分からないことが今は怖い。

男が溜め息をつく。

「……松宮は恐ろしい男でね。大企業の社長ってのは、みんなああなのかな。とにかく手段を選ばない。ライバル企業の開発者にハニートラップを仕掛けるなんてのは朝飯前。これと狙いを定めたら、政治家だろうが官僚だろうが必ず落とす。金で駄目なら女、スキャンダルで揺さぶって駄目なら暴力、覚醒剤を仕込んでおいて警察にリーク、まさになんでも御座《ござ》れだ。さすがに殺人を直接指示したというのは聞いたことがないが、奴の周りでは何人も自殺者が出ている。あのうちの何人かは、殺しだったのかもしれないな」

　今の、あれはなんだろう。

　ここから出入り口の方に目を向けると、テーブルや椅子の脚が何本も重なって見えるのだが、その隙間で、何かが動いたような。

　男は背を向けているので、そんなことには気づかない。

「まあ、そんな男の一人娘に手を出したのだから、無事では済まないだろうことは、最初から分かっていた。しばらくすると……どういう筋の人間なのかは分からないが、四人組の男に拉致《らち》されて、滅茶苦茶にやられたよ。髪もギザギザに切られてね。むろん、その場に松宮はいないし、連中だって、もう松宮の娘に近づくな、なんて野暮はいわないさ。でも、お前なら分かるだろ、みたいな言われ方はした。殺されたくなかったら娘から手を引け、ってことさ。その後、一度だけ彼女に会うことができたが、そのときも……松宮は周到に用意をしていたよ。たぶん、顔触れは違うんだろうけど、似たような輩《やから》が出てきてね、屋敷から摘み出された。その後はまた、滅茶苦茶にやられたよ」

　またダ。あれはなに、手？

　そんなことには関係なく、男の話はどんどん熱を帯びていく。

「でも、そんなことで諦めなんてつくはずがない。傷が癒《い》えた頃、また屋敷にいってみたんだ。真夜中に。ところが……さすが、金持ちの考えることは、平民と次元が違う、スケールが違うと思ったね。買ったら何億するのかも分からない屋敷を、松宮はあっさり手放しやがった。その夜にはもう、もぬけの殻だった。豆電球一個点いてやしない。もちろん調べたさ、彼女がどこに引越したのか。松宮の自宅、その他の別荘、東京にいる今の愛人宅までね。でも、駄目だった。彼女を発見することは、できなかった……」

　やっぱり手だ。誰かが、男に見つからないように、カウンターの向こうから合図を送っている。誰だろう。緑梨か、それともあの姉妹のどちらかか。でも、そんな低いところで手を振ったって、気づくのは琴音くらいしかいない。

「……お前、これって、どういうことだと思う？」

「えっ」

「松宮は、娘をどこに隠したと思う？」

「どこ、って……分かりません」

「分からないよな。そう、上手いことやりやがったんだよ。松宮はなんと、屋敷を手放したように見せ掛けておいて、実は売らずに管理し続けていたんだ。その、締め切った屋敷の中に、まさに娘を幽閉していたんだ。恐ろしい男だろう。誰にも、指一本触れられないように、娘を閉じ込めておく。可愛い可愛い一人娘だからな、松宮自身にも会いたい気持ちはあったんだろうが、それも我慢して、娘を隔離することに徹したんだ。ただ、隔離しておくだけじゃそのうち飢え死にしちまうからな。誰かが、何かしらの世話はしなきゃならない……そこで松宮は、とても世話役なんかには見えないような、ホームレスみたいな男を雇い、屋敷に通わせ、娘の世話をさせていたんだ。これを摑むまでには、けっこう時間も手間も掛かったぜ……」

　ふいに訪れた、沈黙。

　ひやっとした。まさか、何かの拍子に男が振り返って、後ろで手を振っている誰かに気づいたんじゃ、と思った。

でも、そうではなかった。

「お嬢ちゃん。こいつは、なんで今こんな話をしてるんだろうって、思ってんのか」

「……いえ」

「そう、顔に書いてあるぜ」

「いえ」

「教えてやるよ。そのよ、ホームレスみたいな男がある日、遂に屋敷から、彼女を連れ出してきたんだよ。それをようやく、確かめることができたんだ。真っ暗な……さすがに牢屋《ろうや》なんてことはなかっただろうが、それでも、締め切った屋敷の中に閉じ込められてたんだ。久し振りの外、久し振りの太陽。彼女は眩《まぶ》しくて目も開けられないようだった。ホームレスみたいな遣いの男に手を引かれて、あろうことか、軽のワンボックスカーだぜ、あのお嬢さまが。貧乏ったらしい、薄汚れたちっこい車に乗せられて、どこかに連れ去られた」

なんとなく、琴音にも話が見えてきた。

目も開けられず、誰かに手を引かれて、歩いていた女の子——。

「今度は、その軽自動車の持ち主を捜さなきゃならなくなった。何しろ、この田舎だからな。似たような車に乗ってる奴は掃いて捨てるほどいる。ここの車だって似たようなもんだろ。紛らわしいったらありゃしない……でも、なんとか見つけたんだ。同じ車の停まっている家を。そこにいる、ホームレスみたいな男を」

確か、あの姉妹の父親は、誰かに連れ去られたとかいっていた。

どういうことだ。

「でもまあ、松宮も普通の父親だよな。あんなホームレスみたいな男と、一人娘を二人きりになんてしておきたくないんだ……だから、そこはちゃんと、女の世話役も用意してあった。お嬢さまの身の回りの世話をする、下女ってことだ」

やっぱりそうだ。この男のいっているのは、あの姉妹、ハルとケイのことだ。

ということは、二人の父親を連れ去ったというのも、この男なのだろうか。

カウンターの手は、今は引っ込んでいる。諦めたのか。

女の子の誰かが訊く。

「その、お嬢さまと世話役の女の人の二人が、ここにきているはずだっていうのね、あなたは」

「そういうことだ」

「でも、お嬢さまを見つけて、あなたはどうしたいの？　こんな、何人も人を傷つけて、そこまでしてお嬢さまと再会したって、あなたが警察に捕まっちゃったら、また二人は離れ離れになっちゃうじゃない」

また、しばしの沈黙。

だが男は鼻で嗤《わら》い飛ばし、再び話し始めた。

「……そんなことはお嬢ちゃん、あんたが心配しなくたっていいんだよ」

「心配してるわけじゃないです。ただ疑問なだけです」

「単純な興味ってことか」

「そう……とも、いうかな」

なんだろう。変なふうに空気が和んでいる。

こっちは背中を切りつけられてるのに、とは思ったが、男がずっとピリピリしたままよりは、状況としてはいいのかもしれない。とはいえ、救急車を呼んでくれるほどいい雰囲気でもない。

今度の沈黙は長い。なんとなく、さっきから喋っている女の子と、男がじっと視線を交わしている図を想像してしまう。床に仰向けになった静男も、男の方を見上げている。静男には何が見えているのだろうか。

次に聞こえたのは、さっきから男の相手をしている、女の子の声だった。

「あなた……本当は、女性なんでしょ」

本当は女性——って、誰が？

20

なぜ希莉はそんな訊き方をしたのか。せっかく男が落ち着いていたのに、これじゃ台無しじゃないかと、奈緒は思った。

それまでの希莉は、とても冷静に、かつ勇敢に、事態に対処していた。

女性店員が背中を切られた。これを見た希莉は、すぐに自分のカバンからタオルを取り出した。一度は男に「動くな」と怒鳴られたが、希莉は「この人が死んだら、あなただってタダじゃ済まないでしょ」と言い返し、タオルを女性店員の妹に「強く押さえてあげて」と手渡した。妹は言われた通り、膝に乗っている姉の背中をタオルで押さえた。奈緒も、あとから自分のタオルを出して渡した。奈緒のときは、男は何もいわなかった。

希莉は、その後も男との会話を続けた。それによって、男の目的が徐々に明らかになってきた。とある少女との恋、引き裂いた父親への恨み、少女の幽閉、彼女を連れ出した男、世話役の女——。

流れは、確実にいい方に向かっていた。

それなのに、

「あなた……本当は、女性なんでしょ」

まるで意味が分からなかった。奈緒には、希莉がナイフを持った男に向かって言ったように聞こえたが、違うのか、自分が何か勘違いをしてるのか、と思ったくらいだ。

でも、それも違った。希莉は間違いなく、ナイフの男に向かって「女性なんでしょ」と言ったのだった。

男は黙っている。

希莉も、黙っている。

かといって、男が希莉にナイフを向けたかというと、そういうことはない。もっと何か、変に力が抜けてしまったような、そんな様子に見えた。

やがて、男が口を開いた。

「……よく、分かったな」

希莉も、ほっと息を吐く。

「やっぱり」

「どこで分かった」

「はい？」

「どこを見て、わたしが女だと見抜いた」

希莉が右手の人差し指で、自分のおでこの辺りに円を描く。

「……この辺」

「それが、なんだっていうんだ」

「男の人と女の人とでは、頭蓋骨の形が、特に額から眉までの丸みが違うんです。男の人はゴツゴツと角張っていて、女の人は丸みを帯びている……もちろん個人差はありますけど。でも一般的には、そういう傾向があります」

男が小首を傾げる。

「でも、個人差の範疇《はんちゅう》かもしれないだろう」

「はい、だから訊いたんじゃないですか。本当は女性なんでしょ、って。そうしたらあなたが、よく分かったな、っていうから」

そんな、引っ掛かったあんたが馬鹿なんだ、みたいな言い方をして、男が逆上してナイフを振るってきたらどうするつもりだ。

さらに希莉は質問を重ねる。

「なぜ女性なのに、男装なんかしてるんですか」

「……お前、失礼な奴だな」

「いつから男になったんですか」

「なぜそんなことを訊く」

「興味があるからです。あなたに」

どうなんだろう、これは。ひょっとして希莉は、何か考えがあって時間稼ぎをしているのだろうか。だとしたら、それはかなり成功している。

男は完全に、希莉との会話に乗ってきている。

「いつから、か……それは、彼女がいなくなって、彼女を捜し始めてからだ」

「ということは、そのお嬢さまと付き合っていた頃は、あなたも女性だった」

「そうだよ」

「女性として、女性と付き合っていた」

男が——もはや男ではないのかもしれないが、眉をチクリと動かす。

「それが何か問題か？　女は男と付き合うべきだって？　お嬢ちゃん、あんた案外、古臭い考え方をするんだね」

「問題があるなんていってません。ただ確認しただけです。女性として女性と付き合っていたんですか、って」

またそんな、挑発的な言い方を——。

男も、さも不愉快そうに眉をひそめる。

「そうだよ、普通に女だった。彼女もね。女として、女であるわたしと愛し合った」

「それなのに、なぜ今は男の恰好をしているんですか」

フッ、と男が唇を捻じ曲げる。

「決まってるだろ……女の恰好のまま彼女を捜してたら、またいつ松宮の手下に拉致されるか分からない。だから、姿を変えた……ところがこれが、最初は上手くいかなくてね。どうせやるなら徹底的にやろうと思った。ホルモン注射も打って、するとそのうち、声が変わってきて、胸も小さくなってきた。ここまでくると、注射をやめるだけで本当に女に戻れるのか、自分でも疑問だよ」

希莉が小さく、しかし繰り返し頷く。

「じゃあ、最初に男たちに襲われたときは、つらかったでしょうね」

男の表情から、それまではあった、余裕のようなものが消え失《う》せる。

「……お前、嫌なことというね」

「だって、そういうことになると思ったから」

「思ったからって、なんでもかんでも口に出していいわけじゃないんだよ」

「……すみません」

スタンガンで攻撃したり、刃物で人を切りつけるのはどうなんだ、とは思ったが、そんなこと、奈緒にいえるわけがない。

男の目の奥に、何かドロドロとしたものが溜まっていくのが、見ていて分かった。

「お前の想像通りだよ。いったろう、松宮って男は手段を選ばない。それが、男を三人も四人も使って、女を襲わせたんだ……そりゃ、地獄さ。たぶん、普通の女の精神じゃ耐えられないだろうな。自殺、したくなるんじゃないか、普通は、あんな目に遭ったら。思い出すたびに、わたしだって首を吊りたくなる」

「それも、男になろうとした理由の一つですか」

男の顎に、グッと力が入る。

「……それも、あったかもね」

「あと、今、普通の女だったら耐えられないって、いいましたよね」

希莉を睨んだだけで、男はすぐには答えない。

「それって……あなたはそもそも普通の女性ではなかった、ってことですよね」

「何がいいたい」

「別に、何をいいたいとか、そういうんじゃないです。ただ、あなたの話を聞いてると、いろいろ気になってくるんですよ。たとえば、彼女を捜し回った場所とか」

「は？」

「松宮社長の自宅、その他の別荘、東京にいる今の愛人宅……たまたま療養にきてたお嬢さまと恋に落ちたにしては、松宮社長について詳し過ぎませんか、あなた」

男の鼻筋に、敵を威嚇《いかく》する野犬のような皺が寄る。でもそれが、不思議と奈緒にすら怖くは見えない。むしろ男は追い詰められている。希莉の言葉で、男はどんどん逃げ場を失っていっている。そう感じる。

「……調べたんだよ、いろいろ」

「すごい情報収集能力ですね。松宮社長の、愛人宅まで」

「尾行したからな」

「しかもあなたは、東京にいる、今の愛人宅、っていいましたよね。東京以外に愛人がいることも、それより前にいた愛人のことも、知っているように聞こえました。違いますか」

男が荒く鼻息を吹く。

「それが……なんだっていうんだ」

「あなた、今は男みたいな恰好してますけど、髪を長くして、ちゃんとお化粧もして、服装だってお洒落にしたら、たぶん、すごく素敵な女性になるんだろうなって、思います。背も高いし……前はきっと、華やかで、モデルさんみたいな感じだったんじゃないかなって、想像しちゃうんですけど」

希莉が何をいおうとしているのか、奈緒には分からない。

でも男には、分かっているようだった。

しかもそれは、たぶん合っている。

希莉が、男を真っ直ぐに見る。

「……昔の、松宮社長の愛人って、あなた自身なんじゃないですか」

そう、なのか——。

希莉が続ける。

「それだったら、松宮社長の自宅や別荘を知っていたことにも、東京の愛人に、わざわざ『今の』と付け加えたことにも納得がいきます。さらに……お嬢さんに近づいた別の理由も、見えてくる」

男の中で、何かが「落ちた」のが分かった。

希莉は、勝ったんじゃないだろうか。

この男に、勝ったんじゃないだろうか。

「……なんだ、別の理由って」

「松宮社長への、復讐です」

「馬鹿な」

「そうでしょうか。自分のかつての愛人が、自分の娘と関係を持つ。仮に息子とだったとしても、そこそこ気持ちの悪い話ですけど、それが目に入れても痛くないほど可愛い一人娘と、ですからね。松宮社長にとってそれは、とんでもない屈辱であり、凌辱《りょうじょく》であり、破壊であり、喪失だったんじゃないでしょうか」

男が、力の入らない笑みを浮かべる。

「……へえ。すごいね、名探偵さん。あんたもしかして、推理小説か何かの愛読者なの?」

「まあ、そんなところです」

男は希莉から、少しだけ目を逸《そ》らした。

「確かにわたしは、松宮の愛人だった……というよりは、飼われていたといった方が、ニュアンスとしては近いかもしれない。わたしが誰かに近づき、関係を持ち、そのネタを松宮が握り、裏交渉の材料にする。この方法でだいぶ、ライバル企業の重要人物を取り込んだり、政治家を抱き込んだり、上手いことやってきたんだよ、松宮は。でも、カナシマケイトクだけは違った……」

カナシマ、ケイトク。聞いたことがある。というか知っている。この県から出ている国会議員、確か衆議院議員だ。漢字では「金島啓徳」と書くのではなかったか。何を隠そう、奈緒はその金島啓徳と握手をしたことがある。別に支持しているとかそういうことではない。ただ家の前に選挙カーが停まって、ぼーっと立っていたら金島啓徳本人が降りてきて、はいはいどうもどうも、みたいに手を握られてしまった、というだけのことだ。

男が続ける。

「金島は、わたしを一度も抱かなかった。そればかりか、わたしが何者なのかを見抜いてもいた。抱かない代わりに、だいぶ説教をされた。こんなことをしていちゃいけない、真人間になりなさい、ってね……さらに金島は、松宮の会社が国有地を購入するにあたって、相当な便宜を図ると言い出した。それを交換条件に、わたしを手放すよう松宮と交渉するとまでいってくれた……やめてっていったよ。だってそんなの、惨《みじ》め過ぎるだろう。松宮から解放されて、じゃあ今度は金島に飼われてみるか。そもそもこんな、裏社会の泥水をすすって生きてきた女が、真人間になんて……吉原《よしわら》の、遊女の身請けじゃあるまいし。そんなことをしたって、金島の立場が悪くなるだけさ」

急に話のスケールが大きくなり、奈緒の頭ではついていけなくなってきた。

それでも男は続ける。

「それだったら、もっといい方法がある。わたしが直接、松宮に復讐する、効率的な方法がある。松宮シゲフミという怪物を葬るために、わたしはあの屋敷に向かった……そして彼女と出会い、まんまと関係を持った」

復讐、効率、葬る――。

「でも、それ自体が過ちだった……いや、彼女と出会ったことがじゃない。彼女を、本気で愛してしまったことが、わたしにとっての最大の誤算だった。復讐が、復讐ではなくなってしまった……わたし自身、信じられなかった。触れたことのない清らかさだった。無垢だった。あんな男の娘だというのに……本当に、どんどん溺れていった。くる日もくる日も、彼女を思って過ごした。こんなにも自分が、誰かを愛したりするなんて思ってもみなかった……分かってはもらえないかもしれないが、わたしは本当に、彼女を愛していたんだ。彼女だって、わたしを愛してくれていた。松宮への復讐なんて、もうどうでも……」

異変を感じ取ったのだろう。男は途中で言葉を呑み込み、後ろを振り返った。

その三秒くらい前から、奈緒も気づいていた。

カウンターの中に誰かいる。黒髪の頭が、腰の高さくらいのドアの上に出ている。それが、徐々に立ち上がってくる。長さはミディアム・ショートくらいあった。水色のTシャツを着ている。奈緒と、そんなに歳の変わらなそうな女の子だ。

腰高のドアを開け、彼女がこっちに出てくる。なぜだろう。ずっと目を閉じている。

男も、相当驚いているようだった。

「なんだ、お前……」

彼女は目を閉じたまま、口元に、なんとも皮肉っぽい笑みを浮かべた。

「……なんだじゃないでしょ。いい加減にしてよ」

さらに、こっちに近づいてくる。

「さっきから聞いてれば、ホームレスだの下女だの、ずいぶん好き勝手いってくれるよね。とんだ勘違い野郎だよ、あんたは」

そこまでいわれたら、男も黙ってはいない。

「なんなんだって訊いてんだよ」

「それはこっちの台詞《せりふ》だよ。私に見覚えはないのかよ、勘違い野郎……あ、野郎じゃないのか。結局、どっちなんだっけ？　あんた自身は、どっちだと思ってんだっけ」

「フザケんな」

「それもこっちの台詞だよ。フザケんのもいい加減にしろよ。あんたがホームレス、ホームレスいってたのは、私の父親だよ。あのボロ屋に住んでる、あんたが拷問してた男は、私の父親なんだよ。悪かったね、ホームレスみたいで」

「それが、どうした……」

男の、ナイフを握る手に力がこもる。

「まだ分かんないか。あの屋敷から連れ出されてきたのは、あんたが恋しがってるお嬢さまなんかじゃない……私だよ。閉じ込められてて長いこと太陽を見てなかったから、だから眩しくて庭を歩けなかったって？　よくそんな、デタラメ思いつくよね。私は眩しくて歩けないんじゃない、目が見えないんだよ。だから父親に手を引いてもらって、車までいったの。それから、あのボロ屋に一緒にいたのは下女なんかじゃない。あれは私のお姉ちゃん。私の目になるって、いつも私のことを一番に考えてくれるお姉ちゃんなの。あんたみたいな勘違い野郎に、下女呼ばわりされる覚えなんてないんだよ」

駄目だ、台無しだ。せっかく希莉がいろいろ聞き出して、男は大人しくなってたのに、そんな言い方をしたら、また最初みたいになってしまう。

案の定、男は彼女にナイフを向けた。反対の手にはスタンガンもある。

「違う、デタラメをいってるのはお前だ」

「あんたの恋しいお嬢さまなんて、もうどこにもいやしないんだよ」

「違う、彼女は、彼女は今も、あの屋敷に……」

「あんた、ちょっと頭おかしくなってんじゃないの？　あそこにはもう、ほんとに誰もいないよ。それとも、彼女はまだあそこにいるって、無理やりそう思い込もうとしてるの？　今も彼女は、あそこで自分を待ってくれてるとか……ひょっとして、その逆だったりして。あんたは何かの拍子に、彼女を殺しちゃったとか」

「フザケんな」

「でもそれを自分で認められないから、認めたくないから」

「違う、そんなんじゃない」

「だから彼女を捜し続けている。捜し続ける自分に酔ってる」

「やめろっていってんだろ」

「本当は分かってるんでしょ？　私とそのお嬢さまは、ちっとも似てなんていないんじゃないの？」

「やめろッ」

男が動いた、その瞬間だった。

誰かが怒声をあげ、視界が、闇に閉ざされた。

21

芭留はずっと合図を送り続けていた。出入り口の手前で、片目と手だけをカウンターの端から出して、小さく手を振り続けていた。

誰か一人でも気づいて、コミュニケーションがとれたらいい。それが徐々に広がって、最終的に全員をこっちに誘導できればベストだ。だが男がその誰かの視線に気づいて、結果、芭留が見つかって新たに標的にされるのなら、それはそれでいいと思っていた。

男が芭留の間合いに入ったら、右脚だけで跳んで胴タックルを仕掛ける。そのまま押し倒して、椅子でもテーブルでも床でもいい、男の後頭部をどこかに叩きつけて、即座に武器を奪う。男も反射的に受け身をとろうとするだろうから、おそらく片一方の武器は手放す。芭留が実際に取り上げるのはナイフかスタンガンか、残りの一方だけでいいはず。

芭留と男が戦闘状態に入ったら、カウンターの反対側に待機している圭が司令塔になり、全員をスタッフルームに誘導する。あとはそこで待っているミドリにバトンタッチし、全員を裏口から逃がしてもらう。そういう算段だった。

しかし、上手くいかなかった。

誰も芭留の合図に気づいてくれない。ひょっとすると、ベンチソファに伏せているコトネは気づいてくれたのかもしれないが、彼女自身がそれを誰かに伝えられる状態にない。男性二人はスタンガンで無力化されたのか、身じろぎもせず床に倒れている。妹のカノンと、女子高生くらいの女の子三人は男の話に聞き入っている。

いや、むしろ女の子の一人が、積極的に男と会話を交わしている。男から、いろいろと事情を聞き出している。

この状況を、いかにして全員の脱出に結びつけたらいいのか。

動いたのは、圭だった。カウンターから出て、自ら姿を晒《さら》す。打ち合わせにはない、独断専行だった。

むろん、男はすぐに気づく。

「なんだ、お前」

「なんだじゃないでしょ。いい加減にしてよ」

でも、芭留には分かった。圭は圭なりに、勝算があってこの行動に出ている。わざと挑発的な発言をすることで、男を自分に誘き寄せようとしている。

芭留は迷った。再び合図を送って、六人をこっちの出入り口に誘導することは可能か。いや、コトネと男が二人、計三人も動けない人がいる。裏口を使う脱出ルートなら、途中にドアが三ヶ所ある。どこかで男を足止めすることも可能だが、店の出入り口を使うとなるとそうはいかない。男が圭からこっちに向かってきたら、動けない三人を無事外に連れ出すことは難しい。

するともう、方法は一つしかない。

圭も、そう考えているようだった。

「あんた、ちょっと頭おかしくなってんじゃないの？　あそこにはもう、ほんとに誰もいないよ。それとも、彼女はまだあそこにいるって、無理やりそう思い込もうとしてるの？」

　圭の挑発に、男はまんまと乗りつつあった。

「やめろっていってんだろ」

「本当は分かってるんでしょ？　私とそのお嬢さまは、ちっとも似てなんていないいんじゃないの？」

「やめろッ」

　男が動いた。

　今しかない――。

　芭留は叫んだ。

「……消せエーッ」

　打ち合わせ通り、スタッフルームに控えているミドリが、店内の照明をいっぺんに消す。すぐに厨房の明かりも消え、店内は完全なる暗闇に没した。

　闇は、圭に味方する――。

　誰かが叫んだ。とんでもない大声で。

　男は、スタンガンを懐中電灯代わりに使うことを思いついたようだった。

　連続する炸裂音、小さな稲光、目を刺すような点滅。

　途切れ途切れに浮かび上がる、圭の動き。ストップモーション。

　圭が一気に距離を詰める。

　男がナイフを突き出す。

だが、そこに圭はいない。男には、圭が消えたように見えたのではないか。

浴びせ蹴り——。

前に出ながら、空中で前回り受け身をする要領で、足を高く前に振り出す。上手くすれば、踵で相手の顔面を破壊することもできる。

「……ゴフッ」

まさに今、圭が繰り出した一撃のように。

男がもんどり打って倒れる。スタンガンの点滅が止まる。

芭留は、最後に圭を見た辺りに駆け寄った。

「圭ッ」

「オッケー、とった」

「ミドリさん点けてッ」

最初に点いたのは厨房の照明だった。店内もすぐに明るくなる。

状況はこうなっていた。

男はうつ伏せの状態で、床に倒されている。その背中に圭が、完璧な形で覆いかぶさっている。男の腰を両膝ではさみ、両足首を男の腹の下、股間に差し入れ、完全に男の下半身の動きを封じている。

その状態で、男の右腕と右肩、首をいっぺんに極めている。

片羽絞《かたはじ》め——柔道でいうところの裸絞めと、羽交い締めを合体させたような技だ。

男は首を絞められているうえに、右腕を完全に伸ばされている。その手の先、十センチほどの床にナイフが落ちている。

芭留はまずそれと、近くのテーブル下に転がっていたスタンガンを拾って回った。

見れば、その周辺にはプラスチック片やひん曲がった基板、金属板のようなものが散乱している。携帯電話か。男に、全部破壊されてしまったのか。

ちょうどそこにミドリが入ってきた。

「ミドリさん、携帯、車の中の」

「あ、そうだっ」

圭はまだ技を解いていない。しかし男は、さっきからピクリとも動かない。

「……圭、落ちてんの？」

格闘技でいう「落ちる」「落とす」は「失神する」「失神させる」の意味だ。

「分かんない。でも、たぶん落ちてると思う」

「あんまやり過ぎると死んじゃうよ」

「大丈夫、少し弛めたから」

「それでも動かないの？」

「全然動かない」

「下手に落とすと、オシッコ漏らすらしいよ」

見たところ、今はまだ大丈夫そうだが。


けっこうな大事になった。

ミドリが警察に通報すると、数分でパトカーが四台くらい、覆面パトカーも同じくらい到着した。

それから救急車、赤い消防車みたいな車両もきていた。

男は、完全に失神していたようだ。

圭が技を解き、蘇生させたのは芭留だが、警察がきた時点ではまだ意識が朦朧《もうろう》としているようだった。男はそのままパトカーに乗せられ、警察署に連行されていった。

芭留たちはしばらく、店内で事情を訊かれた。

質問をしてきた刑事は、緑色のポロシャツにグレーのジャケットという、かなり癖の強いファッションセンスの持ち主だった。

芭留は一刻も早く孝蔵のことを話したかったのだけど、「ウチの父が」と切り出しただけで、刑事には「順番に聞きますから」と遮られてしまった。

「ええと、犯人を捕まえたのはあなたということで、間違いないですか」

目を閉じたままの圭が頷く。

「はい」

「目が不自由というのは、本当？」

「はい、全然見えません。七年前から」

「それで、どうやって犯人を捕り押さえたの」

「浴びせ蹴りと、片羽絞めです」

警察官なら格闘用語くらい分かりそうなものだが、どうもピンとはきてなさそうだった。

仕方ないので、芭留が解説する。

「こう、跳び込み前転みたいにして、足を前に投げ出して、相手の頭とか顔を蹴る技です。奇襲攻撃の一種です」

刑事が「はあ」と弛めに頷く。

「それを、犯人の男に使ったと」

もう一度、圭が「はい」と頷く。

「でも……目は、見えないんだよね？」

「はい。見えません」

「よく当たったね。しかもそんな、曲芸みたいな技が」

確かに、そこは芭留も疑問だった。いくら明かりが消えていたとはいえ、それで圭が格段に有利になったかというと、そんなことはない。あくまでも、双方共に「見えない」という平等な立場になっただけのことだ。

それでも圭は「はい」と元気に答える。

「なんか、向こう側の女の子が、すっごい大声で叫んだんですよ」

刑事には、ただ「向こう側」といっても分からないと思う。

芭留が付け加えておく。

「あの辺です。お客さんとお店の人、全員があの、奥の席に集められていました」

刑事が圭に向き直る。

「その中の、女の子の誰かが、大声で叫んだの」

「はい」

「叫んで……それが、なに？」

圭が小さく頷く。

「それで分かったんです。犯人の姿が」

「あなた、目、見えないんじゃないの?」

圭が「ん」と口を尖らせる。

「だから、大声がして、それが、犯人の真後ろからだったんで……なんていったらいいのかな。つまり、そこにいる犯人の、体の部分からは、音が聞こえないわけですよ。陰になるっていうか、壁になるっていうか……だから、アレですよ。真っ暗なところで、後ろから懐中電灯で照らしたら、その形が浮かび上がるじゃないですか。そういう見え方って、あるじゃないですか。それと一緒です。大声が犯人の姿を照らしてくれて、音のしない、無音の影みたいなのが浮かび上がって、それで……まあ、見えるみたいに、分かったと、いうことなんですけど」

刑事は当然驚いていたが、これには芭留も相当驚かされた。

音で障害物を感知するって、それではまるで、コウモリと一緒ではないか。

でも、あり得ない話ではない。圭は、水中では似たようなことをよくやっている。誰ともぶつからず、市民プールで何往復も泳いでいる。要はあれを、水中ではなく陸上でやってのけたわけだ。

刑事の質問は、まだ終わらない。

「なるほど。それは、それとして……ナントカ蹴りで犯人を倒して、そのあとは」

「あとは、もう相手の体に触れてるんで、手探りで捕まえました。足首を摑んだら、相手がうつ伏せになろうとしてるのが分かったんで、そのまま背中に乗って、後ろからカニばさみにして。いわゆる、バックマウントですよね。そこから、たぶん後頭部に、二、三発肘を落としたと思います。そしたらなんか、ぐったりしたんで、左手を顎の下にくぐらせて、右手を右脇の下からこじ入れて、相手の顔の横でグリップして、絞める……こう、背中を縮めるようにして、全身の力で、相手の首を絞めました」

芭留は、段々心配になってきた。

確か、正当防衛もやり過ぎると罪になるのではなかったか。過剰防衛とかなんとか。まあ、犯人は意識を取り戻していたし、何しろナイフとスタンガンを持っていたので、これくらいの反撃は許される範囲だとは思うが。

刑事が首を傾げる。

「あの……そもそも、君はなんで、そんなに強いの」

圭がニヤリとしてみせる。

「鍛えているからです。日々」

「何かの選手なの?」

「選手ではないですけど、父親が、格闘家なんで。八辻孝蔵という」

ようやく順番が回ってきたようだ。

芭留は「あの」と割り込もうとしたのだが、しかし、刑事の顔色が変わる方が一瞬だけ早かった。

「……八辻、孝蔵?」

「はい、あの、実は」

「その人いま、どこにいる?」

「それがですね……」

圭が「お姉ちゃん助けて」という顔でこっちを向く。

分かっている。

「あの、父は、今朝から行方不明になっているんです。なので、早く父を捜してくださいと、さっきからお願いしようと……」

刑事が「うん」と頷く。

「たぶん、その人だよ。四時間くらい前かな。キャンプ場近くの山道で、雑木林に突っ込んで横転してる車があるって、通報があってね。署員が駆けつけてみたら、運転手は血だらけで意識がなかったらしい。しかし、車両の破損はそこまでひどくない。妙だなと思って、救急隊員に診てもらったら、体に複数の刺し傷、切り傷があるっていうんだ。そうなったら、単なる事故じゃなくて、事件の可能性があるからね。治療が済んだら、私が事情を聞こうと思って待機してたんだけど、でもこっちで、また事件が起こっちゃったから、それで急遽、こっちの応援にきたってことなんだけど」

本当か――。

「あの、その人はウチの父で、八辻孝蔵で、間違いないですか」

「おそらく、間違いないと思うよ。免許証は持ってなかったようだけど、車両番号から持ち主を割り出して、免許証のデータと照合して、これは車両の持ち主の、八辻孝蔵さんだろうと、係員が確認したんだから……うん、間違いないですよ」

圭が、ほっと肩の力を抜く。

芭留なんて、もう腰から崩れ落ちそうだ。でも、今ここでへたり込むわけにはいかない。

「父は、どういう状態なんですか」

「とりあえず、一命は取り留めたということだったよ。意識が戻ったかどうかは、私には分からないけど。その前に、呼び出されてここにきちゃってるんだから」

そうか。でも、とにかくよかった。

椅子に座っている圭に手を出すと、スッとそれを握ってくる。固く握り合い、安堵の気持ちを交わす。

それを見ていた刑事が、また訊いてきた。

「……ねえ、君、本当に目、見えないの？」

本当に見えません。見えませんけど、圭は強いんです。なんでも分かるんです。

妹は、目は見えないけど、最強なんです。

22

琴音の記憶は、事件の途中から途切れ途切れになっている。

店の外が、ぐるぐる回る赤いランプに照らされているのは、ちらっと見た気がする。でもサイレンの音を聞いた覚えはない。ストレッチャーというのだろうか、台車みたいになっている担架で救急車に乗せられたのはぼんやり覚えているが、その車中の記憶はない。誰かが手を握って、名前を呼び続けてくれていた気はするが、それが誰だったのかは分からない。でも、名前で呼んでいたのだから、緑梨だと思う。

次に目が覚めたら、もう病室だった。

明るい窓辺。右腕には点滴の針が入っていて、右側を下にして、横向きに寝かされている。体は動かない。動かせない。何かで固定されているようだった。

誰かが目の前にいる。でも逆光で顔は見えない。

「……お姉ちゃん?」

叶音か。掌があたたかい。これは、叶音の手か。

「お姉ちゃん、分かる? 気がついた?」

頷こうとするけれど、それも上手くできない。首が痛い。右肩も痛い。背中も——そうか。自分は背中をナイフで切られて、それで入院したのか。

　叶音の影が視界から消える。

「よかった……」

　代わりに、掌に感じていた感触が重みを増す。琴音の手、叶音の手、そこに叶音の頭が乗っかったようだ。

「……私……どうなったの……」

　叶音が顔を上げる。今度は、少し表情が見える。

　泣き顔をしている。

「ここ、病院だよ」

「それは……分かる」

「運ばれて、手術して、背中、縫ったよ」

「……何針くらい」

「分かんない。でも、たぶんいっぱい……先生がね、最初は出血量が多かったんでしょうけど、応急処置の止血がよかったんですねって、いってた」

　あの、奥のベンチソファに突っ伏していた状況を思い出す。

「叶音が、止血、してくれたの……?」

「違う。お客さんの女の子が、これで強く押さえてって、タオルを渡してくれたの。もう一人の子も貸してくれた。それを先生に話したら、ちゃんと圧迫止血を分かってる人がいてくれて、よかったですねって」

客の、女子高生の誰かだろう。

「そっか……じゃあ、お客さんの、その人と……叶音が、私の……命の、恩人だ……」

叶音が「違うよ」と激しく首を振る。

「命の恩人はお姉ちゃんだよ。お姉ちゃんが、私を……ごめん、お姉ちゃん、私、お姉ちゃんにひどいこと、いっぱい言ったのに、嫌味な態度、ずっととってたのに、お姉ちゃん、私が刺されそうになったら、私を、命懸けで、守ってくれた……ごめん、お姉ちゃん、ごめんなさい……私、お姉ちゃんが助からなかったらどうしようって、ずっと、ずっと思ってて……」

助からなかったら、か。

叶音の号泣と、謝罪も一段落し、琴音の意識も、だいぶはっきりとしてきた。体は、少し向きを変えようとするだけで背中が引き攣り、激痛が走るので動かせないけれど、首だけは、頷く程度には動かせるようになった。

何センチか、叶音の方を向くこともできる。

「……お父さんは？」

「大丈夫。胸にスタンガン当てられて、かなりヤバい状態だったみたいだけど、病院に着いたときには、もう喋れるくらいにはなってた。床に倒れたときに、膝を打ったみたいで、一応その検査をするって、今、いってる。お母さんも」

「そう……」

静男も無事だったのか。よかった。

「お客さんは、どうだった」

「みんな大丈夫。スタンガンでやられた男のお客さんも、軽傷で済んだみたい。最後はね、あの目の見えない子が、犯人を捕り押さえてくれたんだよ。なんか、凄かった。お店の電気が消えて、次に点いたときにはもう、馬乗りになって首絞めてた。あの人も、命の恩人。みんなの」

ケイといったか、あの子は。

叶音は、ずっと琴音の右手をさすっている。

「お姉ちゃんは、私だけじゃない、お父さんも守ろうとしたんだよね……ねえ、どうしてあんなことできたの？　私、お姉ちゃんがあんなことできる人だなんて、知らなかった。あんな、勇気のある人だなんて思わなかった」

小さくなら、首を横に振ることもできる。横向きなので、正確にいったら縦ではあるが。

「そんな、とっさのことだから……分かんないよ」

「でも、ひょっとしたら死んじゃったかもしれないんだよ。たまたま、ブラジャーの背中のところにナイフが引っ掛かって、それで一回傷が浅くなったのがよかったんだろうって、先生もいってた。それがなかったら、もっと傷が深くなる可能性もあったって」

多少は自分にも、運があったということか。

「そうなんだ……」

でも確かに、静男も守ろうとした、というのはあった気がする。

そういう人生、なのだろう——。

少し、そういうことを叶音に話したくなった。

「叶音……これね、別に、嫌味でいうんじゃないから、聞いてくれる？　私の話」

静かに、叶音が頷く。

「叶音にね、音楽のこと、いわれたでしょ。それでね、少し考えてたの。私には、叶音みたいに純粋に、音楽を追求することはできないのかも、そういうタイプじゃないのかも、って」

「お姉ちゃん、だから」

「うん……ね、言い返したいわけじゃないの、そういうんじゃないから、聞いて……私はね、叶音みたいに、自分の音楽はこうだ、こうしたいんだ、みたいなのはなかった、正直。それは、叶音の見抜いた通り。私は、先生に教えられたことを一所懸命やって、音大入って、卒業して、何かそういう仕事に就かなきゃって、そればっかり考えてた。それはそれで、間違いだったとは思わないけど、今も。でも叶音から見たら、歯痒《はがゆ》かったと思う。それは分かるんだ……音楽家の端くれとして、それは、分かる」

「違うの、お姉ちゃん、私……」

叶音の手を、握り返してみる。

「んーん、違わない。そういうことなんだって、気づかされた。叶音にいわれて。それはそれでね、よかったと思うの、私は。気づくことができて。私は、自分で音楽を、とか、お店を持ちたいとか、そういうのは、ないの。ただ、周りの人がね……今は家族ってことになるけど、上手くいくようにサポートしたり、そういうことの方が向いてるのかなって、思う。そういうことに喜びを感じる人間なのかなって、今は、いい意味で思えるの。そういう自分を、自分で認めてあげても、いいのかなって。だから、事件のことも、たぶん同じ。命懸けとか、勇気とか、そういうんじゃないのかも。二人が助かるなら、私、死んでもよかったのかもしれない。そりゃ、死んだあとのことは分からないけど、そうなっても、後悔はしなかったかも……少なくとも、化けて出たりはしなかったと思う」

叶音が、また泣き始めてしまった。

「そんなこといわないでよ……死ぬなんて、考えないでよ」

できることなら、手を伸ばして叶音の涙を拭いてあげたいけれど、今は届きそうにない。

「ああ、こういった方がいいかな……叶音のさ、音楽で頑張るっていうのは、生き方だと思うんだ。それと比べると、いま私がいったのは、死に方みたいに聞こえちゃうかもしれないけど、でもね……ああいう事件に巻き込まれてみて、結果、幸いにして、家族もお客さんも助かって、犯人も逮捕されて……そりゃ、死ないに越したことはないけど、でも、全員が犯人に殺されるより、殺されたのは私だけ、っていう方がまだマシ、って考え方もあるわけじゃない」

叶音には、納得がいかないかもしれないが。

「お姉ちゃん……」

「それってね、生き方と死に方って考えたら、まるで逆のことのように聞こえちゃうけど、でもさ……命の使い方、って言い方をしたら、同じことなんじゃないかな。どう生きるかと、どう死ぬかって、自分の命をどう使うか、って意味では、たぶん同じことなんだよ」

琴音の手を握る、叶音の手に力がこもる。

「叶音……ちょっと痛い」

「あ、ごめん」

叶音はとっさに放そうとしたけれど、それはさせなかった。

琴音から左手を出し、両手で叶音の手を包んだ。

「……叶音。私は、もう少し時間をかけて、自分の人生を探してみようと思う。命の使い方を、考えてみようと思う。叶音の応援もする。サポートが必要なら、私は一所懸命する。だから叶音は、迷わずに進みな。叶音が何かに迷うようだったら、そのときは、今度は私が教えてあげるから。音が苦しい『オンガク』になってるよって、あなたの肩を叩くから」

頷いて、涙をこぼす叶音が、とても愛おしく思えた。

こんなに妹を可愛いと思ったのは、いつ以来だろう。

またそう思えるようになったことが、今は、とても嬉しい。

23

事件から三日が経った。

警察にはまた連絡するといわれていたが、少なくとも昨日と今日、奈緒のところには連絡がなかった。電話で訊いてみると、希莉のところにもないという。

なので、誘ってみることにした。

「ねえ、じゃあ今日さ、あのお姉さんのところに、お見舞いにいかない？」

『圭さんのお姉さん？』

「じゃなくて、背中切られちゃった方の」

『ああ、琴音さんね』

そういう名前だというのは、奈緒も警察で聞いていた。

「うん、いってみようよ」

『いいけど、病院、どこか知ってるの？』

「県立病院でしょ。県庁前駅のすぐ近くにある」

『そっか。それなら、そんな遠くもないし……あ、じゃあ紗子も誘う？』

それは、若干問題がある。

「紗子ね……一応、昨日も今日も電話はしてみたんだけど、すんごい凹みようでさ。なんか、怖かったよ、怖かったよって、ずーっと言ってんの。あと、あたしもう一生外出れないよ、って。声も、聞き取れないくらい小っちゃくなっちゃっててさ」

『意外とチキンだったのね』

「だから、今日は二人でいこう」

『分かった』

せっかくなので、希莉とは、希莉の家の最寄駅で待ち合わせることにした。奈緒はこれまで通り過ぎるだけで、一度も降りたことのない駅だったので、なんとも新鮮な感じがした。

普段、奈緒が乗り降りする無人駅とはだいぶ様子が違う。何しろ新幹線が停まる駅なので、ホームが二本もある。さらにガラスで囲った待合室とか、自動販売機もある。

ちょうどいい、喉が渇いたから、何か飲もうかな――。

などと思っていたところに、声を掛けられた。

「奈緒ちゃーん、お待たせぇ」

すぐそこの階段を下りてきたのだろう。希莉が手を振りながらこっちにくる。

マズい。ふわっとしたデニム生地のスカートが、すごく可愛い。黒いハットをかぶった猫のイラスト入りTシャツも、妙にお洒落。

奈緒は、襟と袖口にラインが入ってはいるものの、ただの白いポロシャツに、下は二番目の兄からもらったジーパンだ。ダメージジーンズといえば聞こえはいいが、要するにただのお古だ。

負けた。こういうところが「普通」と思われる原因なのか。

「……全然、私も、今きたところ」

「あれ、奈緒ちゃん元気ない？」

「そんなこと、ないよ……元気だよ」

なんか、希莉と並んで歩きたくない。じゃなかったら、何かかぶせて全身を隠したい。いっそ県庁前駅の近くで一式買い揃えて着替えたい。そんなお金はないけど。

むろん、奈緒がそんなことを気にしているとは、希莉はまるで気づきもしないだろう。

「電車まで時間あるから、あそこ座ろう」

「うん……」

ホームの端の方にあるベンチ。後ろに壁がないところなので、風がよく通る。気持ちいい。

希莉がこっちを向く。

「奈緒ちゃん、そのポロシャツ、大人っぽいね」

「えっ……え、そう？」

「うん。私、そういうの着れないんだ。かえって子供っぽくなっちゃうから」

「そんなことないよ。そのスカートも、Tシャツもお洒落だなって、思ってた。いいなって、私もそういうの着たいなって思った」

「んー、苦肉の策だよ。イラストで誤魔化《ごまか》すっていう。ほんと、私服のときって、子供っぽくならないように必死だよ、私なんか」

そうなのか。これ、大人っぽいのか。まあ、そういう見方も、あるのかもしれない。

嬉しいけど、それはいったん措いておく。

「……希莉ちゃん、この前は、ごめんね。それから、ありがとう」

「何が？」

「私が、もう一度アンディの車に乗せてもらおうなんて言い出して、あんなお店に寄ったりしたから……いや、別にお店が悪いわけじゃないけど。すごく、素敵なお店だったけど」

希莉は扇ぐように、両手をいっぺんに振り始めた。

「そんなそんな、全然だよ。それいったら、奈緒ちゃんは私の、警察の取材に付き合ってくれて、その結果、あのお店にいくことになったんだから。むしろ、巻き込んじゃったのは私だよ」

でもその根本をたどっていくと、あの日、奈緒が希莉のノートに興味を持ったことが発端なのだから、やはり奈緒が希莉を巻き込んだことになると思う。

それだけではない。

「もっといったらさ、あの中で犯人と対等に話せたの、希莉ちゃんだけじゃん。しかも希莉ちゃんと話し始めてから、犯人、どんどん大人しくなってってたもん。すごいよ」

それも希莉は、首を横に振って否定した。

「あれは、そうするといいって、小説で読んだことがあるから」

「そうなの？」

「うん。人質立て籠もり事件の小説でさ、刑事はとにかく、犯人と会話をするように努力するの。犯人が興奮したままってのが、一番よくないんだって。だから、それをやってみただけ」

みただけ、って。小説で読んだことをいきなり、実際の事件で試してみるなんて、普通はできない。たぶん大人でも。

「そうなんだ……でも、途中で希莉ちゃんが、あなた、本当は女性なんでしょ、っていったときは、もっと驚いた。正直、ヤバいって思った。なんでそんなことというの、って」

希莉は「はは」と軽く笑った。本当に、いま吹き抜けていった風くらい、軽く乾いた笑いだった。

「あれね……だって、気づいちゃったんだもん」

「まあ、結果的には大丈夫だったから、いいんだけど。私なんて、いわれてもまだ分かんなかったよ。ずっと男だって思い込んでた。希莉ちゃん、いつから気づいてたの？」

うん、と希莉が小さく頷く。

「最初はね、お店に入ってきたときは、スタイルのいい男の人だな、カッコいいなって思ったよ。でも近くにきたら、あれ？　って思って。で、よく見てみると、だから、おでこの辺りだよ。わりと女性っぽいなって。ホルモン注射で、声と体つきは変えられるのかもしれないけど、骨格はさすがに無理でしょ、整形手術しないと。見たところ、顔は整形っぽくもなかったしね。だから、一か八かで、いってみた」

また「みた」か。相当なチャレンジャー気質だ。

「そっか……でも、よくあれでキレなかったね、犯人。それも、希莉ちゃんの計算？」

「んーん、そこはちょっと、私もヤバいかなって思ったけど、でも、なんだろう、興味の方が勝ったっていうか。あの人の話聞いてるうちに、なんかいろいろ、疑問に思えてきちゃってさ。何かがしっくりこないなって。それで、一つひとつ確かめていっただけ。刑事さんにも話したら、素人《しろうと》がそんなことしちゃ駄目だよって、叱られたけど……でもそこは、本当なんだ。あの人に興味を持ったの、私は。人質と犯人、っていう関係じゃなくて、一人の人間として、一人の人間であるあの人に、興味を持った」

人間対人間、か。

希莉が続ける。

「小説を読んだり、書いたりしてるとね、思うんだ。特に私が好きな作品って、そういう傾向があって……なんていうか、主人公だけじゃなくて、脇役までさ、ちゃんと血が通ってるっていうか、それぞれに人生があるっていうか。でも人生って……そんなさ、高校生が分かったようなこといって、って思うかもしれないけど」

「んー、希莉ちゃんには思わないよ」

「まあ、奈緒ちゃんは優しいから、思わないかもしれないけど……なんか、人生ってさ、そういうものなのかもって、思うんだ」

「そういうものって?」

希莉が、電線で楽譜のように区切られた空を見上げる。

「……誰でも、その人の人生の中では、その人が主人公、みたいな。だから、あの犯人の人も、あの人が主人公である物語を生きてきたんだろうな、って思った。それって一体、どんな人生だったんだろう、って……あのときの私は、そういう興味を持ったんだと思う。興味を持って、聞いてみたら、どんどん疑問が出てきて、それを確かめて……最終的に、納得したかったんだと思う。私が、あの人の人生に」

奈緒には、ちょっと難しくて分からない感覚だ。こういうのを「文学的」というのだろうか。それとも「哲学的」というのだろうか。

「それで、納得できたの？　希莉ちゃんは」

「いや、完全には無理だよね、あの場だけじゃ。でも、ある程度はできたのかも。あの人が、お嬢さまを愛した気持ちは本当だったと思うし……あと、あそこで金島啓徳の名前が出てくるとは思わなかった。あれは私もびっくりした。金島さんって、ウチの親戚筋の人だからさ」

「へえー、そうなんだ」

それは、確かにびっくりだろう。

「うん。だから実は、あっちとこっちは別世界ではない、っていうか、意外とどっかで繋がってるんだなって、思った。私たちは、平凡な世界に生きてるようでいて、実は境界線もないまま、全然違う世界と隣り合わせになってるんだな、って……けっこう、ゾワッてなった。金島さんの名前が出た瞬間は、なんかヤバいのかなって思ったけど、でもよかった。金島さん、結果的にはいい人だったから。なんか、あの人の話の中では、一番カッコよかった」

「うん、思った。私、十八になって選挙あったら、金島さんに入れるよ」

「え、ほんと。それ嬉しいかも」

奈緒に分かる話と、分からない話。そんなものが、ぐるぐると世界を巡っているという、奇妙な感覚。確かに、そこに境界線などは存在しない。

そして、一周回ってまた同じところに着地するという、不可思議。

それと、ほんの少しの安堵。

「希莉ちゃん、図書室でもいってたもんね。私たちも、誰かの作った物語の主人公なのかもよ、って」

「ああ、ダン・ブラウンのこと話したときね……そういった意味では、人って誰でもさ、自分で作る物語の主人公を、自分で生きてるみたいなところ、あると思うんだ。私は、私が作る物語の主人公だし、奈緒ちゃんは、奈緒ちゃんが作る物語の、やっぱり主人公なんだよ」

「私が作る、私が主人公の、物語……」

希莉が、奈緒の目を見て頷く。

「だから私は、こう思うことにしてる……何か困ったことがあったり、たとえ、この前みたいな事件に遭遇したときでも、これは、私を主人公にした、私の物語の一部なんだ、って。そうするとさ、この困難を乗り越えたら、この事件を上手く解決に導いたら、次には、絶対感動的なシーンが待ってるに違いないって、思えるじゃない。私だったら、そういうふうに書くもん。このままじゃ終われない、これは次のシーンを盛り上げるための、ちょっと高めのハードルなんだって、自分に言い聞かせる。そうするとさ、大変なことでも、困ったことでも、面倒臭いことでも、意外と楽しめるもんだよ。よーし、やってやるぞ、主人公の本領、発揮してやるぞ、みたいな」

そんなに、上手くいくだろうか。

「それで、もし上手くいかなかったら、どうするの」

「そんときはそんときだよ。思ってたより長編なんだな、とか。一話完結の短編なんかじゃなくて、もっともっと長い、下手したら上下巻くらいあるな、とか。だから困難が続くんだ、こりゃ、最終的には主人公、とんでもないことを成し遂げるぞ、期待できるぞ、みたいな。自分の人生を、物語として楽しんじゃう、っていうか」

希莉みたいにスーパーポジティブな性格なら、それもいいかもしれないけど。

「でもさ……私は自分の人生を、そこまで面白くは想像できないよ。普通の中の普通だもん。きっと、物語にしたら面白くないだろうなって、思っちゃうもん」

希莉が首を横に振る。確信ありげに、かなり力強く。

「……そんなことない。別に、この前の事件みたいなことじゃなくたっていいんだもん。部活動だって、受験勉強だっていい。受験勉強そのものは退屈だけど、これを乗り越えたら、私には新しいシーンが待ってる、物語が待ってる。大学に入ったらさ……」

もう、その時点で展開がポジティブ過ぎる。

「待って。落ちる可能性も、一応考えておこうよ」

「ああ、オッケー。そしたら……第一志望の大学には合格できないかもしれないけど、でも第二か、第三志望くらいには合格して、で、入学して……大学では、何かしらサークルに入って、そこにいる、イケメンの先輩と付き合っちゃったりして。その先には、悲しい別れが待ってるんだけど、またその次には、新しい出会いも用意されてるわけよ……小説だって、ドラマだって映画だってそうじゃん。苦しい展開も、悲しい出来事もあるけど、この主人公ならそれを乗り越えてくれるはずって思うから、次の展開にワクワクするんじゃん。それは、いったら他人事《ひとごと》だよ。他人事だけど、それを楽しむ気持ちを自分に向けてみたって、いいんじゃないかな。だって、人生は自分を主人公にした物語なんだから、自分が一番楽しまなきゃ損でしょ。きっとこの物語は、ハッピーエンドに向かってるって、信じればいいじゃん。一回や二回失敗したって、チクショー、オイシイ展開はこの次かぁー、って、この物語の作者、なかなかやるなぁー、って……まあ、作者は自分なんだけど」

駄目だ。いくら聞いても、そんなにポジティブにはなれそうにない。

「……でもさ、イケメンの先輩に、フラレちゃうかもよ」

「という、イジイジした主人公の物語。面白いじゃん」

「その後も、素敵な出会いなんてないのかも」

「それでも恋に恋する、妄想女子の物語。いいじゃん」

「一人が寂し過ぎて、自殺したくなっちゃうかも」

「……ねえ、奈緒ちゃんって、そこまでネガティブな性格だっけ」

いいえ。これが一般人の感覚です。普通の中の普通です。

まもなく、一番線に電車が参ります。


病院に着いて、受付で「市原琴音さんの病室は」と訊くと、三階の三〇二号室ですと教えてくれた。

ノートに名前を書いて、三階に上がる。

三〇二号を探して覗くと、

「こんにちは……」

すぐに分かった。奥の右側、窓際のベッドに彼女は上半身を起こして座っていた。手前には、あのギター少女がいる。名前は「叶音」というらしい。姉妹揃って名前が可愛い。

先に気づいたのは、妹の叶音の方だった。

「あ、こんにちは」

姉の琴音も、覗くようにこっちを見る。

「……こんにちは」

二人で奥まで進む。

「お加減、いかがですか」

いいながら、駅前で希莉と買ってきた土産を叶音に手渡す。

「これ、食べるのは大丈夫かなと思って。プリンなんですけど」

「わあ、嬉しい。ありがとうございます」

琴音も「ありがとうございます」といってはくれたが、仕草はやはりぎこちない。非常に痛々しい。

「ごめんなさい……まだこう、首が上手く動かせなくて。お辞儀みたいに、こう、下げられないんです」

「いえいえ、そんな。大丈夫です」

あれだけの傷を負ったのだ。今はそれを縫い合わせてあるだけなのだろうから、動かせなくて当然だ。

「体、起こしてて大丈夫なんですか」

それでも、琴音の笑顔は優しく、柔らかだった。奈緒の好きな感じのままだった。

「うん。こう……そっと枕に寄り掛かるくらいなら、いいんだけど。寝てて、寝返りを打つのは、まだ怖いかな。捻《ひね》る動きが、痛いっていうか、引き攣るっていうか」

希莉も、心配そうに眉をひそめて訊く。

「何針くらい、縫ったんですか」

プリンを奥にある冷蔵庫に収めた叶音が、奈緒と希莉に丸椅子を出してくれた。

「どうぞ、使ってください」

「すみません、ありがとうございます」

「お姉ちゃん、私ちょっと……」

「うん」

足早に病室を出ていく叶音を見送ってから、琴音が答える。

「実は、縫ったわけではなくて、ホッチキスみたいなので、パチパチパチッと留めてあるみたいなんです」

それ、テレビで見たことある。でもそれを「けっこうグロいやつですよね」などとはいえない。

そこら辺、やっぱり希莉は冷静だ。

「今、多いみたいですよね、医療用ステープラー。その方が治りも早いし、綺麗にくっつくって」

ほんの小さく、琴音が頷く。

「だと、いいんですけどね……家族も先生も、どれくらい留めてあるかって、教えてくれないんですよ。でも、四十とか五十は、いってるんじゃないですかね。でも、明日にはもう退院なんです。あとは自宅療養で、無理しないようにして」

スタンガンを当てられたお父さんについても訊いたが、そちらは入院するほどではなく、今日からお店も営業を再開しているということだった。

叶音が帰ってきた。

「すみません、こんなものしかないんですけど、よかったら、一緒にプリン、食べませんか」

両手で抱えてきたペットボトルの紅茶をこっちに見せる。

もちろん賛成だ。

「嬉しいです、ありがとうございます」

するると、琴音が何か思い出したように「あ」と声をあげる。

「そういえば、八辻さん……あの、芭留さんと圭さん姉妹のお父さんも、ここに入院してるんですよ」

あの姉妹のお父さんが、入院？

24

孝蔵が意識を取り戻したのは、事件翌日の夜だった。

腹部を二ヶ所、背中を一ヶ所刺され、腕は左右合わせて十二ヶ所切りつけられていた。一番深かったのは腹部、臍《へそ》のすぐ右横の傷。奇跡的に一命は取り留めたものの、普通なら死んでいてもおかしくない出血量だったし、そもそも自力で動ける状態ではなかっただろうと、担当医にはいわれた。

孝蔵の命を救ったのは、ガムテープだった。

犯人が家から出ていったあと、孝蔵は台所に置いてあったガムテープで自身の腹をぐるぐる巻きにし、車を運転して麓を目指したという。だが記憶にあるのはそこまでで、なぜキャンプ場近くまでいってしまったのかは自分でも分からないという。あまり長く喋れる状態でもないので、警察による事情聴取もまだ二時間程度しか行われていない。

あとは、ずっとベッドの上で天井を睨んでいる。

昨日までは母親も付きっきりだったが、容体が安定したということで、今日はいったん自宅に帰り、夕方まで県庁で仕事をして、夜また病院にくることになっている。

身の回りの世話は、芭留と圭でしている。そうはいっても、することはさほど多くない。内臓もかなり傷ついているので、食事はまだできない。雑誌を読みたいとか、テレビを観たいとか、そういうことも孝蔵はいわない。芭留たちがするのはせいぜい、着替えを手伝ってやるとか、体を拭いてやるとか、トイレにいくときに支えてやるとか、そんな程度だ。あとはただひたすら、天井を見上げて口を「へ」の字に結んでいる孝蔵を見守るだけだ。

芭留と圭の食事は、近くのコンビニで何か買ってきて、病院の談話室で済ませる。夜になったら、母親と一緒に電車で家に帰る。翌朝は、また母親と一緒に県庁前駅まできて、芭留と圭は病院で日中を過ごす。おそらく、退院まではそういうサイクルになると思う。

入院は、今のところ十日程度になるものと見られている。


ちょうど病室に戻ろうとしたところに、警察から電話がかかってきた。

「圭、先に戻ってて」

「分かった」

圭を見送りながら携帯電話を通話状態にする。

「はい、もしもし」

『もしもし。先日お伺いいたしました、県警捜査一課の、田渕《たぶち》です』

圭が間違いなく六〇五号室に入るかどうかを見届けながら、電話を続ける。

どうやら警察も、孝蔵の聴取を毎日するわけにはいかないらしい。用件は、今日はいかれないけども、明日、できれば午前中にまた一時間か二時間程度、話を聞けないだろうかということだった。

芭留は「大丈夫です」と答えた。担当医からは、一日一時間から一時間半なら問題ないといわれている。午前中に用事があるわけでもない。容体に大きな変化でもない限り、聴取は可能だと芭留は判断した。

『では、よろしくお願いします』

「こちらこそ、よろしくお願いします」

電話を切り、病室に戻る。芭留の左足首は、もうだいぶいい。歩くだけだったらほぼ支障はない。

孝蔵が今いるのは個室だ。警察が事情聴取をする都合上、ということなのだろうが、差額ベッド代がいくらとかいう相談もないまま、強制的に入れられてしまった。おそらく追加請求されるであろう、一日七千九百五十円、十日なら七万九千五百円、それは警察が払ってくれるのだろうか。いや、払ってもらわなければ困る。有料で取調室を借りているようなものなのだから、それを被害者が払うなんておかしな話だ。絶対に警察に払ってもらう。その辺の確認も明日、しておいた方がいいかもしれない。

などと考えながら戸口に立つと、意外なことに、孝蔵の声が聞こえた。

「……すまなかった」

ひどく掠《かす》れた、通りの悪い声だが、言葉の意味はかろうじて分かる。なぜ、そんな話が始まったのかは分からないが。

「なんで謝るの」

話し相手は、もちろん圭だ。

孝蔵が、深く息を吐き出す。

「俺は……またお前たちを、守れなかった。お前たちを、危険な目に、遭わせてしまった」

「また、ってなに。それに、今回のこれは事件だよ。お父さんは被害者なんだよ」

「俺が、あの空き家に、お前を連れていきさえしなければ、こんなことには」

「連れていかなかったら、事件に遭ったりしなかったっていうの？　そんなこと言い始めたら、お金を盗まれるのはお金を持ってたからで、盗まれるようなお金を持ってる方が悪いんだって話になっちゃうじゃない。車に轢かれたのは道を歩いてたから、じゃあこれからは車に轢かれないように外に出るのはよしましょうって？　そんな馬鹿な話ある？」

実際、圭は車に撥ねられて重傷を負い、その結果、視力を失った。しかし今、圭は一人で学校に通えるまでになった。事件や事故で被害に遭うこと、またそれを克服することに関しては、一つしっかりとした考えを持っているのだと思う。

それでも孝蔵は続ける。

「……お前が、事故に遭った、あの日。俺は、家にいた。たった四十メートルしか離れてない場所で、お前が、車に撥ねられたっていうのに、俺は、何をするでもなく、ただ壁を見て、座ってた。いつだってそうだ。俺は、なんにもできない。ちっとも強くなんてない。父親としても、人間としても」

芭留は、顔を覗かせるまではしていない。だから、圭がどんな表情をしているのかは見られない。ただ、床に映った影は揺れていた。繰り返し、首を横に振ったのは分かった。

「そんなことない。私は、お父さんに習った技で相手を倒したよ。犯人を捕り押さえたんだよ。警察の人にも、なんでそんなに強いのって訊かれた。私は、八辻孝蔵の娘だからですって答えたよ。八辻孝蔵の娘だから、私は強いんだよ」

その通りだと思う。

しかし、孝蔵は認めない。

「確かに……お前に技を教えたのは、俺だ。でも、強くなったのは、お前が努力したからだ。俺が強いからじゃない」

これ以上、立ち聞きしていても埒《らち》が明かない。

芭留も中に入ることにした。

「……ごめん、ちょっと聞こえちゃった」

圭は、芭留が戸口にいることに気づいていたのかもしれない。あまり意外そうな顔はしなかった。だがそれと、孝蔵の無表情は意味が違う。

孝蔵のは、ただの無感動だ。

本当に自分が弱いと思っているのなら、娘が傷ついたことに責任を感じているのなら、悔し涙の一つも流してみろといいたい。

「お父さん……もうさ、そういうことで自分を責めるの、よしなよ。門下生が試合に出て、勝っても碌《ろく》にギャラがもらえなかったのだって、お父さんのせいじゃないでしょ。そんなの、詐欺に遭ったようなものじゃない。お父さんだって被害者の一人じゃない。お父さんが責任とって、東京と横浜の道場を手放す必要なんてなかったんだよ。あとから聞いたけど、みんないってたらしいよ。八辻先生の責任じゃないのにって」

言いたいことは、まだ山ほどある。

「圭の事故についてだって、圭の言う通りだよ。事故に遭ったのはお父さんのせいじゃないし、助けにいかなかったのだって、お父さんが知らん振りしてたわけでもなければ、怠《なま》けてたわけでもないでしょ」

孝蔵が、そっと目を閉じる。

「……暗くなってから、娘が帰ってくるんだったら、迎えにくらい……」

当時の孝蔵は、一人ではほとんど外に出られなかった。そこはさて措くわけか。いいだろう。

「それも違うと思う。お父さんが迎えにいったって事故は起こったかもしれないじゃない。下手したら、二人とも事故に遭ってたかもしれないよ。そんなの分かんないじゃない。お父さん、仮の話で自分を追い込むの、もうやめてよ。そんなことで謝るくらいだったら、犯人を捕り押さえた圭を、強かったね、頑張ったね、さすがだねって、褒めてあげてよ。圭、本当に強かったんだよ」

圭も、うんって、小さな子供みたいに頷いている。

「確かに、視力を失ったのは大変なことだよ。圭だって苦労したし、私たちだってそれを支えるのに必死だった。でも、いつまでもそれを、可哀相、可哀相って思うのもやめてよ。圭はもう、とっくに前を向いてるよ。目は見えないけど、でも他の感覚で、手で触ったり、音で感じたりして、私たちには見えないものをたくさん見てるし、感じてるよ。山道で迷ったときだって、事件のときだって、結局、助けてくれたのは圭だった。圭が一番強かったよ。なんでそれを認めてあげないの。なんで自分の娘を自慢に思えないの。なんで、娘を強く育てたのはこの俺だって、胸を張っていえないの。なんで、圭を強く育て上げた自分を、誇りに思えないの」

少し、声が大きくなっていたかもしれない。気になって廊下を振り返ったが、看護師が覗きにくるとか、他の入院患者と目が合うとか、そういうことはなかった。

圭が孝蔵の手を握る。探るような予備動作もなく、一回で。

「お父さん……私は、目が見えないなりの、自分の人生を生き始めてるよ。お姉ちゃんは、私の目になるっていってくれた。実際、ずっとそうやって私を支えてきてくれた。でもそれも、私は早く卒業したいって思ってる。お姉ちゃんにはお姉ちゃんの人生がある、私から早く解放してあげたい、っていうのもあるけど、何より私が、次のお姉ちゃんを見たいんだよ。私とのコンビを解消したとき、お姉ちゃんがどんな新しいことをするのか、それを見るのが楽しみなの。お姉ちゃんだって、まだ大学二年なんだしさ。だから」

握った孝蔵の手を、圭が揺する。

「……お父さんも、もう一度、自分の人生を生きてみなよ。選手を育てるのだけが格闘技じゃないじゃない。一般の人に護身術として教えるんでもいいじゃない。道場がなければ、市民体育館の端っこだっていいんだしさ。いるよ、そうやってる人たちも。それは、柔術ではないけど」

孝蔵は何も答えなかった。顔も、無感動な無表情のままだ。

つい強い口調でいってしまったが、芭留も、それがいいことだとは思っていない。感情に任せて言葉にしてしまったことに、罪悪感というか、自己嫌悪のようなものを覚える。

でも、想いは圭と同じだった。

圭の失明を契機に、孝蔵を含む家族全員の生活は変わった。でも芭留たちは、それを乗り越えつつある。圭に至っては、乗り越えてさらなる高みに上りつつある。

もう自分たちは、次のステージに進んでいい。次の戦いに挑んでいい。それを楽しみにしていい。

そう思えるようになった。

だから、孝蔵にも——。

もう自分を責めるだけの人生は、終わりにしてほしいのだ。

話が一段落し、またこれまで同様の沈黙が始まった。

ちょっと、喉が渇いた。

「圭、何か飲む？」

「んーん、私はいいや」

「お父さんは」

孝蔵は、小さく首を横に振るだけ。

「じゃ私、ちょっと何か買ってくるね」

そういって、廊下に出た瞬間だ。

「……あ、お姉さん」

声の方を向くと、あの事件のときに、奥の席に座っていた女子高生三人がいた。

「あ、どうも、こんにちは」

一瞬、この子たちは直接関係ないのに、わざわざ孝蔵の見舞いにきてくれたのかと思ったが、そんなわけはない。

髪の長い、ちょっと目つきの鋭い女の子が口を開く。確か、この子は琴音の妹で、名前は「叶音」だ。

「実は、姉が三階に入院してて」

「あ、琴音さんが？」

「はい。それで、八辻さんが六階だって聞いて、じゃあ会って、お礼ができるかもって思って」

普通に考えれば、そういうことだ。

「そんなそんな、わざわざ……あ、圭もいるから、呼ぶね」

だが改めて呼ぶまでもなく、圭は戸口まで出てきていた。

「こんにちは……」

いいながら、ちょこんと頭を下げる。

目は閉じているのに、挨拶をする顔の向きは合っている。そのことに少し、三人が戸惑っているのが分かる。

それでも、叶音ではない女の子が半歩前に出て、頭を下げる。申し訳ないが名前は覚えていない。

「この前は本当に、お二人のお陰で助かりました。ありがとうございました。あの……電気が点いた瞬間の、圭さんがガッチリ、犯人を押さえ込んで固めてた姿、今でも目に焼きついてます。ほんとカッコよかったです」

いやいや、と圭が手で扇ぐような仕草をする。

「なんか、聞けば原因は私だったみたいですから、そのケジメを自分でつけただけですから。当然のことをしただけで……はい」

もう一人の子が「カッコいい」と呟く。確かこの子が、犯人からいろいろ聞き出していた子ではないだろうか。

一つ、芭留も思いついた。

「逆に、ごめんなさい。私、琴音さんがここに入院してるって知らなくて、ご挨拶もしてなくて。もしご迷惑でなかったら、今からちょっと、ご挨拶にいくのとかって……」

叶音の顔に、パッと笑みが咲く。笑うと幼さも覗いて、むしろ可愛く見える。

「ぜひぜひ、お姉ちゃんも助けていただいたお礼、いいたいと思いますし」

「そんな、助けていただいたのはこっちの方です。肩を貸していただいて、二階まで連れてっていただいたり……」

まあ、詳しい話は琴音に会ってからでもいいだろう。

25

一年もあれば、最近は裁判の結果も出る。

あの犯人の女性、篠塚麻耶《しのづかまや》に下されたのは、懲役七年という実刑判決だった。彼女は控訴せず、そのまま刑に服す道を選んだ。琴音が一連の裁判を傍聴する機会は結局のところなかったが、その動向はメディアを通じて把握してはいた。

初めのうち、メディアは「観光地のコーヒー専門店で何が起こったのか」という切り口で報じていた。実際、けっこうな数の記者がドミナンを取材しにきた。琴音も顔は出さないという条件で、三回か四回は取材に応じたと思う。

だが、篠塚麻耶の犯行動機が明らかになるにつれ、世間の関心は事件そのものよりも、むしろ松宮製薬の社長を務める、松宮重文《しげふみ》という男は何者なのか、という点に移っていったように思う。

女スパイを使い、政治家や官僚、ライバル企業の重要人物などを巧みに操った、製薬業界の怪人——。

そんな悪行がいくつも明るみに出て、しれっと社長を続けられるほど日本の社会は甘くない。大変なバッシングを受けた松宮重文は社長を辞任、同時に松宮製薬を去ったが、もはやそれで済む問題でもなくなっていた。以後、松宮製薬はあらゆるCMを自粛、企業収益もガタ落ちになり、あっというまにその名は世間から消え去った。少なくとも琴音にはそう見えたし、今現在もその社名を目にすることはない。ひょっとしたら、もう倒産しているのかもしれない。

あと、松宮重文は近々逮捕される、という報道も一時期あったが、それがどうなったのかは分からない。実際に逮捕されたら、さすがに何かしらで琴音も知ることになるとは思うが、そういう話はいまだに聞かない。ちなみに松宮重文の娘、結樹《ゆうき》は当時、カナダにいたらしい。あくまでも娘は一般人ということで、メディアも多くは取り上げなかった。

そして二年も経てば、体の傷も心の傷も、ある程度は癒える。琴音も、海水浴にいってみようか、くらいは思えるようになった。

別にビキニを着るわけじゃないし、ワンピースの水着なら背中の傷はほとんど隠れる。実際にいってみたら、普通に楽しかった。この調子なら、温泉も大丈夫かもしれない。そもそも、他人の裸をじろじろ見る女の人なんてそんなにいないし、見られたところで、刀傷？　なんて思う方がどうかしてる。事故か何かで怪我をしたんだろうな、と琴音なら考える。本当は事件だけど。

三年もすれば、プロポーズをする人だって現われる。

「ここ、こ……琴音さん、自分と、結婚してください」

「私、長女なんですけど。和志さん、長男ですよね」

「はい……いや、でも、静男さんと緑梨さんの面倒も、ちゃんと見ます。自分の親以上に、大事にします」

「和志さんのご両親以上、じゃなくてもいいですけど」

「じゃあ、じゃあ、あの……おんなじくらいで」

この「おんなじくらい」が気に入った——だけではもちろんないが、結果、琴音はプロポーズをOKすることにした。それまでも好きだとはいわれていたし、デート的なこともしていた。それこそ海水浴も一緒にいった。働きぶりが真面目なことは普段から見て分かっていたし、何より頼りになる感じがよかった。

「ほんと、自分がいたら、あんな奴、一発でブッ飛ばしてやったんすけどね」

済んだことはもういい。

それよりも、大事なのはこれからだ。未来だ。

「和志さん。その、自分を『自分』っていうの、やめませんか」

「駄目すか」

「だって和志さん、普段は『俺』っていってるじゃないですか。咲月さんとかの前では」

「いや……『俺』って、ちょっと、乱暴に思われちゃうかな、と思って」

「『自分』の方が堅くて怖いです」

「分かりました。もう一生、自分のことは『自分』っていいません」

「その、極端過ぎる決心も、ある意味怖いです」

「分かりました。ときどき言うようにします」

いろいろ話してみると、実際にはそんなに頭の悪い感じもしないし、とにかく一所懸命、琴音のために何かしようとしてくれるのが嬉しかった。

そして四年が過ぎた今、琴音はドミナンの店長をしている。

ただし、二号店のだ。

「ゴチソウ、サマァデシタ」

「ありがとうございました。バイ」

コーヒー豆問屋、中島商店の隣に併設された喫茶部がそれだ。

実家である一号店とは二十五キロほど離れているので客を取り合う心配はないし、何しろドミナンは中島商店から豆を仕入れていたのだから、琴音さえしっかり淹れれば、支店でも美味しいコーヒーを提供することはできるはず——と、当初は簡単に考えていた。

ところが、和志との結婚には一切反対しなかった静男が、二号店出店については強烈に難色を示した。

「ローストは、誰がするの」

確かに。ドミナンはずっと、中島商店から生豆《なままめ》を仕入れ、それを静男が自ら焙煎するというスタイルでやってきた。

焙煎だけではない。静男が焙煎した豆を静男が挽き、ブレンドし、それに合わせた淹れ方で静男が淹れたのが「究極の静男」であり、「渾身の静男」なのだ。他にも「最強の静男」と「休日の静男」という、全部で四つのバリエーションがある。

琴音だって、何年もただぼんやりと家業を手伝ってきたわけではない。それなりにコーヒーの淹れ方には興味を持っていたし、別にわざわざ訊《たず》ねなくたって、静男の方から勝手にレクチャーしてくれていた。

「ここ……この泡のね、ここの減り方を見ておくんだよ」

だが実際にやってみると、

「違うでしょ」

「まだ早いよ」

「あと二センチ高く」

「まだ早い。ゆっくり、もう三つ数えてから」

「だから早いってば。手も下がってきちゃってるし」

「……ね、意外と難しいでしょ」

とんでもなく難しかった。しかも、静男式で淹れないと、なるほど、静男の淹れたコーヒーの味にはならない。そのことが、琴音にも分かるようになってきた。

「……あれ、コクがない」

「その味の違いが分かっただけ、よかったじゃない」

丸々十ヶ月かかって、ようやく二号店出店のお許しが出た。でも苦労したお陰で、その後は順調だった。

たまに二号店を偵察にくる静男にも、

「……うん、合格。あと気持ち、細かく挽いてもよかったけどね」

今のところドミナンの看板を下ろせとはいわれていない。

そして静男は来年、おじいちゃんになる。

あの頃のように地元の友達がきてくれることは少なくなったけど、代わりに新しい常連さんはできつつある。

その中には、意外な再会もあった。

「琴音さん、こんにちはぁ」

あの事件のとき、たまたま店にいた森奈緒。彼女は高校を卒業して警察官になり、現在はこの近くの警察署で刑事をやっている。

「いらっしゃい……けっこう、久し振りじゃない？　今日はなに、聞き込みか何かしにきたの？」

「今日は、普通に休みです。純粋に、琴音さんの淹れたコーヒーが飲みたくなったんで」

どうりで、恰好がカジュアルだと思った。

あの日、奈緒は確かレモンスカッシュか何かを飲んでいた。少なくともコーヒーではなかったと記憶している。

でも今は、くるたびにコーヒーをオーダーしてくれる。

「刑事さんにそういっていただけると、光栄です……豆は、どれにする？」

「何がお薦めですか」

「ストレートだと、今日からはモカかな。四日寝かせたから、かなりいい感じに落ち着いてると思う」

「じゃあ、それで」

「淹れ方は『渾身』でいいかな」

ストレートコーヒーは「渾身」で淹れるのが一番しっくりくる。

「はい。ちなみに『最強』にすると、どうなるんですか」

「口に入れたときの苦みは強いけど、後味はほんのり甘いという、不思議な感覚。でもモカには、あんまり合わないかな」

「へえ、淹れ方でそんな変化がつけられるんですか」

「ね。私もその原理はよく分からないけど、静男さんの決めた通りに淹れると、ちゃんとそうなるんだよね」

ちなみに二号店は、一号店の三分の一くらいしか広さがない。フードメニューも半分にしてある。それでも「ドミナンのカレーライス」の神通力か、平日のランチタイムは必ず満席になる。

ちょうどそこに、和志が入ってきた。

「琴音さん、そろそろランチの……おっ、奈緒ちゃん、いらっしゃい。なに、今日は聞き込みかなんか？」

琴音も不思議で仕方ないのだが、和志とは今も「和志さん」「琴音さん」と呼び合っている。しかもこれが、意外なほどしっくりくるのだ。

奈緒が困り顔をしてみせる。

「やだぁ、琴音さんとおんなじこといってる。違いますよ、今日は休みです。刑事だって普通に、コーヒーくらい飲みにきますって」

豆を挽き始めたところで、ふと琴音は思い出した。

「そういえば希莉ちゃん、最近また、テレビ出てたね」

「あ、本当ですか。全然知らなかった。なんて番組ですか」

「ケーブルの、なんだっけな。でも、演劇のやつだよ。そういうのの専門チャンネル」

あの頃の片山希莉は、小説家を目指していたのだという。だがその後、東京の大学に入って演劇に目覚め、脚本家を志すようになった。それを諦めたのかどうかは知らないが、最近はプロの劇団に所属し、舞台女優として活動している。たまたま琴音が見掛けた宣伝番組でも、ちゃんと顔と名前が出ていた。大したものだと思う。

もう一人の友達は、どうしたのだろう。

「……紗子ちゃん、だっけ。あの子は最近、どうしてるの？」

「ああ、紗子は大学出たら、普通に就職するみたいです。あんなに変わった人なのに、私たちの中では、一番普通の進路を選択するんですよね、紗子が。不思議なことに」

確かに、やたらと大声で話すところはあったけど、でも、琴音自身は特に、紗子を変わった人だとは思っていなかった。

「はい、どうぞ。お待たせしました」

「ありがとうございます……ああ、いい匂い。落ち着く」

そういってもらえると、琴音も嬉しい。それこそが「ドミナン」の基本理念なのだから。

ひと口飲んだ奈緒が、満足げな笑みを浮かべる。

「美味しい……そういえば、叶音ちゃんも今は東京でしたよね」

叶音は大学にはいかず、一日も早くミュージシャンとしてプロデビューするのだと、一人、東京で頑張っている。

「うん。この前電話で話したときは、事務所が決まりそうとか、レコード会社が決まりそうとか、なんかそんなことといってたけど、どうなんだかね」

「静男さんと緑梨さん、寂しがってるんじゃないですか？」

琴音もそれを心配していたが、実際にはそうでもない。

「いや、案外さっぱりしたもんよ。静男さんはもともとミーハーだから、そういうの大好きだし。緑梨さんは、どうせいたって叶音は何も手伝ってくれないんだから、ご飯作ったり洗濯したりしなくて済むだけ楽だっていってる」

多少の強がりは、あるのだろうが。

奈緒が、お茶請けビスケットの包装を剝きながら訊く。

「そういえば静男さんのアレ、続いてますか」

静男もあの事件をきっかけに、一つ、新しいことを始めた。でもそれは、本当に「きっかけ」というだけで、事件後から四年、ずっと続けているという意味ではない。

「うん、続けてるみたい」

「どれくらいになります?」

「一年半、にはなるんじゃないかな」

「へえ、けっこう続いてますね。私の知り合いにも通ってる人がいるんで、話だけはちょくちょく聞くんですよ」

静男の新たなるチャレンジ。一般向けのコーヒー教室を始めた、とかいう話なら分かりやすいが、そうではない。

一年半前、あの静男が何を始めたのかというと、それがなんと、柔術なのだ。例の事件ではスタンガンで、しかも娘たちの目の前であっさりと失神させられ、さすがに男として、父親としてどうなんだと、自分でも思ったのだと思う。

その柔術をどこで習っているのかというと、それが、あの事件を直接解決した芭留と圭、あの姉妹の父親である、八辻孝蔵が主宰する市民柔術教室でなのだ。ただ、柔術とはいっても競技性はほぼないに等しく、あくまでも護身術として教えているものらしい。

そこでは圭も、インストラクターとして教えている。

聞くところによると、圭の強さは本物らしい。

静男はいう。

「圭先生の目が見えないなんて、本当に信じられないよ。教えてくれるときも、ずっと目は閉じてるんだけど、そうじゃなくて、もっとこうです、みたいに手の角度とかを直されるでしょ。そういうのも、パッとこっちの手を摑むんだよね。触りながら、探り探りじゃないの。体育館から出ていくときも、ちゃんと出口の前で振り返って、一礼して。で、ちょっと手を出して、枠を触って位置を確認して。でもそれくらいなんだよね。凄いんだ、本当に」

教室は市民体育館で週二回行われており、静男はそのうち、木曜日の回に通っている。

琴音も一度だけ見にいったことがある。確かに圭の動きは健常者のそれと変わらないばかりか、柔術をやり始めたら誰よりも強かった。ひょっとしたら、父親である孝蔵よりも強いんじゃないかというくらい、切れのある動きをしていた。

ただ、琴音には一つ気になることがあった。

後日、一号店にいったとき、静男に訊いてみた。

「ねえ。あの教室に、芭留さんはいないの？」

すると静男は、深刻そうな顔をして頷いた。

「それ、僕も気になったから訊いてみたんだけど、分からないっていうんだよね。何か言いづらい事情があるとか、隠してるとか、そういうことじゃなくて、本当に分からないみたいなんだ」

そんなことが、果たしてあるだろうか。にわかには信じ難い。

実をいうと、あの事件を通して出会った何人かの中で、琴音が一番気になったのが芭留だった。突如実家に現われて、肩を貸して二階まで連れて上がったときと、入院中に二、三回、病室に顔を出してくれたとき、それくらいしか接点はないのだが、それでも妙に印象に残る人だった。

特に、圭の手を引いて歩く姿。あの、妹の分までしっかり物事を見なければ、という、強い意志の表われた眼差しが、琴音は好きだった。好きというか、憧れというか、尊敬に近い感情を抱いていた。

お互い長女で、下に妹がいるところは同じ。でも全然、背負っているものが違うと思った。事件のときも、その後の柔術教室でも、強い強いと持て囃《はや》されるのは常に圭の方だが、琴音はむしろ芭留に、静かなる意志の強さ、あるいは責任感の強さを感じていた。

あの芭留が、行方不明だなんて——。

ただ一つ、思うことはある。

確かに今の圭は、かなり健常者に近い動きができている。ある意味、自立に成功した障害者なのだと思う。

でも、そうなれるまで圭を支えてきたのは誰だったのか。もちろん母親の力もあっただろうが、実際には、芭留に依《よ》るところが大きかったのではないか。これも静男から聞いた話だが、芭留は十代の時間の大半を、圭のために使ったようなところがあるという。

そんな圭が、自立を果たす。それ自体は喜ばしいことだが、芭留はそれを、どう感じたのだろう。何を思い、どう受け止めたのだろう。心に、ぽっかり穴など開いたりはしなかっただろうか。自分の存在価値に、急に疑問を覚えたりはしなかっただろうか。

いや、自分と芭留は違う。

芭留は、もっとずっと強い人だ。今もどこかで、ひょっとしたら日本ではない、どこか遠い外国かもしれない、琴音には想像もつかないような場所で、強く生きているに違いない。それも、他人のために。自分の力を必要としている、誰かのために。どんなに傷つこうが、歯を喰い縛って一歩一歩、着実に歩を進めているに違いない。

そんな芭留がいつか、この店を訪れてくれたら。そんなことを琴音は今、密かに夢見ている。傷つき、疲れ果てていても、彼女は笑顔であの扉を開けるだろう。そのときは琴音も、笑顔で彼女を迎えたい。そして「最高の琴音」で、彼女をもてなしたい。そういう存在に、自分はなりたい。

それまでは、勝手に芭留の物語を想像して、過ごすことにする。

いつか芭留の、長い長い旅の土産話を聞かせてもらえるときがきたら、そのときに答え合わせをしたいと思う。それまでは、あの日の芭留を思い出しながら、気長に待つつもりだ。

お帰りなさいって、さらっと、いえたらいいな。

＊＊＊

ひと言「刑事です」といった方が一般の人には分かりやすいので、あと、その方がちょっとカッコいいので、ついそういってしまうが、厳密にいうと奈緒は「刑事」ではない。所属は署の「交通課交通捜査係」という部署で、主に交通事故や、交通事故に見せかけた犯罪の捜査を担当している。なので「捜査員」であることに違いはないが、刑事課に属しているわけではないので、「本当に刑事か?」と訊かれたら、正確には違う、と訂正せざるを得ない。

よくやらされるのは——やらされる、などといってはいけない。よく受け持つのは、轢き逃げなどの加害車両の割り出しだ。

事故現場から得られた資料、たとえば、剝がれた塗膜であるとか、ヘッドライトの欠片《かけら》であるとか、そういったものから加害車両の車種を特定、車検の登録情報から持ち主と駐車場所を割り出し、それらを一台一台確認して回る。

まさに、事故の状況と一致する個所が破損していれば、ほとんど決まりと思っていい。その車両の持ち主に直接事情を聴きにいく。また、一見破損しているようには見えなくても、修理した跡が見受けられた場合は、周辺の修理工場を当たる。

修理した跡なんて見ただけで分かるのか? と思われるかもしれないが、たとえばヘッドライトなんて、修理するのは、普通は壊れた方だけだ。わざわざ壊れてもいない方まで新しいものに交換したりはしない。よって、左右のパーツに質感の新旧差が生じる。そこを手掛かりに、その車両のヘッドライトを交換しました、という修理工場を見つけ出し、修理に持ち込まれた日時を確認し——まあ、そんな感じで地道に、加害車両と加害者の特定をしていくわけだ。

いま奈緒が向かっているのも、そういう修理工場だ。というか、奈緒はこの修理工場を知っている。あの、ドミナン一号店に向かう道の手前角——手前といっても何百メートルもあるのだが、とにかくあの事件の日、片山希莉と目印にして目指した整備工場だ。

珍しいこともあるもんだな、と思いながら、田んぼの中の一本道を歩く。署の車を使わせてもらえることもあるが、奈緒のようなぺーぺー巡査に、そんな贅沢は滅多に許されない。タクシーも、使い過ぎるとあからさまに白い目で見られる。かといって、こんな田舎ではバスにもそうそう都合よくは乗れない。そうなったらもう、歩くしかない。ピカピカの捜査用PC、俗にいう「覆面パトカー」をカッコよく乗り回せるのは機動捜査隊の隊員か、ドラマの中の刑事だけだ。実際の捜査員なんて、そこらの高校生と変わらない。田舎道をてくてくと、曇り空を見上げながら、ひたすら歩くのみだ。いや、隣に友達がいただけ、高校時代の方がまだマシだった。

ああ、遠い。そして退屈だ。目的地に着くまでは、これといって考えるべきこともない。あの頃の希莉だったら、こういう時間に小説のシーンの一つも考えたのだろうが、奈緒にはいまだ、そういう趣味の一つもない。

そういえばこの前、たまたま二号店にきていた緑梨から面白い話を聞いた。

事件を解決してくれた八辻姉妹。彼女たちは事件が起こるちょっと前まで、この近くの山の中を二人でさ迷っていたのだという。

その状況があまりにも、当時希莉が書いていた小説の設定に似ていたので、奈緒は思わず希莉に電話してしまった。

「……ね、希莉ちゃんの書いてた小説にそっくりでしょ？　不思議なこともあるもんだよねぇ」

『奈緒ちゃん。私の小説に出てきた姉妹って、あれ双子だよ。覚えてないの？』

確かに、そういう違いはあったかもしれないけど、でも、もう少し共感してくれてもいいだろう、とは思った。小説と現実、あっちの世界とこっちの世界、その間に境界線なんてないのかも、というのが「片山希莉の世界観」だったはずだ。

そう。希莉って、物凄く空想好きなわりに、一方では妙に現実的だったりする。そういうところ、ある。

それはともかく、奈緒は今も視力が左右とも一・五あるので、数分前から気づいていた。正面から、キャリーバッグを引きながら歩いてくる人がいる。おそらく外国人旅行者だろう。もう稲刈りも終わりかけのこの時期、Tシャツに短パン姿で出歩く日本人は滅多にいない。奈緒は常々不思議に思っている。なんで外国人って、みんな薄着なのだろう。特に西洋人。ひょっとして、彼らの皮膚は東洋人のそれよりも厚いのだろうか。

徐々に距離が詰まり、旅行者の詳細が分かってくる。性別は女性。背は百六十五センチほどで、年齢は二十代。何回も手に持っているものを確認している。携帯電話で地図を見ているのだろうと思ったが、ふいに風が吹き、その手にあるものが白く捲れるのが見えた。紙か。プリントアウトした地図を見ながら歩いているのか。

さらに近くまでくると、奈緒の中に、ある種の想像が芽生えた。彼女が西洋人ではなく東洋人だと分かると、その想像は一つの推測にまで形を整え、顔が確認できる距離までくるともう、奈緒はその確信を、口に出すことを止められなくなった。

想像が、現実との境界線を越えてきたのだ。

「……芭留さん？」

えっ、という顔で旅行者が視線を上げる。

間違いない。八辻芭留だ。

そこまで駆け足でいく。

「やっぱり芭留さんだ。覚えてますか？　私、奈緒です、森奈緒。あの事件で助けていただいた高校生の」

「……あ」

芭留の顔に、パッと笑みが広がる。

「ああーっ、覚えてる覚えてる、奈緒ちゃん、うん、覚えてる」

思わず手を出すと、芭留もキャリーを立てて右手を出してくれた。縦に大きな握手を交わし、どうしたの、なんでなんで、懐かしい、どうしてた、などと、互いに疑問ばかりを捲《まく》し立てた。

たぶん奈緒の方が近況報告は簡単だろうから、先に説明しておく。

「私、高校卒業してすぐ、警察官になったんですよ。今、刑事やってるんです」

また「刑事」っていっちゃった、とは思ったが、よしとする。

「ええー、すごーい。あ、でも刑事って感じ。カッコいい」

上衣はナイロンのブルゾンだが、下衣は一応パンツなので、今日はそれっぽく見える方だと思う。

「芭留さんは？　なんか、誰に訊いても近況が分からなかったんですけど」

芭留は「ああ」と、少し困ったように眉をひそめた。

「ここしばらく、船に乗ってたから、あんまり家族とも連絡とれなくて」

「えっ、それ、意外。なんの船ですか？」

「一応、海洋調査船なんだけど」

　マグロ漁船、とかではないわけだ。

「それって、なんの調査ですか」

「んー、あんまり詳しくは喋っちゃいけないんだけど、基本的にはネッスイコーショーとか、そういう系」

　ここは、分かった振りをして頷いておこう。

「へえ……それに、何年も乗ってたんですか」

　芭留は泣き笑いみたいにしながら、大袈裟に手を振った。

「そんな、何年もは乗ってないよ。せいぜい、一回は二ヶ月とか、そんなもん。でも、その前はブラジルにいたから、その頃もあんまり連絡してなくて……ついこの前、妹の圭に電話したら、行方不明で警察に届けようかと思ってた、っていわれた」

「そうですよ。ちゃんと連絡だけはしなきゃ」

　奈緒は思わず、芭留の手元に目をやってしまった。

「芭留さん……ひょっとして、ケータイ持ってないんですか」

　そう訊くと、芭留も自分の左手に視線を落とす。持っているのは、やはりプリントアウトした地図だった。

「あー、うん……実は、海に落としちゃって、先々月くらいに。まだ買ってないんだ。でも、ブラジルにいる頃からお金なくて、ケータイ持たない時期が長かったから、もう、あんまり不便にも思わないんだよね」

　その地図を見ながら、芭留が思い出したように手を叩く。

「そうそう、今ちょうどあのお店、ドミナンに寄ってきたところなの。そしたら」

「あ、琴音さんは今……」

「うん、お父さんに聞いた。結婚して、支店の方にいるって。だからこれ、地図もらったから、これからいってみようと思って」

なるほど、そういうことか。ドミナンにいってきたから、だからこんなところを歩いていたのか。

「ああー、私もよくあっちのお店はいくんで、ご一緒したいんですけど、ごめんなさい、私これから、ちょっと聞き込みにいかなきゃいけないんで……でも、琴音さんか圭さんに電話すれば、連絡とれますかね。近いうちに、いっぺん集まりましょうよ、みんなで」

するとと芭留は、さらに分かりやすく困り顔をしてみせた。

「ごめん、私、もう明日には日本を発つんだ」

「えっ、次は、どこにいくんですか」

「今度は、アラスカ。また二ヶ月か、ひょっとしたら三ヶ月くらい……だから、実は家族と会う時間もなくて、ケータイも、買い換えられるかどうか……」

それでも琴音には会いにいくわけか、と思ったところで、大型の車両がこっちに向かってくるのが見えた。

「あっ、芭留さん、バス、バス、あれに乗ってください。そしたら、駅まですぐですから」

「えっ、バス？　バス停どこ、どっち」

ついさっき、奈緒が通ってきた辺りを指差す。

「あれです、三本目の電柱の先に……」

「えー、あんなとこまでいけるかな」

「急いでください」

「間に合わなくても、手ぇ挙げたら停まってくれるよね」

「いえ、停まんないと思います、ここ自由乗降区間じゃないんで。だから早く、急いで」

「うん、分かった」

芭留がキャリーバッグのグリップを力強く握る。

「じゃ、またね」

「はい、お気をつけて」

「ありがと、バイバイ」

さっと背を向けた芭留が、勇ましいまでの前傾姿勢で歩き始める。いや、ほとんど駆け足といってもいい。後ろをついていくキャリーバッグなんて、アスファルトの凸凹《でこぼこ》を受けて、右に左に飛び跳ねている。あんな扱い方をしてよく壊れないな、と思うが、芭留がかまう様子はない。むしろペースを上げて前進し続ける。あの分なら、バスにはギリギリ間に合うだろう。

しかし、芭留ってあんな人だったろうか。あんなに、見るからに逞しい感じの人だったろうか。

でも、よかった。

元気そうだったので、安心した。

※この作品はフィクションであり、実在の人物・団体・事件とは一切関係がありません。
※この作品は書下ろしです。

誉田哲也（ほんだ・てつや）

1969年、東京都生まれ。学習院大学卒。
2002年、『妖の華』で第2回ムー伝奇ノベル大賞優秀賞を受賞。
2003年、『アクセス』で第4回ホラーサスペンス大賞特別賞を受賞。
2006年刊行の『ストロベリーナイト』に始まる〈姫川玲子シリーズ〉は、現在の警察小説ムーブメントを代表する作品のひとつとして多くの読者を獲得し、映像化も話題となった。『ジウ』『武士道シックスティーン』『プラージュ』『ケモノの城』『世界でいちばん長い写真』など、作風は多岐にわたる。近著は『あの夏、二人のルカ』。

ボーダレス

2018年8月30日　初版1刷発行

著者　誉田哲也《ほんだてつや》
発行者　鈴木広和
発行所　株式会社 光文社
〒112-8011　東京都文京区音羽1-16-6
電話　編集部　03-5395-8254
書籍販売部　03-5395-8116
業務部　03-5395-8125
URL　光文社　https://www.kobunsha.com/
組版　萩原印刷
印刷所　萩原印刷
製本所　ナショナル製本

落丁・乱丁本は業務部へご連絡くだされば、お取り替えいたします。
R ＜日本複製権センター委託出版物＞
本書の無断複写複製（コピー）は著作権法上での例外を除き禁じられています。本書をコピーされる場合は、そのつど事前に、日本複製権センター（☎03-3401-2382、e-mail:jrrc_info@jrrc.or.jp）の許諾を得てください。

本書の電子化は私的使用に限り、著作権法上認められています。ただし代行業者等の第三者による電子データ化及び電子書籍化は、いかなる場合も認められておりません。

©Honda Tetsuya 2018 Printed in Japan
ISBN978-4-334-91234-5